LES HOMMES DE SHETLAND

MALACHY TALLACK

LES HOMMES DE SHETLAND

Traduit de l'anglais (Écosse)
par Anne Pouzargues

BUCHET • CHASTEL

Ce livre a été traduit avec le soutien
du Fonds pour la traduction littéraire Publishing Scotland.

Publishing
Scotland
Foillseachadh Alba

Titre original : *That Beautiful Atlantic Waltz*
Éditeur original : Canongate Books

ISBN : 978-2-283-03980-9

Je pense ce soir à ma vieille chaumière
Qui se tient au sommet du coteau
À l'aube de la vie j'aimais errer naguère
Mais tout désormais est silence et repos

« Ma vieille chaumière »

LA VAGUE IMMENSE

1957

Et d'un seul geste, comme appelée à la vie, une vague immense s'éleva. Elle s'éleva d'abord comme le dos large d'une baleine, et puis, comme quelque chose de monstrueux, quelque chose de montagneux, elle s'éleva plus haut encore.

Ces hommes qui se tenaient sur le pont du bateau tournèrent les yeux vers l'eau, et ils surent à cet instant comme leur navire pouvait être fragile. Pendant des semaines, ils avaient parcouru l'océan émaillé de glace, à chercher et à massacrer les créatures de ce lieu. Ils les avaient laissés, ces corps gigantesques, se faire dépecer et vider, réduire en graisse et en sang, en huile et en farine, en rouge à lèvres et en margarine. Ils avaient travaillé jusqu'à ce que leurs propres os tressaillent d'épuisement, que leur peau plisse et lézarde de froid. Ils avaient désiré, ces hommes, leur foyer.

Au cours des tempêtes précédentes, ils avaient trouvé refuge, s'étaient blottis sous le vent des icebergs, certains gros comme des îles, d'autres gros comme des villes. Ils avaient attendu que le pire soit passé, et puis ils s'étaient remis au travail. Mais cette tempête-là était différente. Elle vint sans crier gare, la dernière semaine de l'année. Le vent les avait griffés et mordus, puis les avait frappés comme un poing. Le bateau tangua et grogna lorsque les premières vagues arrivèrent. Mais elles n'étaient rien auprès de ce qui arriva ensuite.

La plupart des hommes à bord ne pouvaient pas voir la vague immense – depuis leur cabine, depuis la salle des machines, depuis le réfectoire –, mais tous semblaient savoir qu'elle advenait. À l'intérieur du bateau, l'air s'était épaissi ; les narines, les yeux et les gorges s'étaient bouchés de sel. Tous les sens se tournèrent vers l'eau.

Lorsque le mur d'océan commença à se dresser au-dessus d'eux, chaque homme s'agrippa à ce qui lui semblait le plus robuste. Certains durent prier, marmonner des mots qu'ils n'avaient pas prononcés depuis leur dernier passage à l'église. D'autres pensèrent à leurs femmes et enfants, ou aux femmes et enfants qu'ils espéraient un jour avoir. Ils pensèrent aux mères et aux pères et aux amis et aux amantes, et aux îles et aux villes qu'ils avaient laissés derrière.

Et quand la vague immense enfin s'abattit sur eux, quand l'air devint eau et que l'eau devint tout et que tout fut noyé dans l'obscurité, la mort parut certaine – leur sort, à tous, scellé. Ils fermèrent leurs yeux et contractèrent leur corps, chacun croyant n'avoir plus que quelques inspirations à prendre, que quelques secondes à vivre.

Et puis, une fois ces secondes écoulées, un autre moment s'accomplit, noyé de lumière, pendant lequel ces hommes purent se demander si, peut-être, leurs prières avaient été exaucées, si, peut-être, le bateau sur lequel ils se tenaient pourrait rester à flot, si, peut-être – par miracle –, chacun d'entre eux reverrait son foyer.

Il y en eut parmi ces hommes qui sentirent dans ce moment lumineux, et dans les heures qui vinrent ensuite, comme une renaissance, comme si la vague les avait décrassés et rejetés de nouveau dans le monde. Aucun ne parla tout haut de ce sentiment. Tous supposèrent qu'eux seuls l'avaient ressenti, qu'eux seuls avaient été épargnés pour une raison précise.

Pour l'un de ces hommes – Sonny, matelot, tout juste vingt ans, et embarqué dans son troisième voyage vers l'océan Austral – la raison était évidente. Lorsqu'il rentrerait à Shetland dans cinq mois, avec une liasse de billets dans la poche, et l'odeur de l'huile rance et de la soude caustique incrustée dans la peau, il demanderait à Kathleen Anderson de Treswick de l'épouser. La douce Kathleen, aux yeux de miel. Et ensemble ils bâtiraient un foyer.

1

La maison Paton, appelée Hamar, se trouvait à près d'un kilomètre du rivage atlantique, derrière une crête de granite dentelée qui dissimulait toute vue de l'eau. Cela avait pu interloquer les touristes qui passaient par là au mois de juin. Pourquoi construire sur une île une maison depuis laquelle la mer ne peut être vue ? Mais si ces touristes étaient revenus en hiver, alors que hurlait un grand vent du sud-ouest, la réponse aurait paru évidente. La maison demeurait à l'abri. Elle faisait face aux champs qui avaient un jour appartenu à ceux qui vivaient à l'intérieur.

Jack Paton, désormais le seul occupant de Hamar, ne possédait plus ces champs. Il avait vendu l'exploitation quelques années après la mort de ses parents – tous les deux, ensemble, l'été de ses vingt et un ans – et gardé uniquement la maison, la longue remise en pierre, et une bande de jardin entre les deux.

Sous un certain angle, la maison de Jack semblait, encore, être le simple cottage à trois pièces qu'elle avait été pendant plus d'un demi-siècle. Depuis ce certain angle, l'extension laide construite par son père en 1960, l'année de la naissance de Jack – la chambre supplémentaire, la cuisine étroite, la salle de bains froide –, était plus ou moins invisible. Mais même ainsi, on ne pouvait pas dire que la maison était jolie. Elle était trop ordinaire pour ça, trop de temps avait passé depuis le dernier coup de pinceau.

Pendant des années après la vente de la ferme, Hamar était restée seule, au bout d'un chemin sans asphalte dont les innombrables nids-de-poule devaient être comblés et comblés encore chaque été. Et puis, une décennie plus tôt, le plus proche voisin de Jack, le vieil Andrew, qui lui avait acheté la terre, eut une crise cardiaque et prit sa retraite. Son fils aîné – Andrew, lui aussi – vendit peu après un morceau de ce terrain, à l'autre bout du chemin, là où il rejoignait la route principale. Un couple d'Anglais en fit l'acquisition et construisit une maison : un énorme truc en bois, bleu de Suède, avec des fenêtres partout et une large véranda tout droit sortie d'un western. Ils y vécurent ensemble pendant sept ans, jusqu'à ce que le mari parte, laissant derrière lui sa femme, Sarah, et sa petite fille, Vaila.

Jack, lui, n'avait pas de femme. Il n'en avait jamais eu, et puisqu'il avait presque soixante-trois ans désormais, il considérait comme extrêmement improbable l'idée d'en avoir une un jour. Cela avait été une source de regrets à certains moments de sa vie, mais il choisissait de ne pas s'appesantir trop souvent là-dessus. On fait avec, se disait-il lorsque le regret refaisait surface. On fait avec.

Quelqu'un qui ne connaîtrait pas Jack, qui le jugerait à son apparence et son statut de célibataire perpétuel, pourrait se tromper sur plusieurs points. Par exemple, il jetterait un œil à l'antique salopette qu'il portait souvent, à la barbe en bataille sur son visage. Il verrait la peinture écaillée de la façade et supposerait que les pièces dans lesquelles il vivait étaient également mal tenues, ou même malpropres. Il imaginerait de la vaisselle sale, et des piles de vieux journaux contre les murs. Il penserait que c'était un homme qui entassait, qui remplissait chaque centimètre d'espace avec des choses dont il n'aurait jamais besoin, un homme pour qui les détritus de la vie étaient devenus une sorte de compagnie.

Mais rien de tout cela n'était vrai. La maison de Jack était bien rangée. De fond en comble. Et la seule chose qu'il entassait, outre la solitude, était la musique. Le séjour de Hamar, qui donnait sur un pré à cheviots, était plein de CD et de vinyles, classés par ordre alphabétique sur les étagères. La maison de Jack était pleine à craquer de chansons.

Si vous regardiez la première de ces étagères, tout là-haut sur la gauche, à côté de la porte, vous trouveriez Roy Acuff auprès de Kay Adams. Et si vous regardiez la dernière, là contre la fenêtre, il y aurait Dwight Yoakam et Faron Young. Car la musique que Jack aimait, c'était la musique country. Les chansons qu'il écoutait, et qu'il chantait, étaient des chansons de country.

Pour un homme dans la soixantaine, Jack était plutôt en forme. Il avait du ventre, naturellement, et parfois il observait le monticule de chair et de gras comme s'il appartenait à quelqu'un d'autre. Celui-ci était apparu un jour – c'est du moins ce qu'il avait semblé – alors qu'il avait une quarantaine d'années, et il n'était jamais reparti. Mais cela ne le ralentissait pas. Il marchait chaque matin avant le petit déjeuner, montait la crête derrière la maison jusqu'à l'endroit où la mer apparaissait. Je fais juste le tour du propriétaire, aurait-il répondu, si quelqu'un lui avait posé la question. Mais personne ne la lui posait. Si ses voisins avaient remarqué ces excursions quotidiennes, ils ne lui en avaient jamais parlé.

Il y avait un chemin facile qui montait la colline et redescendait, un peu au nord de la maison. Mais ce n'était pas le chemin que Jack empruntait. À la place, il gravissait chaque fois le même sentier raide, son rythme cardiaque grimpait, la sueur perlait sur son front. Il ne s'arrêtait pas avant d'avoir atteint le point culminant.

De là-haut, on avait une large vue sur l'eau. La terre semblait perdre pied au bas de la pente, à quelques centaines de mètres. On pouvait voir la courbe large de la baie de St Magnus, et des bouts de terre au nord et au sud. On pouvait voir la petite plage où le bateau de son père s'était échoué le jour suivant la noyade de ses parents. Avant, Jack pensait parfois à ça quand il montait là. Mais dernièrement il ne pensait pas beaucoup. Il se contentait de parcourir un instant l'horizon des yeux, de faire demi-tour et de rentrer chez lui, la faim grandissant à chaque pas.

Au petit déjeuner des œufs, parfois du porridge. Des toasts, s'il avait la flemme. Il mangeait à table, à sa place attitrée, avec une tasse de thé pour faire passer tout ça. L'heure dépendait de la saison. En été, il se levait au moment où il se réveillait. Peu importait l'heure, en fait : le soleil serait levé. Mais en hiver, pas la peine de sortir du lit avant neuf heures. À quoi bon déambuler dans l'obscurité.

Au cours de la majeure partie de sa vie, le programme de Jack avait été plus rigide. Son temps avait été davantage sollicité. Il avait été facteur pendant plus de vingt ans, il ramassait le courrier le matin dans une vieille camionnette rouge et rouillée du bureau de poste, puis il s'arrêtait tour à tour à chaque maison pour le livrer. Ça lui avait bien plu, dans l'ensemble. Il aimait hocher la tête et dire bonjour à ses voisins sans devoir s'arrêter et discuter. Faut que j'me magne ! disait-il, si quelqu'un tentait de lui tenir la jambe. Il agitait la main et s'en allait. Mais un matin, il en avait eu assez. Il voulait rester au lit et dormir. Et même s'il ne le fit pas, même s'il alla au travail comme cela était attendu de lui et effectua sa tournée, il posa sa démission cet après-midi-là, et voilà.

Ensuite, il avait fait différents boulots, souvent à mi-temps. Il avait conduit une camionnette de livraison pendant quelques années. Plus tard, il avait travaillé à l'aérodrome de Scatsta, il chargeait et déchargeait les sacs des hélicoptères et des avions pour les employés du pétrole qui rejoignaient les plateformes. Et puis l'aérodrome de Scatsta avait fermé.

En fait, comme il était resté dans la maison dont il avait hérité, et comme il n'avait pas eu d'enfants, le porte-monnaie de Jack n'avait jamais été soumis à trop rude épreuve. Il avait besoin de manger, de pouvoir allumer le courant, de remplir le réservoir avec de l'huile de chauffage lorsque le niveau baissait, de conduire sa voiture par les routes. Et il avait besoin d'acheter de la musique. Mais c'était plus ou moins tout. Pour lui, le temps comptait plus que l'argent, et comme le premier était plus facile à accumuler que le second, il s'en était plutôt bien sorti.

Ces jours-ci, Jack travaillait seulement une heure ou deux chaque soir de la semaine. On l'appelait technicien de surface, mais en réalité il faisait le ménage. Il balayait et aspirait les bureaux d'une entreprise d'élevage de saumons à Treswick, à cinq kilomètres de chez lui. Il vidait les poubelles, essuyait les bureaux et astiquait le sol des toilettes. Il remplaçait les ampoules quand elles grillaient, mais le travail n'était jamais plus technique que ça. Il soupçonnait qu'on lui avait fait une gentille faveur en lui donnant ce boulot.

Certains ont pu penser que Jack était un fainéant – ils auraient, peut-être, élaboré cette conviction à la vente de la ferme, et rien de ce qu'il avait fait depuis ne les avait détrompés –, mais quiconque lui avait demandé de l'aide au cours des dernières années l'avait trouvé prêt à donner un coup de main, sans jamais rien demander en retour. Lorsque les gens pensaient à lui, ils se disaient que c'était un type bien – encore fallait-il qu'ils pensent à lui. Et maintenant qu'il approchait de l'âge de la retraite, personne ne lui en voulait de ne pas avoir travaillé très dur.

Après le petit déjeuner, il avait pour habitude de s'asseoir un moment et de lire. Parfois les informations, sur son ordinateur. Parfois un magazine. Parfois un livre. Tout ce dont il avait envie. Quelques heures pouvaient passer ainsi, et elles étaient souvent parmi les plus heureuses heures du jour. Il y avait un certain luxe, pour Jack, à mettre à profit ses matinées, à se concentrer sur des mots. Au bout d'un moment, pourtant, cette concentration s'amenuisait et le désir de thé supplémentaire croissait. Il quittait son fauteuil, ou son bureau dans la chambre du fond où vivait l'ordinateur. Il grognait ou soupirait, d'ordinaire, à la manière dont s'autorisent ceux qui vivent seuls, et il se traînait, lourdement, vers la bouilloire.

Jack était un homme imposant. Pas immense – il mesurait un mètre quatre-vingt-cinq, à peine quelques centimètres de plus que la moyenne –, mais il était robuste et bien bâti, ce qui le faisait paraître plus massif. Même la légère inclinaison du dos qu'il avait développée au cours des dernières années – trop de temps penché sur sa guitare, se disait-il, bien que son habitude de marcher la tête baissée en fût certainement davantage responsable – ne l'avait pas rétréci. Il pénétrait dans une pièce et les gens levaient les yeux. Ils le remarquaient. Il avait parfois souhaité être plus petit.

La deuxième tasse de thé de la journée, pensait Jack, était souvent la meilleure de toutes. Elle pouvait provoquer une sorte de redémarrage, un nouveau départ. Il était quelque part entre neuf heures et midi, la plupart du temps, selon la saison et selon son humeur. La journée était encore longue, en d'autres termes, et avec cette deuxième petite dose de caféine il pouvait sonder les heures à venir et décider comment les dépenser au mieux.

Parfois, il retournait à son livre, surtout s'il faisait mauvais temps. Ou bien il glissait un CD dans la chaîne, s'asseyait et écoutait, les pieds posés sur un tabouret. Mais en été, lorsqu'il ne pleuvait pas, Jack emportait souvent son thé dehors, enfilant sa combinaison de travail et ses bottes en caoutchouc près de la porte.

Le jardin, du côté sud de la maison, avait une forme étrange – vingt mètres de long, à peu près, sur six de large. Lorsqu'il avait vendu le reste de la terre, Jack avait souhaité en garder assez pour faire pousser quelques légumes, et il avait aussi voulu la vieille remise. À elles deux, la maison et la remise, elles encadraient deux côtés du jardin. Les deux autres côtés – délimités, semblait-il, dans un moment de désorientation extrême – étaient signalés par une clôture en barbelés, que Jack enjambait chaque matin lorsqu'il partait marcher.

C'était plus qu'il n'en avait besoin, depuis toujours. Mais il aimait bien ce jardin. Il aimait savoir qu'il pourrait augmenter la production si jamais cela semblait nécessaire. Au moins un tiers de l'espace était inutilisé chaque année, et dans le coin le plus proche de la maison il plantait des fleurs plutôt que des légumes : quelques bulbes de printemps, une ou deux plantes vivaces, un peu de pensées et de pois de senteur, comme faisait pousser sa mère. Il y avait aussi des digitales, qui jaillissaient des endroits les plus surprenants, et celles-ci il les aimait vraiment beaucoup.

À l'image de la maison de Jack, qui brillait comme un sou neuf, le jardin, lui aussi, était impeccable. Il y passait le temps nécessaire. Il creusait et binait et arrosait et nourrissait. Il vérifiait qu'il n'y avait pas de chenilles, de mouches du chou ou de rouille. Autant que possible, il s'assurait que tout soit ordonné. Maintenant que son travail rémunéré se limitait aux soirées, c'était plus facile. Ces dernières années, le jardin avait été en meilleure forme que jamais. Jack se nourrissait de sa prospérité, autant qu'il nourrissait, par son attention dévouée, le jardin.

Après le déjeuner (du fromage sur du pain, ce jour-là), Jack se rendit à l'épicerie. Une excursion régulière : deux à trois fois par semaine, au moins. Plus rarement – deux fois par mois, quelque chose comme ça – il allait dans l'un ou l'autre des supermarchés de Lerwick, remplissait la voiture d'articles essentiels et les rapportait chez lui. Mais entre ces voyages, pour ses besoins quotidiens, il parcourait quelques kilomètres en voiture et descendait la route jusqu'à un amas de maisons, parmi lesquelles se trouvait une petite épicerie bien fournie.

Il se gara et entra. Une clochette tinta au-dessus de la porte. « Bonjour, bonjour », dit-il, jetant un œil derrière le comptoir. Vina, la propriétaire de l'épicerie, était là, une paire de lunettes perchée comme un diadème écaille de tortue sur ses boucles gris argent.

« Bonjour à toi, Jackie », répondit-elle.

Vina l'appelait comme ça, Jackie, d'aussi loin qu'il s'en souvienne. Son père faisait pareil, et elle avait pris ça de lui. Jack n'aimait pas être Jackie, mais il ne lui avait jamais dit. Après tout, Vina n'était pas non plus le prénom de Vina, alors il pouvait difficilement monter sur ses grands chevaux. C'était Violet, à l'origine, mais personne ne l'avait appelée ainsi depuis l'école.

Jack attrapa un panier et commença à parcourir les rayons. Il lui fallait à manger pour ce soir, et les quelques suivants. Il ouvrit un des réfrigérateurs dans l'allée la plus éloignée et saisit un paquet de viande hachée. Il vérifia la date sur l'étiquette et le mit dans son panier.

« Viande en sauce et purée pour ce soir, c'est ça ? » Derrière le comptoir, Vina l'interrogea.

Aucune vie privée dans cet endroit.

« Ça s'pourrait bien, répondit-il.

– T'as d'jà mangé ça la semaine dernière », ajouta Vina.

Jack soupira à part lui. « J'devrais m'en r'mettre », dit-il. Il descendit plus loin dans l'allée, attrapa un sac de pommes de terre et quelques carottes. Au fond de l'épicerie, il prit une conserve de tomates, puis la reposa sur l'étagère. À la place, il saisit des pâtes sèches et un pot de sauce tomate. Et puis une conserve de haricots blancs, juste au cas où.

« T'as entendu pour Ally Polson ? » demanda Vina, lorsque Jack fut à mi-chemin de l'allée centrale, traînant vers les sucreries.

Jack n'avait pas entendu, et il répondit que non.

« Crise cardiaque, dit Vina.

– Ah », dit Jack. Il écarta un paquet de tranches de dattes, et déposa à la place dans le panier un gâteau au gingembre. « Il est mort ?

– Non, dit Vina. Pas tout à fait.

– Eh bah. » Jack hocha la tête. « Tant pis. »

Vina fit un bruit entre le gloussement et l'exclamation. « Voyons, voyons », dit-elle.

De tous les garçons qui avaient harcelé Jack – et il y en avait plutôt plus que moins : les harceleurs, ainsi que ceux qui n'espéraient qu'une chose, échapper à l'attention de tels individus – Ally Polson avait sûrement été le pire. Aussi vicieux avec ses mots qu'avec ses poings. Ces derniers temps, Jack le voyait rarement, et toujours de loin ; il vivait à Lerwick depuis pas mal d'années. Mais de ce que Jack avait entendu, l'homme ne s'était pas arrangé avec l'âge.

« J'crois pas qu'il va m'manquer, s'il disparaît, ajouta Jack.

– T'es pas l'premier à dire ça », répondit Vina. Puis elle s'éclaircit la gorge pour signaler que le sujet était clos.

Vina avait toujours beaucoup parlé, et beaucoup écouté aussi. Sans cesse à échanger les nouvelles des autres. C'était en partie ce qui la rendait compétente à tenir une épicerie telle que celle-ci. Comme la vie de Jack manquait trop d'événements pour intéresser qui que ce soit, il était rarement le sujet de ces nouvelles. Mais il aimait les entendre. Une des raisons pour lesquelles il venait si souvent, plutôt que de faire de plus nombreux voyages en ville. Vu les prix ici, il aurait pourtant mieux fait de parcourir tous ces kilomètres supplémentaires.

Vina avait un an de moins que Jack, et ils se connaissaient depuis toujours. Leurs pères avaient été meilleurs amis, et Jack la considérait comme son amie – sa meilleure amie, en fait, quoiqu'il ne l'aurait pas formulé ainsi. Elle était mariée à un homme du nom de Gordon, à la santé fragile. Autrefois, il travaillait avec Vina à l'épicerie, jusqu'à ce qu'il devienne si gros et essoufflé qu'il en fut pratiquement immobile. Lorsque le COVID débarqua à Shetland, quelques années auparavant, il cessa totalement de venir. Et une fois les confinements levés, il ne réapparut jamais. Jack imaginait que Gordon était cloué chez lui désormais, mais il n'avait jamais demandé. Il ne voulait pas attirer l'attention sur les problèmes de l'homme, et il ne voulait pas que Vina pense qu'il fouinait. Elle, de son côté, devenait presque taiseuse lorsqu'il s'agissait de sa propre vie. Au fil des ans, elle et Jack avaient probablement évoqué la quasi-totalité des personnes dans un rayon de douze kilomètres à la ronde, mais jamais son mari.

Jack emporta son panier vers le comptoir, et le posa à côté de la caisse. Il balaya les alentours des yeux pendant quelques secondes, certain d'avoir oublié quelque chose, mais sans parvenir à savoir quoi. Vina saisit les articles un à un pour vérifier les prix.

Un paquet de viande hachée. Un kilo de patates. Deux carottes. Deux conserves de pêches. Des pâtes (celles entortillées). Un pot de sauce pour les pâtes (tomate). Une petite miche de pain tranché (complet). Une demi-douzaine d'œufs. Une conserve de haricots blancs. Une boîte de cotons-tiges. Un gâteau au gingembre.

« Encore des problèmes avec tes oreilles ? » lui demanda Vina, tandis que les cotons-tiges bipaient sous le lecteur.

Jack ne répondit pas. Il jeta tout dans le gros sac en jute qu'il avait apporté, puis chercha son porte-monnaie pour payer. Il tapota sa poitrine, là où il aurait dû se trouver. Il portait toujours la combinaison qu'il avait enfilée pour travailler dans le jardin tout à l'heure, et le porte-monnaie n'y était pas. Il était dans son vieux manteau en velours côtelé, accroché sous la terrasse couverte de la maison.

Vina secoua la tête et rit. Elle saisit sous le comptoir un livre de comptes rouge et noir et y inscrivit le nom de Jack. Elle imprima un ticket de caisse et l'agrafa à la page. « On se r'verra sûrement dans un jour ou deux, Jackie. Tu régleras à c'moment-là.

– Sûrement, répondit Jack, et il hocha la tête en signe de reconnaissance et d'excuse.

– Régale-toi avec ta viande et ta purée. »

Il leva la main pour dire au revoir, puis ouvrit la porte qui carillonna et sortit.

Jack était saoul. Pas au point de faire l'idiot. Pas saoul-au-point-de-mettre-le-chapeau-de-cowboy-stetsonaccroché-derrière-la-porte-de-sa-chambre. Juste une ivresse moelleuse, chaleureuse, une ivresse de trois-grands-bourbons. Du bourbon du Kentucky, pour être précis. Une sensation réconfortante, une lueur sirupeuse, qui permettait une certaine concentration à ses pensées. Parfois quand il buvait, il s'asseyait avec elles, les laissait se faire puis se défaire, lui tenir compagnie. Mais surtout il écoutait de la musique.

Ce soir-là, c'était les Louvin Brothers : ses préférés de toujours. Il connaissait certaines de ces chansons depuis le berceau, il avait perçu ces mots bien avant de savoir ce qu'ils voulaient dire. La musique coulait des enceintes, et il ferma les yeux pour mieux l'entendre. De temps en temps, il appuyait sur la télécommande et revenait au début d'une chanson juste pour l'écouter de nouveau.

Jack était assis dans son fauteuil, les pieds posés sur une ancienne malle cabossée qui lui servait depuis longtemps de table basse. La malle, comme la musique, était plus vieille que lui, ses planches de bois gondolées et décolorées. À sa gauche, un mur de CD, d'où il avait tiré celui-ci, et derrière lui les vinyles, qu'il ne mettait plus si souvent ces jours-ci. Il aimait leur son, et leur sensation entre ses mains, mais il ne voulait pas s'embarrasser à les retourner à la moitié.

Le salon de Hamar semblait plus petit et plus encombré que lors de l'enfance de Jack. La prodigieuse quantité de musique qu'il avait amassée au fil des ans – la plupart achetée au Clive's Record Shop de Lerwick, avant qu'il ne mette la clé sous la porte – s'en était assurée. Mais quand même, cet endroit lui était plus familier que n'importe où dans le monde. Il y avait fait ses premiers pas, près du feu, et il avait failli tomber dans les flammes. Il y avait souvent dormi, petit garçon, sous l'œil attentif de son arrière-grand-oncle Tom. Cette pièce comportait tellement de souvenirs qu'elle ne semblait absolument pas séparée de lui, comme une partie de qui il était et de qui il avait toujours été. Il avait tant accompli dans ce salon.

Une autre chanson commença. « When I Stop Dreaming » : celle que Jack aimait par-dessus tout. Il l'écouta une première fois, puis une deuxième. Peu importait combien de fois il l'entendait, la chanson avait toujours un son clair et saisissant. Quelque chose dans la manière dont la mélodie s'élevait à travers le couplet, libérée après la deuxième phrase, jusqu'à cette note finale vertigineuse. Quelque chose dans la manière dont les voix des frères s'enroulaient l'une à l'autre au refrain comme les brins d'une corde, serrés et tendus, indissociables. Quelque chose dans cet étrange dernier couplet, celui sur les pierres qui poussent et la pluie qui retourne au ciel. Il semblait appartenir à une fable ou à un mythe. Un désir magique, magnifique. Un sérieux coup au cœur.

Lorsqu'il était plus jeune, Jack avait souhaité un frère avec qui chanter, faire des harmonies comme Ira et Charlie Louvin, comme les Delmore Brothers, comme les Stanley Brothers. Il avait voulu savoir ce que cela faisait, que sa voix soit entrelacée à celle d'un autre, d'être lié de cette manière mystérieuse, transcendante, à quelqu'un qu'il aimait. Lorsque sa mère et son père étaient en vie, l'un ou l'autre se joignait parfois à lui quand ils l'entendaient marmonner un air, mais la gêne, alors, le poussait à s'arrêter. Et Jack avait donc toujours chanté tout seul, et depuis des années – des décennies, maintenant qu'il y pensait – il n'avait chanté en compagnie d'absolument personne. Quand il avait la vingtaine, qu'il buvait un petit peu plus, il jouait parfois pendant les soirées. Il y avait toujours des soirées. Des gens avides d'être divertis. Des violons menaient, souvent, et Jack s'asseyait dans un coin et suivait le rythme du mieux possible. Puis, à un moment, plus tard, lorsque les violonistes faisaient une pause, l'attention pouvait se porter sur lui. Quelqu'un demandait une chanson de Hank Williams, de Kris Kristofferson, de Willie Nelson. Joue « Blue Eyes Crying In the Rain », disaient-ils. Joue « Me and Bobby McGee ». Jack s'exécutait, mais sans véritable enthousiasme. Il ne voulait pas être un juke-box. Il chantait puis penchait la tête vers les cordes, comme pour parer les requêtes supplémentaires. Lors des rares occasions où il poursuivait par l'une de ses propres chansons, les gens parlaient par-dessus. Finalement, il arrêta tout simplement d'y aller. Les soirées l'épuisaient. Tant d'efforts juste pour se montrer sociable. Désormais presque plus personne, supposait-il, ne se souviendrait qu'il savait jouer.

Jack écouta la chanson une fois de plus puis éteignit la musique. Il but une autre gorgée de bourbon et posa le verre par terre, attrapa sa guitare appuyée contre les CD près de lui. C'était une Martin acoustique sunburst qu'il avait achetée après la vente de la ferme. Son bien le plus précieux, de très loin. Il plaça le capo sur la première frette, plaqua un accord riche, sonore, et essaya de chanter ce qu'il venait d'entendre. Pas facile. Trop haute pour que ce soit confortable, la mélodie ne semblait pas naturelle dans sa gorge. D'une manière ou d'une autre, le truc tout entier était sans vie avec une seule voix. Il essaya de changer de tonalité, mais cela ne fonctionna pas non plus. La chanson s'évanouit. Il modifia les accords, puis les paroles. Au départ, c'était n'importe quoi, ces nouveaux mots, simplement des voyelles et des consonnes attachées les unes aux autres sans aucun ordre particulier. Il allongea une phrase et en raccourcit une autre. Il relâcha l'accord, le déforma, jusqu'à ce qu'il soit méconnaissable, jusqu'à ce qu'il devienne tout à fait autre : une nouvelle chanson, pas encore écrite. Jack la suivit, tenta d'en épingler un coin, une seule phrase solide à partir de laquelle il pourrait construire.

Il trouva une structure pour le couplet : seulement quatre accords et une mélodie simple. Quelque chose qui semblait familier. Quelque chose de permanent et de fiable. Rien qui puisse le déséquilibrer. S'il avait été un peu plus sobre, il aurait pu orienter l'air dans une direction plus ambitieuse. Mais ce n'était pas vraiment nécessaire.

Jack trouva sa phrase. Il la déterra, à moitié de sa mémoire, à moitié de son imagination. *Mon amour repose sur le vaste bleu océan.* Bien sûr, ce n'était pas tout à fait correct grammaticalement, mais il y avait là-dedans quelque chose que Jack aimait bien. Les mots avaient l'air inébranlables. Antiques, même. Il les écrivit dans son carnet, puis les chanta douze, treize fois de suite, pour voir où ils pourraient mener.

Il sut alors, avec cette phrase unique, que cette chanson rejoindrait les nombreuses autres qu'il avait écrites à propos de compagnes parties, de bien-aimées tourmentées, de dulcinées disparues. Il devait exister des milliers de chansons comme ça. Des dizaines de milliers, peut-être. Et certaines des meilleures étaient des chansons de country. Jack n'avait pas d'amante de l'autre côté de la mer, mais il pouvait se le représenter. Il pouvait s'imaginer éconduit et abandonné. Il pouvait sans aucun doute revêtir ce rôle assez longtemps pour écrire une chanson.

C'était quelque chose que Jack faisait. Quelque chose qu'il avait toujours fait, dès qu'il avait pu plaquer un accord et chanter juste. Toujours, il avait copié et appris la musique des autres, entraînant ses mains et sa voix à reproduire, du mieux qu'il pouvait, les chansons qu'il aimait. Mais il y avait de l'énergie en rab, un appétit pour les chansons que personne d'autre n'avait écrites. Il les griffonnait sur un bout de papier, et plus tard, comme en cet instant, dans un carnet spécialement acheté à cette fin. C'était une des choses les plus vaines avec lesquelles Jack occupait son temps, mais cela ne semblait jamais vain sur le moment. Il y avait un sentiment d'urgence incessant qui le propulsait quand il écrivait, comme si ces mots, cette mélodie devaient être couchés sur le papier. Il n'avait jamais été capable d'expliquer cela, encore moins à lui-même. Mais il ne pouvait pas non plus l'ignorer.

Jack avait terminé son bourbon, et sentait maintenant qu'il le gênait plus qu'il ne l'aidait. Il continuait, pourtant, essayait des phrases dans sa tête, les chantait, les écrivait, et puis, si besoin, les barrait. À minuit, la chanson était plus ou moins terminée. Suffisamment bonne pour Jack. Suffisamment bonne pour l'instant. Demain matin, il s'assiérait peut-être dans la chambre du fond pour l'enregistrer. Il sauvegarderait la chanson dans un dossier sur son ordinateur. Et puis, très probablement, il ne l'écouterait plus jamais.

VASTE BLEU OCÉAN

Mon amour (elle) repose sur le vaste bleu océan

~~Une terre~~ que je n'ai jamais vu
Un pays
Elle voulait voir ce vieux monde de ses propres yeux ici
Alors elle a hissé (pris?) les voiles et m'a laissé seul

* REFRAIN

(puisse être)
Je pense souvent à elle, où qu'elle soit
~~Folle~~
Amoureuse de ce doux air étranger
Je pense aux bras qui m'ont un jour tant serré
(Et) je pense à ses longs cheveux ~~bruns~~ noirs

* REFRAIN
Parfois mais rarement une carte postale arrive
~~Quelques mots et c'est tout~~
~~Elle pense~~ Ses pensées sont tournées vers chez elle encore
Je les garde (toutes) précieusement sous le lit on dirait
où je dors

Pour au-dessus d'elle quand je rêve
être loin

* REFRAIN :

Maudite soit cette distance entre nous
Maudit soit ce vaste bleu océan (rép.)

LA VIGIE FUNESTE

1958

La première fois que Sonny grimpa à la vigie du *Southern Wayfarer*, il faillit retomber sur le pont, plusieurs mètres plus bas. Ses doigts étaient raides et tressaillaient lorsqu'il agrippa le gréement pour se hisser là-haut, et ses membres se rebellaient comme des animaux désobéissants. Il tremblait déjà lorsqu'il atteignit l'échelle d'acier qui devait lui permettre de parcourir les cinq mètres restants jusqu'au sommet. Mais plutôt que de persévérer, Sonny baissa la tête et regarda en bas, il vit le bateau minuscule sous lui, le monde entier qui tanguait comme s'il était sur le point de basculer. Il se sentit complètement retourné et ferma les yeux juste à temps. Il resta accroché là, aveugle, jusqu'à ce que la nausée passe, et que la force revienne dans ses bras.

En contrebas, un rire. Le second norvégien lui hurla : « Pas d'yeux, pas d'baleines », puis il rit de nouveau. Sonny pinça les lèvres et se força à souffler. Il tendit une main pour saisir l'échelle, se hissa tout en haut. Il atterrit dans le nid-de-pie et s'accrocha au rebord pendant la totalité de son heure de vigie, souhaitant à chaque seconde être mort.

Désormais, des mois plus tard, la peur était retombée. La nausée aussi. Il y avait toujours un moment lors de chaque ascension où son estomac s'ajustait au roulis supplémentaire, et au sentiment de fragilité qui l'accompagnait. Mais il ne s'arrêtait plus pendant la montée. Et il ne regardait plus en bas avant d'être arrivé sain et sauf au sommet.

C'était un monde transformé, depuis le poste de guet : le bateau, une chose insignifiante dans l'océan sans fin. Sonny pouvait voir à des kilomètres dans chaque direction. Des kilomètres d'eau et de glace et de ciel, et les uns se fondant dans les autres : une unité bleu-blanc. Parfois, un vaisseau en vue – un autre baleinier, un canot baliseur, ou le navire-usine –, mais souvent il n'y avait qu'eux, en attente, aux aguets, seuls.

L'heure s'écoulait lentement, chaque minute s'étirait au sein de l'attention de Sonny. Il n'osait pas laisser ses yeux se détourner de la tâche, de crainte que quelqu'un ne crie d'abord à ses pieds. C'était son boulot de repérer les baleines, et il avait l'avantage de la hauteur. En rater une, c'était synonyme d'échec.

Il y aurait souvent des secondes d'incertitude pendant cette heure, de souffle retenu et de cœur battant. Au loin, une gerbe comme un infime cumulus : des embruns ou un jet ? Le temps s'arrêterait tandis que Sonny fixerait son regard, observerait dans l'attente d'une confirmation : océan ou animal ? Une minute passerait, une autre, et puis rien. Ou bien un second nuage de brume s'élèverait, plus net cette fois, et la certitude l'empoignerait presque à la gorge. Elle le jetterait contre le rebord de la vigie, comme à cet instant, et étreindrait ses poumons, comme à cet instant, pour s'écrier : « Hvalblast ! » Et encore : « Hvalblast ! » Il leva le bras à bâbord, là où les baleines – deux, cinq, davantage – étaient apparues.

Tout ce qui s'ensuivit fut rapide. Depuis le pont, l'ordre de mettre les gaz était déjà descendu, et les moteurs mugirent à mesure que le baleinier accélérait : douze, quatorze, seize nœuds. Le bateau bondit et galopa à travers les vagues. Sous la vigie, tout n'était qu'action. Les hommes étaient devenus une machine, chacun d'entre eux à sa place, chacun en son mouvement. Mais Sonny ne voyait rien de tout cela. Ses yeux ne quittaient pas l'eau.

Comme la distance diminuait, il distinguait qu'elles étaient bleues, avec de grands jets argentés tels des piliers de brume. Une mère et son petit, et six adultes encore. C'était ce que les hommes attendaient : les énormes baleines qui leur apporteraient leur prime. Il y en avait eu trop peu cette année. Trop d'horizons vides. Tout le monde savait ce que cela signifiait. Ce n'était qu'une question de temps. Les murmures, chaque saison, se faisaient plus sonores : celle-ci serait la dernière.

Une heure plus tard, elles approchaient. Sonny entendit des cris en bas, il aperçut le tireur se préparer à la proue, ses hurlements et ses gestes sauvages les entraînant dans les cent cinquante derniers mètres.

Cent trente.

Cent dix.

Cent.

Plus près.

Le tireur surveillait la plus grosse des baleines, son corps tout entier tendu vers l'animal. Sonny, de là-haut, pouvait presque sentir le doigt de l'homme se resserrer sur la détente.

Plus près.

La baleine plongea.

Sonny ne respirait pas. Son cœur s'arrêta. Il n'était plus que regard.

Regarde.

Regarde.

Regarde.

Là !

Vingt mètres plus loin, un collier de bulles alors que la baleine approchait de la surface. « Elle remonte ! Elle remonte ! » hurla Sonny, et le tireur se pencha en avant, le canon-harpon pointé sur l'endroit où l'immense forme sombre émergeait à la rencontre de l'air, émergeait à la rencontre du bruit terrible qui ricocha à travers tout, à travers son océan et à travers son corps, son gigantesque corps troué.

Le harpon détona. Sonny prit une inspiration.

En bas, tout continuait. La ligne s'enfonça lorsque la baleine plongea de nouveau, ses efforts aussi audacieux que futiles pour échapper à ce destin. Le bateau ralentit pour laisser la créature s'enfuir, et lorsqu'elle se montra encore, une autre détonation. L'eau pourpre remua et l'animal monstrueux s'immobilisa.

Ils agirent vite alors : un câble enroulé autour de la queue, un tube enfoncé pour gonfler le ventre de la bête et l'empêcher de couler. Un drapeau planté dans la chair, ainsi qu'un émetteur, afin que le canot baliseur puisse trouver le corps et le tracter jusqu'à l'usine.

Sonny gardait les yeux sur les autres baleines. Il les observa fuir, de plus en plus petites, jusqu'à ce que le moteur rugisse de nouveau à leur poursuite. Rien ne pouvait arrêter le baleinier désormais.

Au cours des heures qui suivirent, ils en tuèrent six, l'une après l'autre. Seuls la mère et son petit furent épargnés. Une farce, en vérité. Une farce terrible. Tout ce massacre, et pourtant, l'illusion de la clémence. L'illusion de la préservation.

Pour les hommes, pour Sonny, ce fut un jour de triomphe et de soulagement.

2

À part la maison en bois bleue à l'autre bout de la piste – qui s'appelait Puffin Cottage, le Cottage des Macareux, un nom mièvre que Jack refusait de prononcer à voix haute –, on trouvait peu de bâtiments dans les environs immédiats de Hamar. Il y avait bien une vieille petite ferme, depuis longtemps abandonnée désormais, de l'autre côté de la route principale par rapport à la maison bleue, mais l'habitation occupée la plus proche se trouvait à huit cents mètres. Elle appartenait au vieil Andrew, toujours en vie, quoique à peine. Au-delà, quelques maisons éparses, construites lorsque Jack était adolescent, et deux modernes, en bois, érigées à la même période et dans le même style ostentatoire que celle de ses plus proches voisins.

Il connaissait les noms, les métiers, les liens familiaux, au sens large, de tous ceux qui vivaient dans ces logements. Et il en allait de même quelques kilomètres le long de cette route, aussi loin que l'épicerie et un peu après. Dans l'autre direction, il était moins certain. Certains endroits s'étaient récemment vendus à des gens venus d'ailleurs, et Jack ignorait encore qui ils étaient. Sa principale source d'informations était Vina à l'épicerie. Les limites de son savoir étaient les limites du sien.

Jack ne se voyait pas comme une commère – il avait peu d'occasions de partager avec d'autres ce qu'il apprenait de Vina ; c'était un consommateur plutôt qu'un vendeur –, mais il ne considérait pas non plus cet intérêt comme de la pure curiosité. Cela faisait partie du savoir de ce lieu, tout simplement, comme connaître les noms des rues, des commerces ou des gares. La topographie humaine de son petit coin du monde ; la comprendre, pensait Jack, était essentiel pour se sentir chez soi.

Hormis Valsetter, où se situait l'épicerie – à peine un hameau, encore moins un village –, le peuplement le plus proche toutes tailles confondues était Treswick, à cinq kilomètres sur une route tortueuse dans la direction opposée. Là-bas aussi il y avait une épicerie – c'était véritablement un village –, mais Jack n'avait aucune loyauté envers son actuel propriétaire, alors il y mettait rarement les pieds. C'était à Treswick qu'il était allé à l'école primaire, là aussi que sa tournée postale avait débuté chaque jour, lorsque le bureau de poste s'y trouvait encore. Désormais, la seule raison – ou presque – pour laquelle il conduisait dans cette direction était son travail, cinq soirs par semaine. L'entreprise pour qui il faisait le ménage y avait son bureau et son entrepôt, en bas près du port. Rouge foncé et rectangulaire, c'était de loin le bâtiment le plus imposant de Treswick.

Jack poussa l'aspirateur sous le bureau, s'assurant d'avoir bien atteint les deux coins avec la brosse. Avant, arrière, avant, arrière. La chaise à côté de lui bascula presque lors du processus et il retira l'embout de la machine pour frotter le siège. Il se tourna vers le bureau suivant, les pieds martelant la mesure de la musique dans ses oreilles. Les écouteurs ne bloquaient pas tout à fait le ronronnement de l'aspirateur, mais lorsqu'il montait davantage le volume, la machine était à peine audible. La musique emplissait sa tête et animait son corps.

On n'appellerait pas vraiment ça danser, pas exactement, ce que faisait Jack. Même sans l'aspirateur entre les mains, cela n'y aurait pas ressemblé. Mais si quelqu'un était entré et l'avait observé ainsi – comme c'était arrivé une fois, en vérité, lorsque Janice, la secrétaire de l'entreprise, était passée tard pour récupérer quelque chose et était tombée exactement sur cette scène, avant de s'éclipser sans que Jack remarque sa présence –, il aurait vu un homme sous l'emprise de la musique.

Jack avait composé une playlist spécialement pour les heures qu'il passait à faire le ménage. Elle était assez longue pour durer une semaine de travail sans répétitions. Les critères de sélection n'étaient pas stricts. Les chansons n'avaient pas besoin d'être trop rythmées ; il suivait la pulsation quand c'était possible, et, pour les plus rapides, il allait deux fois moins vite. La seule règle qu'il s'était imposée lorsqu'il avait élaboré la liste : les morceaux avec un tempo de valse étaient incompatibles avec le passage de l'aspirateur, et donc écartés.

Actuellement il écoutait Johnny Rodriguez, « Ridin' my Thumb to Mexico ». Il n'aurait jamais inclus celle-ci dans la liste de ses chansons préférées – même une longue liste –, mais elle convenait bien à la tâche. Elle possédait le swing qu'il fallait, et un mélange de guitare espagnole et d'accent texan que Jack appréciait. En plus, elle était courte. Elle jaillissait à la vie, puis elle disparaissait.

Il éteignit l'aspirateur et le débrancha, appuya du pied sur le bouton pour enrouler le fil, puis tira la machine jusqu'au placard en haut de l'escalier. Dans ses oreilles, la voix puissante de Connie Smith entama « Just for What I Am ». Il retourna dans l'open space, saisit le chiffon jaune et la bombe de spray, et commença à astiquer les cinq bureaux. Sur la plupart, des stylos, des dossiers et des feuilles de papier étaient éparpillés de part et d'autre des ordinateurs, et Jack les soulevait, essuyait au-dessous, puis les remettait en place. Il savait bien qu'il ne fallait pas tout ordonner. Le travail de Jack devait passer inaperçu.

Une fois le bureau terminé, il ne restait que la petite cuisine à côté et les toilettes en bas de l'escalier. Cela ne lui prendrait pas longtemps. Quelques giclées de désinfectant et un rouleau de papier-toilette supplémentaire, ensuite un coup de serpillière. Parfois de la vaisselle à laver, quoique généralement les employés la fassent eux-mêmes ; une fois par semaine, il balayait le grand entrepôt de l'autre côté du bâtiment, mais c'était la mission de demain. Pour le moment, il avait fini.

Jack avait accepté ce travail depuis quelques semaines lorsqu'il se rendit compte qu'il l'aimait bien. Surprenant. Quand Douglas Inkster, qui dirigeait l'entreprise – Shetland Salmon Services & Supplies, un nom dont les initiales absurdes ornaient la rangée de véhicules dehors –, l'avait appelé un vendredi après-midi, Jack ne s'était pas montré enthousiaste. Il savait bien qu'il avait besoin d'un travail, c'est vrai, mais il n'était pas persuadé que celui-ci lui corresponde. Avec le recul, sa réticence n'était que pure fierté. Non qu'il se sente au-dessus de ça ; il était prêt à faire tout ce qui ne lui demandait pas trop d'efforts. Mais il détectait de la pitié dans la proposition, et ça, ça ne lui plaisait pas. Douglas aurait très bien pu embaucher un véritable agent d'entretien et le payer à peine plus que le salaire minimum. Au lieu de cela, il parla d'un « poste de technicien de surface » et suggéra une rémunération hebdomadaire généreuse. Il y avait toujours eu des gens pour faire de Jack une sorte d'œuvre de charité – Jack l'orphelin, Jack le solitaire, un homme qui n'avait jamais eu de chance. Maintenant encore, à plus de soixante ans, il avait toujours conscience de ce regard de commisération posé sur lui. Jack n'aimait pas inspirer la pitié, mais il ne pouvait pas non plus se permettre de refuser un salaire, alors le lundi suivant, à dix-sept heures, il laissa Douglas lui expliquer ce qu'il devait faire, et puis il s'exécuta.

Jack comprit que ce qu'il appréciait dans ce travail, outre le fait qu'il n'était pas éprouvant et qu'il pouvait être effectué au rythme et à l'heure qui lui convenaient, c'était que, lorsqu'il sortait chaque soir, l'endroit avait meilleure allure que quand il avait poussé la porte. Pas de manière spectaculaire – il venait trop souvent pour que ça puisse être particulièrement sale –, mais il paraissait plus frais, mieux rangé, bien soigné. Et mis à part la première semaine, où il avait commis l'erreur de déplacer des choses sur les bureaux des gens pour en faire des piles bien ordonnées – ce qui lui avait valu de recevoir un appel lui recommandant vivement d'arrêter –, Douglas et ses collègues semblaient satisfaits de son travail. Ils souriaient et bavardaient quand il tombait sur eux. Ils lui avaient laissé une carte et une bouteille de vin à Noël pour le remercier. Douglas l'avait même intégralement rémunéré pendant les mois de pandémie où il avait à peine travaillé. Sur la poignée de boulots qu'il avait effectués au cours de sa vie, celui-ci était peut-être bien son préféré. Il serait heureux de continuer aussi longtemps qu'il en était capable.

Jack ferma derrière lui la porte d'entrée en verre, frotta une trace avec sa manche, puis verrouilla. Il vérifia la poignée, juste au cas où, et laissa tomber la clé dans la poche de son manteau. Dans la lumière déclinante du soir, un courlis jacassa au-dessus du champ de l'autre côté de la rue, son trille s'intensifiant comme un vieux moteur, avant de s'atténuer de nouveau vers le silence à mesure que l'oiseau descendait. Jack écouta, puis ouvrit la portière de sa voiture et s'assit. Il avait dîné avant de sortir, mais maintenant il avait de nouveau faim. Le gâteau au gingembre serait là à l'attendre quand il rentrerait.

Le temps de bifurquer sur le chemin qui menait chez lui, l'estomac de Jack criait famine. Peut-être aurait-il besoin de plus qu'une tranche de gâteau au gingembre, après tout. Dans sa tête, il ouvrit le réfrigérateur et les placards de la cuisine pour voir quelles options s'offraient à lui. Du fromage et des biscuits salés, peut-être. Une soupe en conserve. Une seconde tranche de gâteau. Rien ne semblait vraiment pouvoir combler cette faim particulière.

Il s'arrêta au bout du chemin et éteignit le moteur. Les agneaux de l'autre côté de la clôture faisaient un sacré vacarme, ils sautillaient d'un bout à l'autre du champ comme si aucun jeu plus formidable ne pouvait être inventé. Parfois, une mère levait les yeux de sa mastication pour vérifier qu'aucune bêtise ne se profilait. Puis elle observait de nouveau l'herbe.

Jack ferma la portière de la voiture et se dirigea vers la maison, sur le chemin de dalles inégales que son père avait posées plus de cinquante ans auparavant. Malgré des tentatives répétées de le réparer au fil des décennies, certaines de ces pierres refusaient toujours de rester à plat. Elles chancelaient même sous le pas le plus léger. Jack avait appris il y a bien longtemps lesquelles fouler et lesquelles éviter. Tout en marchant, il pensait encore à son ventre vide et aux moyens de le remplir, c'est pourquoi il ne remarqua pas la boîte en carton sur le pas de sa porte avant d'être quasiment au-dessus.

C'était un carton marron ordinaire, carré, la partie supérieure était pliée et refermée sans ruban adhésif. Ni nom ni adresse n'étaient inscrits dessus, il avait donc dû être déposé directement. Il n'avait aucune idée de ce dont il pouvait bien s'agir.

Jack se pencha. Il étendit la main, réunit ses forces, mais lorsqu'il saisit le carton et le souleva, il pesait trois fois rien. Et ce qu'il y avait à l'intérieur n'était pas stable. Il sentit le poids glisser d'un côté à l'autre, comme s'il basculait, pourtant son bras était étendu droit devant lui. Il poussa la porte de la terrasse couverte et posa la boîte sur la table.

C'est alors qu'il l'entendit : une éraflure contre le carton venue de l'intérieur, et un miaulement aigu. Les pans rabattus se soulevèrent, et un autre cri perçant émergea.

« Bon sang, c'est quoi c'bazar ? » dit Jack, avant de pousser la porte du pied pour la refermer. Il glissa deux doigts sous l'un des rabats et tira, délicatement, pour jeter un œil à l'intérieur, mais c'était trop sombre pour distinguer quoi que ce soit. Il tira plus fort, la boîte s'ouvrit brusquement, et au moment même où son contenu était révélé, l'élément vivant de ce contenu – un chaton noir, avec une unique patte blanche – bondit à toute allure, fila autour de la terrasse à la recherche d'une échappatoire, puis se tapit sous la table. La seule chose qui restait dans le carton était une petite serviette sur laquelle l'animal s'était tenu.

« Bon sang, c'est quoi c'bazar ? » répéta Jack. C'était la seule phrase qu'il avait prononcée de la journée, et désormais il l'avait dite deux fois.

Il recula et observa le chaton, qui lui rendit un regard composé de deux tiers de crainte et d'un tiers de défi. Il attendait de voir ce que Jack allait faire ensuite.

Jack n'avait absolument aucune idée de ce qu'il allait faire ensuite. Il essayait encore d'intégrer ce qui s'était déjà passé. Et tous deux se regardèrent donc en silence pendant un long moment. Finalement, ce fut le chat qui agit en premier. Il fit retentir un autre de ses petits miaulements ; une sorte de question, aurait-on dit, et la seule question à laquelle Jack avait une réponse pour l'instant.

« Non, répondit-il, je ne vais pas te faire de mal. »

La posture du chaton s'adoucit au ton de sa voix. Il baissa le dos jusqu'au carrelage, mais ses yeux ne quittaient pas Jack, même pour une seconde.

Jack tentait de faire le point sur les certitudes désormais, et la seule chose à laquelle il pouvait s'accrocher était le fait que, peu importe d'où cette petite créature était arrivée, il faudrait qu'elle y retourne. Il supposa que quelqu'un lui faisait une blague. Il devait juste découvrir de qui il s'agissait et la solution serait toute trouvée. Il le rendrait au farceur, quel qu'il soit, et rirait un instant avec lui avant de rentrer à la maison. Ha ha ha, dirait-il. Oui, bien joué. Tu m'as bien eu.

Jack secoua la tête. Ce n'était pas la première fois qu'il était la cible des plaisantins du coin. Loin de là. La dernière fois, quelques années auparavant, il avait vu quelque chose s'agiter par le pare-brise arrière alors qu'il conduisait. Lorsqu'il s'était arrêté pour voir ce que c'était, il avait trouvé une queue de cochon attachée à son essuie-glace arrière. Il s'était dit que c'était l'œuvre des gamins Simpson, de la grosse ferme, mais il ne s'était jamais embêté à le confirmer vraiment. Il avait juste jeté le truc par terre et avait poursuivi sa route.

Avant cela, deux fois en l'espace d'un mois, il avait trouvé un des pneus de sa voiture coincé dans une boîte en plastique pour stocker le poisson : ça faisait l'affaire, comme sabot. Il avait fallu tout un groupe pour organiser ça, remonter le chemin dans l'obscurité, soulever l'arrière de la voiture et glisser la boîte là-dessous, puis s'enfuir dans la nuit en riant. Il avait dû téléphoner à plusieurs des hommes des environs pour qu'ils lui donnent un coup de main pour la retirer. Et même s'il n'avait pas fait allusion à ses soupçons, il aurait très bien pu s'agir des mêmes hommes qui l'avaient mise là en premier lieu. C'était drôle, pensait Jack, à quel point la pitié et la moquerie pouvaient aller de pair.

Le chaton avait l'air agité désormais, et Jack se demanda s'il avait besoin d'aller aux toilettes. Il envisagea d'ouvrir la porte et le laisser s'échapper, retrouver de lui-même le chemin d'où il venait. Mais il ne le fit pas. Ce n'était pas la bonne solution. Le chaton était tout autant victime de cette blague que Jack, et, vu son apparence, il n'avait pas plus de quelques mois ; il ne survivrait probablement pas très longtemps tout seul.

Alors qu'il s'agenouillait devant le chaton pour voir à quel point il avait peur – est-ce qu'il s'approcherait s'il étendait la main ? se demandait Jack –, une histoire plus bienveillante lui vint à l'esprit. Il se souvenait, quelques mois plus tôt, à l'épicerie, être tombé sur Sarah, la femme d'à côté (il utilisait toujours ce terme, « d'à côté », même si les deux maisons étaient séparées d'au moins deux cents mètres). Une vraie pipelette ce jour-là, comme toujours ; elle avait mentionné quelque chose à propos de Vaila, sa fille, qui voulait un animal de compagnie. Elle parlait de responsabilité, du fait que Vaila n'était pas assez grande, et de la dispute qu'elles avaient eue à ce sujet. Sur le moment, Jack avait hoché continuellement la tête, mais il n'avait pas retenu les détails.

Peut-être que c'était ça. Peut-être que Sarah avait changé d'avis, et que quelqu'un avait livré le chat à la mauvaise maison. Ou bien avait-elle eu l'impression, au cours de leur conversation, que c'était lui qui voulait un chaton. Ça semblait improbable, en y repensant, mais il pouvait parfois devenir un peu perturbé lorsqu'il s'exprimait ; ce n'était donc pas impossible qu'il ait dit quelque chose de stupide.

Il irait la voir, décida-t-il. C'était le seul moyen de tirer ça au clair.

« Ça va aller ? » demanda Jack au chat, après avoir décidé qu'il valait mieux ne pas l'emmener. Le chat leva un peu la tête, et Jack remarqua pour la première fois une tache blanche sous son menton, un petit bavoir assorti à son unique patte blanche. Apparemment, ça irait.

Il prit la voiture. Un peu de paresse, certes, mais il fallait résoudre cette situation. En plus, il avait toujours faim. Plus vite il réglerait ça, plus vite il pourrait manger.

Il s'arrêta au milieu du chemin et éteignit le moteur. Il laissa la portière grande ouverte et remonta le sentier qui menait à l'imposante maison bleue. Devant, le jardin était clairsemé et négligé : un buisson de roses sauvages dans un coin, et un carré de pelouse croûteuse. Il monta les marches de la terrasse surélevée, frappa à la porte, et ce faisant il eut la certitude qu'il était sur le point de se ridiculiser. Le chaton n'était pas à Sarah. Bien sûr que non. Il n'avait rien à voir avec elle. C'était une visite grotesque, et il aurait dû s'en rendre compte avant de se lancer là-dedans.

Jack frotta sa main sur son visage, se gratta la barbe, essaya de concocter une autre raison à ce voyage pour ne pas avoir l'air d'un clown. Il n'en trouva pas. La porte s'ouvrit, et Sarah sourit.

« Jack, dit-elle, aussi lumineuse qu'il était possible de l'être. Ravie de te voir. Tout va bien ? »

Elle était presque toujours comme ça, Sarah : enjouée et, d'après ce qu'il pouvait en juger, ravie de le voir. Elle avait l'air fatiguée ce soir-là, les yeux lourds, mais ce n'était pas vraiment surprenant. Elle travaillait toute la semaine dans un centre de soins, et elle s'occupait seule de sa fille. Qu'elle soit toujours debout à cette heure paraissait miraculeux aux yeux de Jack. Il aimait bien Sarah. Si des choses comme l'amitié lui étaient venues plus naturellement, il aurait aimé qu'ils soient amis. Il aurait aimé lui parler aussi facilement qu'elle lui parlait parfois. Dans l'état des choses, il la considérait comme une bonne voisine, quelqu'un à qui il pouvait faire confiance. Sans bien savoir pourquoi, il s'était attendu à ce que Sarah déménage après le départ de son mari, qu'elle trouve un endroit plus petit, plus facile à gérer pour elles deux. Et il était content, en y pensant, qu'elle soit restée.

Jack regarda ses pieds, puis leva de nouveau les yeux, avant de se lancer. « Eh bien, pas vraiment, non. Je m'demandais juste… » Il soupira. « Je m'demandais juste si t'avais pas vu quelqu'un remonter l'chemin, y a une heure ou deux ?

– Remonter ton chemin ?

– Ouais. »

Sarah fit une moue pour montrer qu'elle réfléchissait. « Eh bien, dit-elle, j'ai entendu une voiture monter il y a dix minutes. C'est de cela que tu veux parler ?

– Non. Ça, c'était moi.

– Ah, d'accord. Alors je crois que j'ai peut-être entendu quelqu'un passer il y a environ une heure et quelques. Mais c'était peut-être bien sur la route principale. Je ne sais pas trop. Je ne regardais pas par la fenêtre à ce moment-là. Pourquoi ? Il y a un problème ? »

Jack soupira encore, comme s'il était épuisé. « Ach, c'est juste que, eh bien, je crois que quelqu'un me fait une farce, c'est tout. Et j'essaie de savoir qui c'est.

– Quel genre de farce ? » Sarah pencha la tête d'un côté.

« Ils ont laissé un chat devant chez moi, répondit Jack. Dans un carton. »

Sarah le regarda quelques secondes, comme si elle était en train d'interpréter ses paroles, et puis elle éclata de rire.

Elle couvrit sa bouche d'une main, et Jack vit qu'elle portait toujours son alliance.

« Pardon, dit-elle. Excuse-moi ! Je ne voulais pas rire. C'est juste que je ne m'attendais pas à ça.

– À quoi est-ce que tu t'attendais ? demanda Jack.

– À rien de particulier. À rien. Mais pas à ça.

– Non, faut dire, moi non plus j'm'attendais pas à ça. Mais maint'nant y a un chat sur ma terrasse et j'ai aucune idée de c'que j'dois faire avec. »

Sarah arrivait à peine à rester sérieuse. « Tu pourrais passer de maison en maison et frapper à toutes les portes jusqu'à ce que quelqu'un avoue, j'imagine.

– Ça s'rait pas très pratique.

– Non, c'est vrai. Et je ne disais pas ça sérieusement.

– Ah, d'accord. » Jack était parfois tellement soucieux de paraître sensé qu'il pouvait passer complètement à côté d'une blague.

« Tu devrais peut-être juste le garder pour l'instant. Je suis sûre que celui ou celle qui l'a laissé va revenir le chercher plus tard. »

Jack haussa les épaules. « J'espère », répondit-il. Mais il n'avait pas beaucoup d'espoir.

« On avait un chat quand j'étais petite », raconta Sarah. Elle s'adossa au cadre de la porte, et regarda ses pieds. « Il était si drôle. Il chantait chaque fois que nous regardions la télévision. Enfin, il ne chantait pas vraiment, mais, tu vois, l'équivalent chez les matous. Ça mettait ma mère hors d'elle. Elle l'attrapait par la peau du cou et le jetait dehors quand il faisait ce bruit. Elle ne pouvait pas supporter ça.

– Oh », répondit Jack. Il ne voyait pas trop le rapport entre cette histoire et son affaire, peut-être n'y en avait-il aucun. Mais il écoutait.

« Pourtant, je l'aimais beaucoup, poursuivit-elle. Je l'adorais. Il dormait dans mon lit toutes les nuits, et il me réveillait toujours à quatre heures tapantes. Mais ça ne me dérangeait pas. À mes yeux, il ne pouvait rien faire de mal. » Elle souriait au souvenir qui lui revenait, les yeux toujours baissés sur ses chaussons.

« Et qu'est-ce qui lui est arrivé ? demanda Jack, parce qu'il fallait bien demander quelque chose.

– Il a vieilli, il a grossi, il a fait du diabète, et puis il est mort, dit Sarah. Les dernières années, cette créature faisait peine à voir, à se traîner partout, à moitié aveugle. J'avais quitté la maison à ce stade, et je pense que mes parents le maintenaient en vie uniquement parce que je leur manquais, ou quelque chose comme ça. Le pauvre ! » Elle secoua la tête, puis releva les yeux vers Jack. « Bon, désolée de divaguer comme ça, dit-elle. Et désolée de ne pas pouvoir t'aider davantage.

– Pas d'problème. Désolé de t'avoir dérangée. Je savais juste pas à qui d'autre demander.

– Tu as bien fait, répondit Sarah. J'imagine que ce doit être un peu un casse-tête. Mais grâce à toi, j'ai eu une raison de rire ce soir, et je t'en suis reconnaissante. Alors, merci. »

Jack hocha la tête. Les mots de Sarah avaient semblé, même à ses oreilles non entraînées, une invitation à demander autre chose. Mais il n'en était pas sûr. Et il ne savait pas ce dont il pouvait s'agir. « De rien », lui dit-il, ce qui n'était pas du tout la bonne réponse. Il se détourna de la maison.

« Vaut mieux qu'j'y aille, dit-il, partant déjà, la main levée. Faut que j'm'occupe de cette créature.

– J'espère que tu vas trouver une solution », répondit Sarah à son dos. Il eut l'impression de l'entendre rire de nouveau, mais il ne regarda pas en arrière.

Le chaton était toujours là où il l'avait laissé, sous la table, et il se recroquevilla ostensiblement lorsqu'il ouvrit la porte de la terrasse couverte. « Bon, et maintenant ? dit-il la voix basse, pour ne pas l'effrayer davantage. Je crois que t'as faim, toi aussi. » Il retira son manteau et l'accrocha à une patère. « Bouge pas, je vais trouver quelque chose pour toi. »

Il ouvrit la porte d'entrée, aussi peu que possible au cas où le chat essaierait de se précipiter à l'intérieur. Mais il resta immobile, se contentant d'observer. « Ach », dit Jack tout haut, et il referma la porte. Il alla dans la cuisine et fouilla dans le placard de l'angle. Il trouva une vieille conserve de thon, prit deux petits bols sur l'étagère. Il vida le poisson dans l'une et remplit à moitié l'autre d'eau.

« Bon sang ! se dit-il à lui-même. Quel bordel. »

CHER INCONNU

J'étais sur le rivage ce matin

À jeter des cailloux et prendre mon temps

J'ai trouvé un message dans une bouteille

~~Qui avait ex~~ Là à la lisière de l'eau

je n'arrivais pas à ouvrir

~~Lorsque j'ai brisé~~ cette bouteille

Alors j'ai brisé le verre, à la place

J'ai ramassé le (la lettre) papier sur le sol et voilà ce qu'elle disait :

Cher inconnu, ~~enchanté~~? je

pense à vous, mon vieil ami (x2)

Rien d'autre, ~~ça n'avait aucun sens~~

je ne savais pas ce que ça voulait dire

Alors ~~je l'ai mise dans ma poche~~

j'ai plié ce papier et l'ai glissé dans la poche de mon jean

Et j'ai vaqué à mes occupations, gaspillant mon précieux temps

Mais je n'arrivais pas à me sortir ce message de la tête

REFRAIN

Et presque (quasiment ?) une semaine plus tard

J'étais en train de boire du vin

Lorsque j'ai fini ma (la) bouteille j'ai su qu'il était temps

Alors j'ai ressorti la lettre

Et je l'ai enfermée dedans ma / sois

Et je l'ai emportée sur le rivage et

J'ai envoyé / donné cette lettre à l'océan vagues

REFRAIN

LE RETOUR

1958

Lorsque le *Southern Wayfarer* retourna sur l'île de Géorgie du Sud à la fin de la saison de chasse à la baleine, mars était bien avancé. Les hommes n'avaient pas posé pied sur la terre ou la pierre depuis plus de quatre mois. Mouvement constant. Tanguer, tituber, osciller. Sonny avait le mal de terre, les jambes arc-boutées sur le sol comme si celui-ci n'était pas digne de confiance. Sur le rivage de Leith Harbour, il appuya ses mains sur ses genoux et se pencha en avant pour reprendre son équilibre. Tout – le bruit, l'odeur, le chaos rouillé de l'endroit – semblait trop difficile à supporter.

Au bout de ce village délabré, Sonny s'assit sur un rocher, la pierre froide saillant contre ses fesses. Il prit une longue, profonde inspiration, et pour la première fois depuis des mois il sentit l'immense soulagement de la solitude. Le luxe qu'elle avait. Il était alors suffisamment loin du port pour que le son des voix humaines se soit fondu en un murmure, pas plus déchiffrable que le babillage et le cacardage des manchots juste de l'autre côté de la baie. Il ferma les yeux, écouta la rumeur du vent haut dans les montagnes ; la rumeur des moteurs et de la machinerie ; la rumeur qui vivait dans son esprit après toutes ces semaines en mer.

Au cours de son précédent voyage, Sonny avait passé l'hiver en Géorgie du Sud (un hiver qui, là-bas chez lui, avait été un été – chose à laquelle il ne s'était jamais vraiment habitué). Deux saisons sur le bateau-usine, à travailler comme aide au réfectoire, et une autre saison, sur l'île, au milieu. Plus d'un an et demi en tout, à des milliers de kilomètres de chez lui. Il l'avait fait pour prouver qu'il en était capable, à ses amis, à ses parents, à lui-même. Et il l'avait fait pour l'argent, aussi. Ils couraient tous après ça, en fin de compte. Ou presque tous. Certains fuyaient des choses, ailleurs, et d'autres ne pouvaient simplement pas se faire à une vie prisonniers de la terre ferme. Mais pour la plupart, c'était la nécessité qui les amenait au sud. La chasse à la baleine était un travail difficile, ingrat, mais à la maison il n'y avait presque rien. Shetland offrait peu d'opportunités. Elle offrait la pauvreté, le labeur. Le père de Sonny l'avait encouragé à s'engager, à prendre ce boulot avec Salvesen. En retour, sa famille gagnait un peu d'espace à la maison.

Lorsque les hommes rentraient, ils se sentaient riches. Certains dilapidaient leur argent, le gaspillaient en boissons, en motos élégantes, en choses dont ils n'avaient pas besoin. Mais Sonny n'était pas comme ça. Lorsqu'il rentrait, il travaillait. Il aidait à la pêche au hareng sur le bateau de son oncle, ou il effectuait n'importe quel boulot qu'il pouvait trouver. L'argent, il l'économisait. Il savait qu'il serait nécessaire.

Pendant la saison, que ce soit sur l'usine flottante ou sur le baleinier, Sonny se débrouillait pas mal. Même quand il travaillait au réfectoire, comme il l'avait fait ces deux premières années – aider les cuistots dans la cuisine, nettoyer les tables et servir la nourriture –, il se débrouillait pas mal. Il était en permanence occupé et actif, il y avait toujours quelque chose sur quoi concentrer ses pensées. Mais ici, en Géorgie du Sud, il n'allait pas très bien. Ici, il était coincé, et tellement loin de chez lui. Il l'attrapait parfois, ce sentiment, comme un coup dans l'estomac. Tout ce qui comptait était ailleurs. L'hiver passé sur l'île avait été la pire période de sa vie. L'ennui était devenu détresse. Certains jours, désespéré et nostalgique, il avait senti un bruit croître à l'intérieur de lui, un rugissement, un cri, bien profond dans son corps, qui aurait ébranlé toutes les vitres et tous les toits en tôle de cet endroit s'il l'avait laissé jaillir. Un dégoût viscéral, physique. De la colère : contre lui-même et contre le monde, contre la distance entre un lieu et un autre, entre un moment et le suivant. Une horreur innommable, informe.

Souvent, au cours de ce terrible hiver, Sonny avait pensé à Ernest Shackleton, dont la traversée des montagnes de Géorgie du Sud quarante ans auparavant faisait partie de la mythologie du lieu, de l'histoire que ses visiteurs se racontaient, comme si eux aussi pouvaient être touchés par son courage et son héroïsme. Il était là, encore, Shackleton, son corps enterré vingt kilomètres plus bas sur la côte, dans l'ombre d'une haute stèle de granite. Quel destin, songea Sonny, d'être laissé ici sur cette île. Il préférerait encore ne pas être enterré plutôt que de reposer pour toujours dans ce sol abandonné des dieux.

Cette année-là, ils restèrent seulement une semaine à Leith Harbour, avant de remettre le cap vers le nord. Une semaine pendant laquelle Sonny ne se sentit jamais bien. Il errait parmi les bâtiments en bois blanc et gris, le fouillis de boue et de métal rouillé à ses pieds, l'odeur de baleine dans la gorge. Il effectuait le travail qu'on lui demandait, reconnaissant pour la distraction. Le soir, il jouait aux cartes ou aux dominos pour passer le temps. Il attendait.

Le jour précédant le départ de Géorgie du Sud, six des hommes furent chargés de rassembler des manchots papous. Le zoo d'Édimbourg en voulait une douzaine, et ils en capturèrent quinze, par précaution. Les oiseaux de la colonie étaient des créatures imprudentes, semi-domestiquées, alors il fut facile de les attraper. Même ceux qui sentaient le danger à la dernière minute ne parvenaient pas à se dandiner assez vite pour s'échapper. Les hommes empoignaient les manchots bien fermement sous les ailes, et les soulevaient comme des enfants turbulents.

Sonny se porta volontaire pour s'occuper des oiseaux, dans leur enclos sur le pont du *Southern Venturer*. Son travail consistait à les nourrir, et, à mesure que le climat se réchauffait au cours du trajet vers le nord, à les rafraîchir aussi, à les asperger d'eau salée, à les protéger du soleil. Les manchots étaient d'une compagnie agréable, ils bavardaient aimablement les uns avec les autres, ils observaient Sonny avec ce qui ressemblait à de la curiosité. Il restait près d'eux, les regardait manger, et pendant un instant il leur était reconnaissant de leur présence tout en se sentant coupable de leur emprisonnement. Il s'attacha à eux, chaque jour il était impatient de passer un moment sur le pont. En secret, il leur donna des noms. Il apprit à les distinguer les uns des autres : les variations dans cette bande de blanc au travers de la tête, celui avec une aile abîmée, un autre avec un bec plus sombre. Il s'imaginait que certains étaient plus téméraires, et d'autres timides.

Environ une semaine après le départ, un orage dans les quarantièmes secoua le *Southern Venturer* comme s'il n'était rien. Les vagues les avalaient, puis les recrachaient, frappaient l'énorme navire d'un côté et de l'autre, soulevaient la proue, avant de la jeter contre la mer. L'eau jaillit à l'arrière du vaisseau, inonda le pont, deux des manchots furent emportés de leur enclos, et chutèrent droit dans l'océan furieux. Lorsqu'il se rendit compte qu'ils avaient disparu, Sonny ressentit un désordre d'émotions (si souvent les sentiments lui venaient ainsi : en un nœud qu'il était mal préparé à défaire). Il éprouvait quelque chose qui ressemblait à du deuil face à la perte des oiseaux, et, aussi, un soulagement qu'ils se soient échappés. Il se dit qu'ils retrouveraient peut-être le chemin de chez eux, mais il ne parvenait pas vraiment à y croire.

Près de la moitié des six cents hommes à bord du bateau étaient norvégiens. Les autres étaient écossais pour la plupart, et parmi eux presque cent venaient de Shetland. Les deux nationalités travaillaient chaque jour l'une aux côtés de l'autre, mais, le soir, le plus souvent, ils socialisaient séparément. Les hommes semblaient attirés, de plus en plus au fil de l'avancée du voyage, vers les voix semblables aux leurs. Ceux des Highlands s'exprimaient en gaélique, ceux de Shetland parlaient les uns avec les autres, les quelques marins de Glasgow restaient entre eux. Ils se regroupaient, semblait-il à Sonny, et redevenaient de nouveau eux-mêmes alors que leur temps en mer touchait à sa fin. Lorsque, le soir, ils se retrouvaient tous, saouls pour la plupart, c'était généralement autour de la musique.

Il y avait neuf violons à bord cette année-là, et au moins deux douzaines d'hommes qui savaient en jouer, surtout venus de Shetland. Il y avait des accordéons, aussi, et un concertina. Certains Norvégiens possédaient des guitares, et ils chantaient, de temps en temps. Sonny réussissait plutôt bien à suivre – il avait appris les rudiments de la langue pendant son hiver à Leith Harbour –, mais cela lui demandait toujours un effort. Les Écossais avaient leurs chansons, eux aussi, mais ils ne les accompagnaient pas d'instruments.

Un soir doux, près de l'équateur, dans une cabine un peu après celle de Sonny, les violons étaient en pleine action. Ils étaient menés par Davie Williamson, originaire de Unst. Quatre musiciens, et tous connaissaient l'air, mais c'était Davie qui les poussait, qui jouait plus vite tandis que les autres avaient du mal à suivre. Un Norvégien avec une épaisse barbe blonde tenait une guitare, plaquant des accords de temps à autre, mais il ne suivait pas le rythme. Plus d'une douzaine d'hommes se massaient dans la petite pièce, frappaient des mains tout en battant du pied. Sonny était parmi eux.

Il y eut des acclamations lorsque le morceau s'acheva, et des poignées de main pour Davie, qui appréciait toujours l'attention. Le bruit dans la cabine s'éleva pour emplir l'espace que la musique avait laissé. Les voix et les rires se faisaient plus forts. Et puis, au milieu de tout cela, un accord fut joué, et un autre suivit.

Le Norvégien se mit à chanter.

Les premières phrases furent perdues dans le brouhaha, mais l'assemblée se calma à mesure que la chanson avançait. Les paroles se clarifiaient. Celle-ci, Sonny la connaissait. Il l'avait entendue assez souvent, sur des vinyles, chez des amis et chez des voisins. Mais il n'y avait jamais vraiment fait attention avant. La musique, ce n'était pas trop son truc, à vrai dire. Elle dépassait rarement l'arrière-plan de son attention. À la radio, il écoutait les informations et la météo, c'était tout. Il y avait bien des chanteurs qu'il appréciait : Tony Bennett et Frank Sinatra, disons. Des hommes avec de vraies voix, riches et suaves. Mais il n'allait pas se plier en quatre pour les écouter.

Ce gars, le Norvégien, n'était pas Sinatra. Sa voix était fine et nasale, sa prononciation excentrique. Pas sûr qu'il comprenait tous les mots qu'il utilisait. Quelques hommes se lançaient des sourires narquois à travers la cabine. Mais il y avait quelque chose dans la chanson, ici et là, qui retenait l'attention de Sonny, une certaine intensité qu'il n'avait jamais ressentie auparavant. C'était dans le mouvement des notes, leur accent et leur balancement. Et c'était dans les paroles, aussi. Encore et encore, lentes et insistantes, elles revenaient à cette phrase, sombre et tourmentée : « I'm so lonesome I could cry » – *Je suis si seul, je pourrais en pleurer.*

Sonny écoutait, et en écoutant il se surprit à penser à chez lui. Il se surprit à penser à ses parents et à ses frères et sœurs – ses deux grands frères et sa petite sœur, Mary. Il pensa à Walter, aussi, le garçon avec qui il s'était engagé, lors de sa première année de chasse à la baleine. Ils avaient atterri sur des bateaux différents au début de la saison, alors Sonny n'apprit que des semaines plus tard que Walter était mort. Il s'était jeté par-dessus bord un matin : le second l'avait vu tomber, mais ils ne l'avaient jamais retrouvé. Pas inhabituel. Certains gars ne pouvaient pas supporter ça, et la mer était la seule échappatoire. Sonny avait essayé de ne pas trop penser à Walter au cours des deux années qui s'étaient écoulées, mais voilà qu'il était là de nouveau. Aussi net que jamais.

Davie le violoniste s'était mis à jouer aussi désormais, son archet tirait la mélodie entre les couplets. Il ne se la racontait pas cette fois-ci, il laissait sa musique briller sur quelqu'un d'autre. Le Norvégien, à court de mots, revint au début, et la rejoua entièrement. Les pensées de Sonny semblaient façonnées par ce qu'il entendait. La chanson débarquait à l'intérieur de lui comme si elle avait vécu là tout ce temps, comme s'il l'avait connue toujours. Flambant neuve et aussi vieille que le monde. Même s'il avait déjà entendu le nom de Hank Williams, il ne se doutait pas alors qu'il était mort depuis plus de cinq ans.

Lorsque la chanson se termina, les applaudissements, quoique moins nourris que pour les violons, furent néanmoins francs. Quelqu'un cria, en demanda encore, et le Norvégien, content de lui, se mit à jouer de nouveau. Cette fois, il chanta « Hey Good Lookin' », en lançant des clins d'œil exagérés à Geordie, l'une des cuisinières, qui s'appuyait contre le mur du fond. Tout le monde rugit de rire, et l'étrange sort de la chanson précédente fut levé.

Dans sa cabine ce soir-là, les yeux fixés sur la couchette au-dessus de la sienne, Sonny se résolut à dépenser un peu de l'argent qu'il avait gagné pour acheter son propre tourne-disque. Ce que la chanson lui avait fait ressentir cette nuit-là – son étrange force – il voulait ramener cette sensation à la maison.

3

L'épicerie de Vina ouvrait la plupart du temps à huit heures et demie. Ce matin-là, Jack arriva à huit heures douze, et il n'était pas d'humeur à attendre. Il se rendit visible, se posta à la fenêtre à côté de la porte. La peinture verte du cadre en bois s'écaillait, et il la gratta avec l'ongle de son pouce. Il savait que Vina serait à l'intérieur, elle farfouillerait, préparerait les marchandises pour la journée, et ce n'était qu'une question de temps avant qu'elle ne lève la tête – effectivement, la voici, près de l'entrée de la réserve, la main sur le cœur, à le dévisager.

Elle se dirigea vers la porte et la déverrouilla.

« Bon sang, Jackie ! T'aurais pu me flanquer une crise cardiaque. J'ai cru qu'c'était la faucheuse qu'était v'nue pour m'emporter. » Elle secoua la tête tandis qu'il lui passait devant et pénétrait dans le magasin. « Alors, qu'est-ce qu'y a ? demanda-t-elle. Qu'est-ce qui t'amène à c'te heure-là ? T'as besoin de lait ? De café ? De papier-toilette ? »

Jack lui lança un regard noir. « De nourriture pour chats », répondit-il.

Vina s'éclaircit la gorge. « J'imagine qu'y a une histoire à raconter, dit-elle, et elle pointa le doigt. Dans le coin au fond, après les congélos. »

Jack était déjà en chemin. Il savait aussi bien qu'elle où tout se trouvait dans l'épicerie. Il attrapa ce dont il avait besoin : une boîte jaune de croquettes pour chats, goût dinde, qui cliqueta lorsqu'il la saisit, et un petit sac de litière.

Lorsqu'il s'était réveillé ce matin-là, le chaton miaulait si fort qu'il pouvait l'entendre de son lit. Il se dirigea vers la terrasse couverte et entrouvrit la porte, et la puanteur faillit l'abattre. Le truc avait fait ses besoins dans le coin le plus éloigné de l'endroit où il avait disposé la serviette, et il avait une expression dans le regard qui semblait dire : *Je sais bien, je sais bien, mais qu'est-ce que tu voulais que je fasse ?* Et puis il se mit à courir, galopa, fila entre les jambes de Jack et se précipita à l'intérieur de la maison. Il fallut dix minutes pour le retrouver, tapi sous le fauteuil de la chambre supplémentaire. Il avait l'air si misérable là-dessous que Jack ne put se résoudre à le sortir de là. Il quitta la maison sans faire sa promenade, sans même prendre son petit déjeuner.

« Alors, dit Vina, tandis que Jack déposait la nourriture et la litière sur le comptoir et cherchait son porte-monnaie. La moindre des choses, c'est de m'expliquer. Aux dernières nouvelles, il n'y avait pas d'habitant chat à Hamar. »

Jack soupira. « Il n'y a toujours pas d'habitant chat, répondit-il. Pas d'habitant chat permanent, en tout cas. » Et il lui raconta toute l'histoire.

Vina rit plus que ce qui semblait nécessaire à Jack. À un moment, elle était pliée en deux, riant à gorge déployée, les mains sur les genoux.

« Je vois pas ce qu'y a d'si drôle, dit-il.

– C'est bien pour ça que c'est si drôle, lui répondit Vina, ce qu'il ne comprit absolument pas.

– Alors, qu'est-ce que tu vas en faire ? » demanda-t-elle, une fois son hilarité calmée.

Jack secoua la tête. « Si quelqu'un vient pas le chercher aujourd'hui, je l'amène au refuge, j'imagine. Ou bien j'le noie. Ça me prendra moins d'temps.

– Mais oui, en voilà une bonne idée, répondit Vina en levant un sourcil. Y a plein d'gens qui tueraient un chaton, aucun doute là-d'ssus, mais j'pense pas qu't'en fasses partie. »

Jack n'argumenta pas. Elle n'avait pas tort.

« Tu tends l'oreille ? dit-il. Quelqu'un va bien vouloir raconter sa blague, et alors tu pourras m'dire qui c'est. »

Vina plaça deux doigts sur sa tempe et fit un salut. « Absolument, dit-elle. Je t'appelle si j'entends quelque chose. »

Jack hocha la tête. Il n'était pas convaincu. Sa situation semblait bien trop la ravir pour qu'elle veuille la résoudre. « Faut qu'je rentre, dit-il.

– Oui, perds pas d'temps. Va nourrir ton ami. » Elle sourit malicieusement.

Jack laissa échapper un bruit indéterminé, mi-grognement, mi-ronchonnement. Il faillit quitter le magasin sans ses achats, alors il fit demi-tour, les ramassa sur le comptoir et se dirigea vers la porte.

Pendant sa courte absence, l'humeur du chaton s'était améliorée. Peut-être le changement d'environnement avait apaisé sa peur, ou peut-être qu'il était simplement trop jeune pour rester bien longtemps plongé dans l'angoisse. Quoi qu'il en soit, lorsque Jack revint et avança à grandes enjambées dans le salon, en chaussettes, le chat était là, perché comme un sphinx sur le vieux canapé à fleurs. Il le regarda à la recherche d'une sorte d'indice : devait-il courir se cacher de nouveau, ou pouvait-il rester où il était ? Jack détourna les yeux, il ne voulait pas l'effrayer en le fixant. Mieux valait savoir où il se trouvait, gagner sa confiance, pour pouvoir le remettre dans le carton le moment venu. Il avait prévu d'aller en ville demain, de toute façon, il pourrait donc s'arrêter au refuge en chemin et le déposer.

Jack dénicha un vieux bac à peinture et le remplit de litière, puis il le montra au chaton, dans l'espoir qu'il comprenne. Il l'installa sur le lino marron à motifs du sol de la cuisine. Il déposa de la nourriture et de l'eau à l'autre bout de la pièce, et agita la boîte pour prévenir le chat de ce qui était en train de se passer.

Même si Jack avait faim lui aussi, la modification de sa routine matinale l'avait perturbé. Il retourna donc sur la terrasse, renfila ses bottes, et se mit en route vers les collines pour sa promenade. Deux fois désormais que cette créature l'avait affamé. La vue depuis le sommet de la crête l'apaiserait sûrement.

C'était, alors, cette longue saison d'anticipation au jardin, lorsque tous les légumes poussaient, s'étendaient, prospéraient, mais qu'aucun n'était encore prêt à être mangé.

S'il avait planté de la salade – laitue, roquette, ce genre de choses –, Jack aurait peut-être eu quelques feuilles à récolter à l'heure actuelle. Mais il n'avait jamais été un gros mangeur de salade, et les plants avaient tendance à fleurir et devenir amers avant qu'il n'entame la cueillette. Parfois il les semait quand même, mais cette année il ne s'en était pas donné la peine.

Jack observait le carré de légumes, depuis le banc derrière la maison, mais il n'y pensait pas vraiment. Ses pensées dérivaient, il pourchassait un air dans sa tête. Rien de particulier, cet air – ou bien, si c'était quelque chose de particulier, il n'arrivait pas à le nommer –, mais les notes apparaissaient devant lui comme des pierres de gué, l'une après l'autre, et il savait, presque sans l'ombre d'un doute, où il devait aller.

Jack avait souvent pensé à quel point la musique était singulière, à quel point elle différait de la langue, où un mot pouvait ouvrir la possibilité d'une centaine d'autres. En musique, il y avait des motifs et des chemins prévisibles, de sorte que, même avec une chanson que vous n'aviez jamais entendue, vous pouviez rapidement avoir une idée de la direction qu'elle allait prendre. Il pouvait toujours y avoir des surprises, bien sûr, et des sauts de logique. Mais Jack était capable de tenir une note dans sa tête et savoir qu'il y avait seulement un petit nombre de chemins potentiels à emprunter depuis celle-ci, juste une poignée de sentiers possibles à suivre.

Cela faisait paraître la musique déficiente, d'y penser ainsi, comme un livre composé d'une douzaine de mots seulement. Mais une fois que vous preniez en compte toutes les autres variables à travers l'étendue d'une chanson, ce n'était pas du tout le cas. Une chanson, c'était comme un trajet, ou une histoire, avec un point de départ et une destination ; peu importent les similitudes du chemin, les détails seront toujours différents.

Peut-être qu'une chanson était similaire à une île : un territoire défini au sein duquel certaines choses pouvaient se produire et d'autres non. Vues du ciel, deux îles paraissaient sans doute identiques. Mais des milliers de vies différentes pouvaient y être vécues.

Et de toute façon, pensa Jack, tout en déambulant de note en note et d'idée en idée dans sa tête, la prévisibilité faisait partie du plaisir de la musique. La plupart des chansons qu'il adorait comportaient une sorte de confort. Vous compreniez où vous étiez au début, et vous compreniez plutôt bien où elles vous emmèneraient. C'était rassurant. Le long du chemin, vous entendriez quelque chose de nouveau, peut-être d'inattendu. Mais vous entendriez aussi le familier, le même amas d'accords dans chaque clé, et les échos des mélodies que vous aviez déjà entendues : des petites phrases, aperçues comme depuis une voiture en mouvement. Ils liaient le présent au passé, ces aperçus. Ils enracinaient les nouvelles chansons dans les vieilles traditions.

Un bourdon vrombit près de l'oreille de Jack, puis se posa sur le banc à côté de lui. Il rampa un centimètre dans une direction, fit demi-tour et repartit en arrière, comme s'il cherchait quelque chose de précis. Jack se demanda s'il était à court d'énergie. Parfois il les trouvait comme ça, épuisés, et s'il en avait le temps il leur déposait de l'eau sucrée, dans l'espoir qu'ils reprennent des forces. Celui-ci, pourtant, ne s'arrêta pas longtemps. Après avoir effectué quelques cercles sur le banc, il bourdonna de nouveau à la vie et disparut par-dessus le toit de la maison.

Jack se demandait souvent quelles chansons ses arrière-grands-parents pouvaient avoir connues, ou leurs arrière-grands-parents à eux. Que s'étaient-ils chanté, ou murmuré timidement dans un souffle ? Quelles chansons d'amour, quelles lamentations ? Jack n'en avait aucune idée. Quelles qu'elles soient, elles ne lui avaient pas été transmises. D'aussi loin qu'il s'en souvienne, il n'avait jamais entendu ses grands-parents chanter la moindre note. Les seules chansons qu'il entendait enfant lui venaient de son père et sa mère, et toutes, chacune d'entre elles, arrivaient d'ailleurs.

Il n'y avait pas de riche tradition de chansons de Shetland à proprement parler. Pas de ballades précieuses qui remontent à travers les siècles. Une poignée, c'était tout. Des débris et des fragments. Jack supposait que lorsque la vieille langue était morte, quelques centaines d'années de ça, presque toutes les vieilles chansons étaient mortes avec elle, un héritage avalé par le silence. C'était terrible, quand on y pensait. Tant de choses à jamais disparues. Il y avait de nombreuses mélodies de Shetland dans le coin, sous la forme d'airs de violon, et il y avait des paroles aussi, sous la forme de poèmes. Mais c'était comme si, tels des amants secrets à un bal, toutes deux se tenaient éloignées, se dévisageant d'un bout à l'autre du hall.

Peut-être en raison de cette absence précise, de ce silence, les chansons qui entouraient Jack enfant – des chansons du Kentucky, du Texas, du Tennessee – ne lui avaient jamais semblé étrangères ou pas à leur place. Le père de Jack avait écouté Jimmie Rodgers et Johnny Cash, et par-dessus tout Hank Williams. Il mettait les mêmes albums, les mêmes chansons, encore et encore, jusqu'à ce que Jack connaisse ces voix aussi bien qu'il connaissait la sienne. Mais son père n'était pas le seul. À l'époque, la musique country était omniprésente à Shetland. Quand les gens chantaient, quand les gens attrapaient une guitare et plaquaient des accords, c'était toujours de la country. Comme si, ne possédant pas leur propre tradition musicale, les hommes de Shetland en avaient tout simplement adopté une venue d'ailleurs. Ils lui avaient ouvert la porte, l'avaient accueillie, et l'avaient fait se sentir comme à la maison.

Dès le moment où Jack avait eu conscience du monde autour, la musique en avait fait partie. Au même titre – de manière tangible – que les murs de la maison derrière lui, et que le bout de terrain devant. Elle l'avait comblé, était devenue une sorte de vocabulaire et une sorte de compagnie. Il pensait en mélodies aussi souvent qu'en images ; il pensait en couplets aussi souvent qu'en phrases.

Jack se leva pour se dégourdir les jambes. Il longea le carré de légumes, puis, au-delà, se dirigea vers l'herbe rabougrie dans le coin le plus éloigné du jardin. Il y avait là des buissons de framboisiers, qui avaient été plantés par sa mère. Il se souvenait de sa fierté encore quand les premiers fruits mûrirent, un petit bol posé sur la table de la cuisine un soir après le dîner. Elle avait attendu que Jack et son père en aient chacun déposé un sur leur langue avant de tendre la main. À présent il y avait plusieurs buissons ici. Difficile de dire combien, tant les pieds et les surgeons étaient si densément entremêlés. Jack les adorait, malgré leur désordre. Il adorait leur ténacité et leur générosité. Il adorait le doux fruit acidulé qui poussait toujours dans une abondance obstinée.

Juste derrière les buissons, près de la remise, un poteau de la clôture branlait, et il posa la main dessus pour voir si cela empirait. Effectivement, ça empirait. Le bois tenait maintenant en place uniquement grâce aux barbelés auxquels il était attaché. Jack soupira. La clôture, en théorie, c'était la responsabilité d'Andrew, l'agriculteur, mais Jack trouvait cela souvent plus rapide de se charger des travaux lui-même. Le vieil Andrew aurait débarqué en moins de deux si quelque chose devait être fait, mais Andrew fils avait d'ordinaire d'autres affaires à régler.

C'était l'un de ces après-midi où s'enchevêtraient le murmure du vent sur la colline et les sons des oiseaux : l'excitation frénétique des alouettes, le bruissement d'une bécassine, et le troglodyte, sur le sol au coin de la remise, avec ses fioritures soignées de sifflets et de trilles. L'endroit tout entier était occupé, alors, par les entreprises urgentes de l'été.

Il y avait une douceur dans l'air, ou une absence de froid, du moins, et la journée était moelleuse. Jack s'appuya contre la remise et écouta le troglodyte répéter son refrain. Il pensait à son père, se souvenait de la manière dont il chantait, à la maison, sans accompagnement. Sa voix de lilting était haute, en contradiction avec ses manières souvent bourrues. S'il pensait que personne ne l'écoutait, il glissait dans n'importe quel air qui lui passait par la tête à ce moment-là. Mais lorsqu'il savait que sa femme ou son fils se trouvaient dans les parages, il retombait dans son répertoire. Des chansons qu'il connaissait bien. Et lors d'occasions spéciales, quand sa femme était particulièrement contente de lui, ou bien particulièrement agacée, la chanson qu'il choisissait n'était pas sa préférée à lui, mais sa préférée à elle. Elle s'appelait Kathleen, et elle adorait – comme si peut-être il la chantait juste pour elle – la version de Slim Whitman de « I'll Take You Home Again Kathleen ». Ce n'était pas une chanson de country, pas tout à fait, mais elle n'était pas non plus irlandaise, comme beaucoup semblaient le penser. Elle était américaine, à cent pour cent. Et dans la version de cow-boy théâtral de Whitman, elle se nichait quelque part du côté de la country.

La première phrase arriva dans les pensées de Jack, et il suivit les paroles, sans les chanter tout haut, mais en les laissant jouer dans sa tête, en les entendant dans la voix de son père pour la première fois depuis des années.

Je te ramènerai à la maison, Kathleen
À travers l'océan vaste et sauvage

L'après-midi était avancé, et le soleil haut au-dessus de la crête. Jack leva les yeux vers la tache lumineuse dans les nuages derrière lesquels il se cachait, et il sentit sa concentration se relâcher. La chanson, bien qu'elle dégoulinât de mièvrerie, emplissait chaque parcelle d'attention qu'il possédait.

Et lorsque les champs seront frais et verts
Je te ramènerai chez toi, Kathleen

Quand ces derniers mots s'estompèrent, et que son regard revint sur l'herbe autour de ses pieds, Jack fut surpris de découvrir que ce n'était pas le soleil qui lui faisait plisser les yeux, et cligner, et se frotter le dos de la main à travers le visage. Son regard âgé, bleu comme des ne-m'oubliez-pas, était gonflé de larmes.

Quand Jack remit les pieds à la maison, après une heure ou deux dans le jardin, son hôte non invité lui était complètement sorti de la tête. Il se figea de surprise en voyant le chaton toujours perché sur le canapé, les yeux grands ouverts, puis il passa devant lui pour aller dans la cuisine. Le bol avait été vidé pendant son absence. Seules quelques croquettes étaient éparpillées sur le lino. Il y avait aussi un peu de litière sur le sol, même si le chat s'était débrouillé plutôt proprement à cet égard. Il était dressé. Un soulagement, au moins.

« Bon, alors, dit Jack en direction du salon. Désolé pour toute cette affaire. Je parie qu'ta maison te manque. Ta mère aussi, peut-être. » Il s'arrêta, se sentit bête de parler à voix haute. Mais le chaton leva les yeux comme s'il s'attendait à ce qu'il poursuive.

« On va trouver une solution, dit-il, après un instant. Une nouvelle jolie maison où tu pourras aller. » Le chaton bâilla et détourna le regard.

Ça suffit comme ça, pensa Jack. Il mit la bouilloire en marche et se prépara du thé. Il pressa le sachet avec sa cuillère, puis le laissa tomber dans un bol et emporta la tasse dans l'autre pièce.

« Ach », dit-il en se renversant dans son fauteuil.

Le chaton semblait nerveux que Jack soit si près, et il se replia au coin du canapé. Jack, à son tour, se sentit bizarrement intimidé face au chat, comme si la créature pouvait le juger. Ridicule, évidemment, mais indiscutable. Il ne savait pas s'il devait continuer à parler, ou simplement l'ignorer.

Il posa la tasse sur le sol près de lui, étendit les pieds, plus lentement que jamais, avant d'appuyer sur le bouton Play de la télécommande. Le son de la mandoline transperça la pièce et les oreilles du chaton tressaillirent. Jack baissa le volume, par respect.

« C'est une vieille chanson, expliqua-t-il. Une de mes préférées. »

Son pied droit battit la mesure de « Kentucky Waltz ». Pas l'originale de Bill Monroe, mais la version des Osborne Brothers : un peu plus lente et un peu plus tendre, pensa Jack. Il ferma les yeux pour écouter.

LA DOULEUR & LA BRUYÈRE

Les oiseaux sur la colline auparavant Chantaient pour moi

L'aurore appelait ton nom

Notre amour m'emplissait comme la marée montante

Maintenant il ne reste que la douleur et la bruyère

n'y avait rien que du soleil
Il ~~y avait du soleil tout autour de nous~~ le jour où nous nous sommes rencontrés

cru
On aurait ~~dit~~ qu'il ne pleuvrait jamais

Il y avait de la lumière tout autour de nous ~~je n'oublierai~~ je ne pourrai jamais l'oublier

Maintenant il ne reste que la douleur et la bruyère

Pont

au mieux? ~~toi aussi~~
J'ai essayé comme un fou de si bien t'aimer

Et (puis) oui, j'ai encore essayé

Mais C'était au-dessus de mes forces

~~Faute~~ De pouvoir te retenir

Maintenant il ne reste que la douleur et la bruyère

m'as quitté
Le jour où tu es partie, tu m'as souhaité (tout) le meilleur

Et, tu le sais, je t'ai souhaité de même

font rien
Mais les souhaits ne m'aident pas ~~et~~ / quand le bonheur est depuis longtemps parti

Et il ne reste que la douleur et la bruyère

LE FOYER

1959-1960

Sonny Paton et Kathleen Anderson se marièrent un matin d'avril, et pendant toute la durée de la cérémonie, la pluie ne cessa jamais. Comme des cailloux lancés du ciel, elle cliquetait contre le toit de la chapelle de Treswick, les longues planches et les poutres au-dessus des têtes de l'assemblée frémissant sous le déluge. Le pasteur dut hausser la voix pour atteindre un cri modeste, mais les plus proches de la porte ne parvinrent tout de même pas à distinguer les vœux. Certains parmi la petite foule présente entendirent dans cette pluie incessante un chœur d'applaudissements pour l'heureuse occasion, et d'autres y virent un mauvais présage. La plupart, en revanche, n'en pensèrent rien du tout. C'était Shetland, et il pleuvait.

Le consensus au sein de la communauté était que Sonny autant que Kathleen avaient fait un bon choix. Qu'ils avaient fait preuve de discernement. Sonny était un jeune homme sensé. Travailleur, aussi. Il n'avait pas grand-chose à faire valoir, mais il était loin d'être le seul dans ce cas. Et des rumeurs couraient sur ses économies. Il ne s'était pas montré prodigue avec ses salaires de Salvesen, aucun doute là-dessus. Sonny n'était pas un bon orateur, et il n'était pas l'âme de la fête. Il pouvait être d'humeur changeante, certains mentionnaient qu'il cachait un mauvais caractère. Mais mieux valait ça, se disaient la plupart, qu'un homme qui boit à perdre la raison, qu'un homme qui dépense tout ce qu'il a, qu'un homme qui ne sait pas ce qui compte. Sonny était plus vieux, peut-être plus sage, que son âge.

Kathleen, à l'inverse, était une femme lumineuse. Elle riait facilement, et elle faisait rire les autres en retour. Elle possédait les compétences nécessaires, aussi, le sens pratique, la souplesse, la patience indispensables pour tenir un foyer. Elle ne cousait pas très bien, rapportait sa mère – son esprit avait tendance à s'égarer –, et les vêtements qu'elle confectionnait convenaient à la famille, pas à la vente. Mais elle savait comment repriser et faire durer. Elle était appréciée, admirée même, et Sonny n'était pas le seul à avoir espéré en faire sa femme. Il fut juste le premier à demander.

La demande s'était déroulée le jour suivant son retour de la chasse à la baleine, après avoir décapé sa peau deux fois, jusqu'à ce qu'elle devienne rouge. Sans se laisser le temps de douter, il se mit en marche vers la maison de ses parents, six kilomètres au sud, son petit déjeuner encore lourd sur son estomac. Ce fut sa mère qu'il rencontra d'abord, dans le jardin devant le cottage, et une fois les amabilités échangées, Sonny expliqua ses intentions. La femme hocha la tête, sans donner son avis sur le sujet, et pointa la maison du pouce.

Kathleen fut surprise par la question, bien sûr. Elle connaissait Sonny depuis qu'ils avaient commencé l'école, et même s'ils avaient passé du temps ensemble l'été précédent, toujours avec des amis, il n'avait rien laissé paraître de ses sentiments à son égard. Pourtant il était bien là, pas vraiment sur un genou, mais avec un regard de supplication sur le visage qui lui montrait à quel point il était sérieux. Ils partirent en promenade, suivirent la route en direction de la mer, et puis ils s'assirent ensemble sur des rochers adjacents. Kathleen savait qu'il lui faudrait une raison pour refuser, tout comme il lui faudrait une raison pour accepter. Elle l'écouta parler de ses années au loin, de son désir de s'établir, de bâtir un foyer. À son tour il l'écouta parler, et puis, pendant quelques instants, ils restèrent assis en silence, se contentant de regarder les vagues. Ce fut la facilité de ce silence qui la convainquit. Elle accepta. À une seule condition. Elle ne se hâterait pas. Elle le fit attendre presque une année entière avant de l'épouser. Mais elle accepta.

Ensemble, ils formaient un couple d'une beauté modérée, un bon duo, en effet, et lorsqu'ils quittèrent la chapelle en cet après-midi de printemps, leurs voisins, leurs amis, leurs familles étaient ravis. C'était une journée splendide, malgré la pluie torrentielle. En quelques secondes, alors qu'ils posaient dehors sur les marches de pierre inégales, le châle en dentelle de Kathleen, cousu par sa grand-mère, si fin qu'il pouvait être passé à travers son alliance, devint aussi décharné et détrempé qu'un tas de varech.

Le couple passa sa première nuit à Hamar, mais ils n'étaient pas seuls. La maison et la ferme appartenaient au grand-oncle de Kathleen, Tom, dont la femme était morte en couches quatre décennies plus tôt, et dont la fille, ayant survécu à ce terrible événement, ne résista pas à l'accès de grippe qui la frappa lors de son cinquième anniversaire. Toutes deux, la mère et la fille, étaient enterrées au cimetière de Treswick, côte à côte, mais leurs noms n'étaient jamais prononcés dans la maison Hamar. Tom était connu pour être parfois prompt à la mélancolie, ce qui n'était pas vraiment surprenant. Mais il aimait beaucoup Kathleen, et il était heureux de lui procurer un foyer. La maison et la terre lui appartiendraient à sa mort, dit-il, et jusque-là, ils les partageraient. Lui et Sonny travailleraient ensemble à la ferme.

Sonny était mitigé au sujet de cet arrangement. Sa fierté était redoutable, et l'odeur de la charité lui semblait odieuse. La générosité de Tom nourrit, pendant de longs mois, un intense ressentiment chez le plus jeune des hommes, comme si ce cadeau, cette gentillesse, était une dette suspendue au-dessus de sa tête. Mais aussi fier qu'il fût, Sonny n'était pas idiot. La maison, la terre : elles représentaient un espoir, elles représentaient un futur. Et puis, le couple était loin d'être le seul à vivre avec un proche ; bien d'autres faisaient pareil. Ils n'avaient pas beaucoup d'options, et celle-ci était de loin la meilleure.

Tom leur laissa sa chambre, la seule de Hamar à l'époque. Du jour du mariage au jour de sa mort, il dormit dans le salon, soit sur le canapé, sous une couverture de laine, soit assis dans son fauteuil, aussi près du feu que la saison l'exigeait. Il paraissait content de cet arrangement, ne déplora jamais la perte d'intimité et d'espace. Il était ravi de la compagnie de Kathleen, et ravi de pouvoir lui être utile. Même si le mari de sa petite-nièce pouvait parfois être un fichu casse-pieds.

Ils se chamaillaient tous les deux, Tom et Sonny. Comme des frères vindicatifs, ils se disputaient, n'étaient presque jamais d'accord sur la manière de réaliser les tâches, qu'il s'agisse de réparer une clôture ou d'égorger un cochon. Le plus souvent, au cours de ces premiers mois, ils travaillaient chacun de son côté, se retrouvant à la ferme uniquement lorsque plus de deux mains étaient nécessaires. Il n'était pas rare – surtout lors de ces occasions – que la querelle soit si totale qu'ils refusent de s'adresser la parole pendant des jours, communiquant seulement par l'intermédiaire de Kathleen. Elle devenait, ainsi, à la fois porte-parole et médiatrice, elle calmait la colère des hommes, les poussait vers des terrains d'entente. Aussi patiente qu'elle fût, leurs mesquineries l'épuisaient. Alors, la clameur agréable de sa maison d'enfance lui manquait : son frère et sa sœur, tous deux plus âgés et également mariés, et sa mère, veuve depuis la guerre, mais qui ne laissait jamais une occasion de rire lui passer sous le nez. Au milieu des silences vexés que Tom et Sonny bâtissaient entre eux, ce foyer d'enfance pouvait effectivement sembler bien loin.

Au début du printemps suivant, pourtant, la relation entre les hommes commença à s'améliorer. Un respect discret – pour la connaissance étendue que Tom avait de l'endroit et de ses besoins ; pour la détermination et la force de Sonny – dompta leur rancœur. Et l'arthrose qui raidissait les mains de Tom, qui élevait des monticules durs au-dessus de ses phalanges, le convainquit, après tout, que l'aide de Sonny était plus qu'un simple soutien. Le jeune homme était indispensable.

La ferme ne suffisait pas pour eux trois, bien entendu. Elle fournissait de la nourriture, mais pas d'argent à proprement parler. Kathleen travaillait quelques heures ici et là, elle nettoyait le presbytère de Treswick quand la femme de ménage du pasteur était indisposée, et elle semblait l'être souvent, ou bien elle aidait ses cousines, qui vendaient des tricots par voie postale. Kathleen cousait les étiquettes, pliait les écharpes et les pulls et emballait le tout pour que les colis soient prêts à poster, laissant ses cousines se concentrer sur la fabrication.

Tom, dont la capacité à réparer presque tous les moteurs qui croisaient son chemin semblait plutôt innée qu'autodidacte, continuait de s'exécuter quand on lui demandait, même si la douleur dans ses mains rendait parfois l'opération éprouvante. Certains après-midi, lorsqu'il avait passé des heures à disséquer le tracteur d'un voisin, puis à le remonter, il s'asseyait dans le jardin, ses doigts craquelés et noircis par l'huile plongés dans un bol d'eau chaude, pour les soulager et les ramener à la vie. Parfois, il se faisait payer en liquide pour son travail. Parfois, en reconnaissance ou en propositions de rendre la pareille dont il faisait rarement usage.

Sur les trois résidents de Hamar, Sonny était celui qui s'absentait le plus souvent. Son travail était recherché, sa ténacité respectée. L'été, il passait des jours, et parfois des nuits, sur le bateau de son oncle, à pêcher le hareng. Pendant ces courts voyages, il pensait souvent à l'Antarctique. Il s'imaginait de retour sur le baleinier ou sur le bateau-usine, de retour au milieu du sang et de la puanteur. Et il était toujours heureux de rentrer chez lui.

Ils étaient tout juste à l'aise, alors, tous les trois, ni plus ni moins que la plupart de leurs voisins. Ils avaient un endroit où vivre, d'où personne ne pouvait les expulser.

Ils avaient à manger sur la table, la nourriture, en grande partie, ayant été élevée ou cultivée à la ferme, ou bien attrapée par Sonny. Il n'était pas inhabituel, ni particulièrement désagréable, leur arrangement de vie, même si la maison semblait étriquée lorsqu'ils étaient tous les trois à l'intérieur. Dans ces moments-là, impossible de s'éviter, et Kathleen se prenait à rêver d'espace.

Et puis trois devinrent quatre.

4

Jack n'aimait pas conduire. Cette activité lui demandait juste un peu plus de concentration et d'aptitudes que ce qu'il était capable de fournir. Au-delà des quelques kilomètres de route qu'il connaissait le mieux, et qu'il parcourait presque tous les jours, il passait la plupart de son temps derrière le volant crispé, prêt au désastre. En fait, Jack n'avait jamais eu d'accident. Même pas un petit. Mais sa bonne fortune à cet égard, pensait-il, ne rendait que plus probable qu'il en aurait un, un jour. Il était conscient de cette possibilité, toujours, et il conduisait donc à une vitesse qu'il considérait sûre, et que les autres conducteurs considéraient comme exaspérante. Il avait l'habitude d'être doublé.

Il pleuvait ce matin-là quand il prit la direction de Lerwick, descendit la route raide dans la vallée de Weisdale, dépassa Whiteness, puis remonta, tourna à gauche puis à droite puis à gauche, jusqu'au sommet de la colline au-dessus de Tingwall. Ses essuie-glaces frappaient d'un côté à l'autre, et il ralentit jusqu'à atteindre une vitesse qui serait qualifiée de pas pressée même selon ses propres standards. Routes humides et mauvaise visibilité : une combinaison à haut risque.

La vue changea entièrement à ce virage, entre les coups de balais, Jack distinguait la piste étroite de l'aéroport Tingwall, et, juste au-dessus, sur la vieille route, la chatterie. Il les avait appelés ce matin-là pour prévenir qu'il passerait avec un chaton errant, et ils l'avaient poliment informé qu'il faisait erreur. Il ne s'agissait pas d'un refuge pour chats, dirent-ils, mais bien d'un élevage de chats. En fait, lui expliqua la femme, il n'y avait aucun refuge. Plus maintenant. Les types de la Protection des Chats pourraient l'aider à trouver un nouveau foyer pour le chaton s'il le souhaitait, mais il devrait le garder jusque-là, car il n'y avait pas assez de monde prêt à être famille d'accueil. Lorsque Jack essaya d'expliquer la situation, et pourquoi ce serait préférable s'il pouvait tout simplement confier l'animal à quelqu'un, la femme eut l'air sceptique. « Pourquoi ne le gardez-vous pas quelques jours avant de décider ? demanda-t-elle. Peut-être que vous y prendrez goût. »

Alors, voilà.

Le ciel se dégageait juste un peu lorsque Jack descendit North Road jusqu'à Lerwick, passa devant les stations-service, la centrale électrique, le terminal de ferrys. Il tourna à droite, en direction du supermarché, de l'autre côté de la ville. Il y avait là un café, au bord de l'eau, et l'idée d'une boisson, peut-être d'un gâteau, rendait le passage à la grande surface moins éprouvant.

Faire les courses en ville, c'était une corvée. Pire que le ménage, pire que l'administratif – le peu qu'il avait à faire. Même pire que combler les nids-de-poule du chemin. Pour

Jack, le supermarché était un lieu de stress et d'épuisement. Trop de gens, trop de choix. Il préparait sa liste minutieusement, et il s'élançait avec son caddie aussi résolument que possible, arpentant d'abord le rayon des fruits et légumes, puis celui de la viande. Mais ce n'était jamais aussi simple. Le mot « beurre » noté dans son carnet ne voulait presque rien dire lorsqu'il se retrouvait face à quatre étagères de salé, doux, bio, local, écossais, géographiquement non défini, tendre, non tendre, et bien d'autres options. Elles lui faisaient tourner la tête. Et puis il y avait l'ordre des achats. Chaque fois qu'il venait ici, il rédigeait sa liste dans l'ordre où se trouvaient les articles, aussi bien qu'il s'en souvienne. Plus rapide, plus efficace. Sauf que le supermarché avait toujours la bougeotte. Une fois, les corn flakes se trouvaient au rayon trois, et le mois suivant à l'autre bout de la grande surface. Il se tenait devant un mur de couches jetables qui auraient dû être ailleurs, se demandant s'il valait mieux progresser dans le rayon ou suivre sa liste.

C'était un vieux clown, en vérité. Un homme étranger au monde, à qui l'on ne pouvait pas confier une tâche aussi simple que faire les courses. Voilà ce qu'il se répétait en s'arrêtant au rayon alcools et en saisissant une bouteille de whiskey Maker's Mark. « Un vieux fou débile », murmura-t-il dans un souffle. À cela près qu'il n'était pas si vieux que ça.

Alors qu'il faisait pivoter son caddie vers le rayon suivant, un homme l'arrêta, et Jack se creusa les méninges pour retrouver son nom. Billy, Barry, Bobby ? Il ne s'en souvenait pas.

« Tiens, salut, Jack, dit l'homme. Comment ça va ? »

Jack hocha la tête. Peut-être était-ce quelqu'un qu'il avait connu à l'école ? « Pas mal, répondit-il. Comme d'habitude. Et toi ?

– Ach, pareil, pareil. Mon genou m'embête, mais à part ça, j'survis. »

Jack ne connaissait toujours pas l'identité de cet homme, ce qui ne lui laissait nulle part où aller, d'un point de vue conversationnel, hormis vers l'évidence. « Pluie terrible ce matin, dit-il. On aurait dit la mousson. »

L'homme haussa les épaules. « Ça va mieux maintenant, cela dit, répondit-il, et il se tourna vers la fenêtre, à travers laquelle une étroite bande de ciel bleu était visible.

– Oh », dit Jack, véritablement surpris.

Pour Jack, les conversations étaient souvent difficiles et insatisfaisantes, mais celle-ci était un exemple particulièrement pénible. La panique l'étreignit lorsqu'il essaya de trouver quelque chose d'autre à dire, et qu'il échoua. L'homme hocha la tête en signe d'au revoir, et partit à la recherche de bananes ; Jack ressentit d'abord du soulagement, puis du regret, enfin de l'autojugement. Il n'était pas ravi d'être si mauvais à ce que les autres trouvaient facile.

Et puis il se souvint. Birnie. John Birnie. Voilà d'où était venu le mélange entre les B. John Birnie, dont le frère avait été un collègue de Jack quand il travaillait à l'aéroport. Ach, bon. Tant pis.

La queue à la caisse était courte. Il lui fallut seulement quelques instants avant de ressortir et de larguer les courses dans le coffre de sa voiture. Le ciel était entièrement dégagé à présent, aussi Jack retira son manteau, le laissa sur le siège conducteur, et traversa le parking à grandes enjambées en direction du café. Comme les choses changent vite, se dit-il. Comme les choses changent vite.

Il commanda un cappuccino et un sandwich élaboré. Viande, fromage, salade. Il s'assit près de la fenêtre – le café était presque entièrement vitré, avec la mer à seulement quelques mètres – et il étendit les jambes sous la table. Il soupira, détendu. Il était encore trop tôt pour le déjeuner, et le café était calme, seuls quelques couples alentour et un groupe avec des enfants dans la pièce d'à côté. Le couple le plus proche de Jack était paré de vêtements d'extérieur de marque : manteaux de pluie légers, pantalons et chaussures de randonnée. Des touristes.

Une adolescente apporta son café, accompagné d'un sourire et d'une gaieté qui semblait si sincère, si radieuse, que Jack ne put s'empêcher de rayonner en retour.

« J'espère que ça vous plaira, dit la fille, quand elle posa la grande tasse devant lui.

– J'en doute pas, répondit-il. Merci ! »

Jack ne cultivait pas le dédain pour les jeunes que certains de ses contemporains semblaient posséder. Il ressentait plutôt quelque chose comme de l'envie à leur égard, et une sorte d'inquiétude. S'il pouvait choisir d'être de nouveau jeune, il le ferait sûrement. Mais il savait, aussi, à quel point la joie pouvait rapidement être chassée. Avec quelle vigueur. Une vague de compassion pour l'adolescente l'envahit, et, ne sachant pas vraiment que faire de cette émotion, il regarda par la fenêtre.

Au bord de l'eau, une loutre apparut, d'abord comme une soudaineté, un mouvement, et puis comme une forme, lorsque le corps brun et lisse se hissa hors de l'eau et grimpa sur les rochers asphyxiés par les algues. Jamais elle ne fut entièrement distincte de ces roches ou de ces algues ou de cette eau. Elle semblait faite des trois, toujours à moitié dissimulée.

Jack voyait des loutres pendant ses promenades, de temps à autre, et il en avait déjà vu ici aussi. Plusieurs fois. Mais il n'avait jamais perdu cette bouffée d'enthousiasme quand l'une d'elles se matérialisait devant lui. Tout comme lorsqu'il voyait des baleines, ce qui se produisait de plus en plus souvent ces temps-ci ; il ressentait toujours le désir de le dire à quelqu'un, de partager la surprise et le délice.

Il regarda autour de lui. Le couple dans ses vêtements d'extérieur élégants venait de se lever pour partir. Il se dit qu'ils seraient contents de le savoir – c'étaient des touristes, après tout –, mais il ne put se résoudre à dire quoi que ce soit. Et lorsque l'adolescente revint avec sa nourriture et un autre sourire, il ne la prévint pas non plus. Elle en voyait probablement tout le temps. Ou bien elle s'en fichait.

La loutre s'étendit sur le rocher, se roula dans les algues tandis que Jack mâchait son sandwich en silence. Il éprouvait une sorte particulière de déception à l'idée que, lorsque les mots étaient nécessaires, il ne parvenait pas à les localiser, mais que, quand il avait quelque chose à partager, il n'avait personne à qui s'adresser. Une déception ancienne, pas nouvelle, qui réapparut comme une pierre érodée dans son estomac.

Si quelqu'un avait demandé à Jack s'il se sentait seul – ce que, naturellement, personne ne lui aurait demandé –, il aurait répondu que non. Il aurait grommelé le mot et secoué la tête, comme si la question ne méritait pas plus de considération. Et cela n'aurait pas été faux. Jack s'était tellement habitué à sa propre compagnie, tellement habitué à l'absence des autres dans ses journées, que la solitude n'était pas un état dans lequel il résidait. Il n'aspirait pas souvent à la présence d'autrui, et il ne ressentait pas non plus l'isolement comme un inconfort. Certains, peut-être, le considéreraient comme un stoïque, mais puisque la situation de Jack ne lui semblait pas vraiment difficile – du moins pas d'ordinaire –, cela ne serait pas correct non plus.

Son imperturbabilité face à la solitude, pourtant, n'était pas absolue. Jack était humain après tout. Il avait des peines, des sentiments et des aspirations aléatoires. Par moments – le soir, le plus souvent, même si cela pouvait durer des jours, ou même des semaines – il se sentait tenaillé par une soif de ce qu'il n'avait pas, de ce qu'il n'avait jamais eu : une compagnie intime, une familiarité, un amour réciproque. Il connaissait ces choses grâce aux livres et aux chansons, et une fois, peut-être, elles avaient semblé presque à sa portée. Désormais, il avait conscience de leur absence, même lorsque cette absence ne lui causait aucune peine.

Ce calme sous-courant de désir, qui pouvait parfois s'élever et déferler à la surface, était lié, Jack le savait, à son amour de la musique. La passion qu'il ressentait – la passion intense, incarnée – pour certaines chansons. La manière dont les mélodies pouvaient être comme une compagnie, capables de divertir et réconforter. Tout était connecté. Sans aucun doute.

Il en allait de même pour l'écriture.

Écrire une chanson d'amour n'était pas pareil qu'être amoureux. Jack le savait bien. Et écrire une chanson sur une peine de cœur n'était pas pareil que perdre un amour. Mais Jack savait également, ou pensait savoir, que ce n'était pas aussi différent que les gens pouvaient le croire. Aimer, c'était un acte d'imagination. La création de futurs possibles, la construction d'un soi nouveau et meilleur. Lorsque l'amour finissait, c'étaient ces futurs et ces soi qui se perdaient. Ce que Jack connaissait de l'amour, c'était par l'écriture de chansons d'amour qu'il l'avait appris. Et il savait ce qu'était un cœur brisé, aussi.

Même s'il n'aurait jamais dit qu'il était seul, Jack pourrait admettre, s'il y était poussé, qu'il était parfois solitaire. Il avait toujours préféré ce mot. Il lui semblait à la fois plus éloquent et moins douloureux. Plus romantique, moins désespéré. C'était un mot qu'il se contentait de chanter, qu'il ne prononçait jamais tout haut. Et aucun mot, assurément, n'était plus enraciné dans la musique country.

Beaucoup de choses, Jack le savait, pouvaient amener un chanteur de country à se sentir solitaire : trop boire, vieillir, quitter son foyer, la nostalgie de son foyer, être chez soi et vouloir être ailleurs, être seul, être avec la mauvaise personne, un être aimé qui vous trompe, un être aimé qui boit trop, un être aimé qui part, un être aimé qui meurt, un chien qui meurt, rien de particulier, les trains.

Jack n'était pas concerné par le dernier élément de cette liste, même si ce n'était absolument pas une cause rare de solitude, à en croire les chansons de country. Il n'avait pris le train que quelques fois dans sa vie, et jamais pour aller très loin. Mais il les avait vus, à l'arrêt et en mouvement, à l'écran et dans la réalité, et ils ne lui avaient pas semblé être un moyen de transport plus enclin aux êtres solitaires que, disons, la voiture.

Il y avait du symbolisme là-dedans, comprenait-il : des racines métaphoriques étendues. Les trains représentaient la liberté, surtout pour ceux à qui la liberté était hors d'atteinte. Ils représentaient des ailleurs infinis pour ceux qui étaient coincés quelque part. Ils représentaient le progrès, bienvenu ou non. Jack savait tout cela. Il pouvait y être sensible, le comprendre, mais il ne pouvait pas le ressentir véritablement. Lorsqu'il entendait une chanson à propos d'un train, il imaginait le premier départ d'Aberdeen vers le sud, au petit matin, alors qu'il venait de sortir, chancelant, les yeux rougis, du ferry. Il imaginait les chariots de restauration en métal, avec du mauvais café et des sandwichs moites. Il s'imaginait debout devant la porte des toilettes, comme il l'avait fait une fois pendant une ou deux heures d'affilée, dans un wagon chaud et surpeuplé qui empestait la sueur et – chaque fois que la porte était ouverte – pire encore.

Dans les chansons, c'était souvent le sifflement d'un train qui déclenchait le sentiment du solitaire. C'était le son, pas la vue, qui le produisait. Jack avait entendu des enregistrements de ce son, et il devait bien admettre qu'il avait quelque chose d'endeuillé, quelque chose qui semblait en harmonie avec la country. Il lui rappelait un peu le sifflement d'un bateau, ou d'une corne de brume – un son qui autrefois lui avait été familier, mais qu'il n'avait pas entendu depuis des lustres désormais, puisqu'elles étaient toutes éteintes.

Pour Jack, la corne de brume était un symbole aussi puissant qu'un train : elle représentait non pas la liberté mais la sécurité, ou le danger – selon le point de vue. Alors que le sifflement d'un train pouvait déclencher un désir d'ailleurs, une corne de brume, comme un phare, lançait une alerte, rappelait que la terre comme la mer pouvaient vous tuer, si elles en avaient l'occasion. Ce brame immense, solitaire, était une main tendue au cœur de l'invisible péril. Mais autant que Jack le sache, il n'existait pas de chansons de country sur les cornes de brume.

De part et d'autre de l'étendue tapissée du salon de Hamar, Jack et le chaton s'épiaient. En quelques jours, un changement s'était opéré chez l'animal. Son humeur s'était améliorée, sa peur avait diminué. Désormais, lorsque Jack entrait dans la pièce, le chat ne l'observait pas avec inquiétude ; à la place, il bondissait de son coussin pour aller à sa rencontre, s'étirait dans un énorme bâillement et allongeait les pattes. Il se précipitait, ensuite, dans la cuisine, où il fixait le bol de nourriture vide, puis levait les yeux vers Jack, avant de regarder de nouveau le bol.

« Miaou, disait-il, strident et pitoyable. Miaou. »

Un changement s'était opéré chez Jack, aussi, et il se surprenait à sourire de ces échanges, amusé par les exigences de l'animal et l'assurance avec laquelle il arpentait désormais la maison.

Ce soir-là – son quatrième à Hamar – le chaton et Jack étaient assis en une sorte de réunion, un sommet, où aucun des camps ne parvenait vraiment à comprendre l'autre.

« Tu vas avoir besoin d'un nom, j'imagine, dit Jack, qui s'était fait à l'idée de garder cette créature plus facilement qu'il ne l'aurait pensé. Faut bien que j't'appelle par quelque chose. »

En réponse, les oreilles du chaton tressaillirent. Puis il attendit.

Jack parcourut la pièce du regard à la recherche d'inspiration. Un nom musical serait approprié. Quelque chose de sonore et de puissant. Il survola les tranches des CD près de lui, en quête d'idées. Il y en avait trop. Il aurait besoin d'une liste, pour ensuite pouvoir réduire le nombre d'options.

Il ouvrit un carnet posé sur la table basse, et déchira une page à l'arrière. Le stylo était par terre, à côté du feu. Le chaton lui avait couru après un peu plus tôt, il l'avait frappé d'une patte, puis avait bondi à sa poursuite comme s'il était vivant, et le bouchon, maintenant, manquait à l'appel. Jack vérifia s'il marchait, puis, se tenant face au mur, il lut, et il écrivit.

Pendant un bref instant, il envisagea la solution évidente de donner au chat le nom de Kitty Wells. C'était un nom qui, dans ce cas précis, était aussi simplement une description, et cela lui plaisait. Mais en y repensant, il se rendit compte que c'était impossible. Il ne parvenait pas à s'imaginer prononcer à voix haute le nom Kitty, chaton, sans se sentir complètement ridicule. Même si personne d'autre ne l'entendrait jamais.

Il le raya. Alors, quoi ? La liste diminuait.

Patsy ? Possible, mais non.

Tammy ? Mieux, mais non.

Reba ? Wynona ? Non.

Connie ? Wanda ? Tanya ? Non, non, et non.

Dolly ? Absolument pas. Peu importe à quel point il aimait ses chansons.

Après beaucoup de réflexions et beaucoup de ratures, Jack présélectionna deux noms : Emmylou et Loretta.

Il était fortement tenté par le premier. Il y avait peu de voix qu'il aimait autant que celle d'Emmylou Harris. À l'adolescence, elle l'avait ensorcelé, il avait acheté chacun de ses albums le jour de leur sortie, il avait écouté, captivé, il avait scruté leur pochette dans un état de perplexité et de désir. Difficile de croire qu'un tel être humain pût véritablement exister dans le monde. Et pourtant elle était là, bien réelle à ses yeux et à ses oreilles. Bien réelle à son cœur, aussi, blessé par le fait que, pour lui du moins, elle aurait tout aussi bien pu ne pas exister.

Il finit par se remettre de son béguin, plus ou moins, mais il était toujours sous le charme de sa voix. Elle portait une telle richesse, et une telle générosité. Elle réussissait à paraître jeune et sage à la fois ; épuisée par le monde et pourtant prête à tout. Elle projetait une sorte de lueur angélique au-dessus de chacune des chansons qu'elle chantait. Et ça en faisait un paquet.

Le chaton, en revanche, ne projetait pas de lueur angélique. Il y avait une douceur en elle parfois, pensa Jack, mais surtout quand elle dormait. Même s'il adorait ce nom, il est vrai, et qu'il aurait été heureux de l'utiliser plus souvent, Emmylou ne convenait tout simplement pas.

Loretta, de son côté, eh bien, ce nom évoquait le courage et l'insolence, la détermination et l'audace. C'était aller trop loin, peut-être, de suggérer que le chat pouvait avoir beaucoup en commun avec Loretta Lynn, mais, d'une manière ou d'une autre, le nom semblait mieux lui correspondre. Ça pourrait peut-être bien marcher.

Il prononça le nom tout haut – « Loretta » – et le chaton, depuis longtemps endormi, leva une oreille et une paupière, une seconde seulement. Elle regarda Jack, et cela lui suffit pour trancher.

Le chaton s'appelait Loretta, et le chaton allait rester.

LE PHARE

Il y a une vieille (pleine?) lune sur l'océan
Elle se reflète de là-haut
Il y a une vieille chanson à la radio
Te rappelles-tu "Faded Love" ?

Il y a ~~un autre~~ un vieil orage entre nous
~~Même si on a vécu pire~~
Mais il n'a jamais semblé ~~comme~~ si fort avant
Alors que ~~nous~~ tu regardes vers le phare
Sur la berge du non-pardon

R/ Si tu passes dans le coin ~~je~~ j'illuminerai ton chemin
Pour que tu avances seule
Mais si tu es perdue je te guiderai chez toi

Même si nous sommes dans la même pièce
Tu sembles si loin de moi
Comme un bateau ~~sans~~ solitaire, à la dérive,
Sur cette mer ~~douloureuse~~ infinie

Mais tu sais que je t'aime toujours, comme
Je t'ai aimée ~~tout le temps~~ / si longtemps
J'aimerais juste réussir à comprendre
Ce que j'ai ~~commis~~ fait de mal

R/ Si tu passes dans le coin...

<u>Pont</u>

Le danger est tout autour (de nous) et

Il n'y a nulle part où se cacher

fous perdus
Nous ne sommes que deux âmes solitaires

parmi
En péril sur les vagues

Rien ne sert de faire comme si

Tout allait bien ~~s'attarder~~

Rien ne sert de dériver

~~dériver~~

Si tu ne comptes pas rester

mon amour si
Mais ~~tu sais que quand~~ tu as besoin

te tourner vers
Tu peux toujours ~~compter sur~~ moi

le
car Je suis immuable comme ~~le~~ phare

Qui surveille la mer

R/ Et si tu passes dans le coin...

L'EXTENSION

1960

Entre le moment où Kathleen lui annonça qu'elle était enceinte et le moment où la dernière pierre fut posée, la dernière couche de peinture appliquée, et le berceau installé dans la toute nouvelle chambre, Sonny s'arrêta à peine. La nouvelle – aussi bienvenue qu'elle soit – représentait pour lui avant tout une incitation à agir. Quelque chose devait changer. Il discuta avec Tom le soir même, et se mit à concevoir une extension pour la maison, d'abord l'esquissant sur le papier, puis affinant les détails au fil des jours.

La rumeur que Kathleen avait entendue lorsqu'elle avait annoncé leurs fiançailles était vraie : Sonny possédait bien de l'argent à la banque (il ne lui avait jamais dit avant, et elle n'avait pas demandé). Ce n'était pas une fortune – juste un filet de sécurité, comme il disait –, mais cela suffisait à payer les matériaux, et la main-d'œuvre spécialisée nécessaire à la construction des nouvelles pièces. Le reste, Sonny s'en occuperait lui-même, avec l'aide de Tom et des nombreux voisins qui leur devaient bien ça.

Une chambre supplémentaire, une salle de bains digne de ce nom, une plus grande cuisine : voilà ce dont ils avaient besoin. Une extension complète à l'arrière de la maison, dans le jardin. Le cottage deviendrait carré, plus ou moins, sans tout à fait doubler l'espace, mais pas loin non plus. Sonny expliqua le projet à Kathleen, pour qu'elle puisse s'imaginer le résultat. Il étala les plans sur la table, répondit à ses questions, et puis il se mit au travail.

Pour Kathleen, le labeur de son mari semblait un acte de la plus haute dévotion, et elle observait le bâtiment émerger avec un émerveillement profond et inattendu. Elle vit les fondations couler, la surface du béton monter en tremblotant comme du porridge. Elle vit les premières dalles posées, et les contours de leur nouvelle demi-maison apparaître. Pendant ces mois de construction, Kathleen regarda son mari avec une ferveur et une admiration qui lui étaient nouvelles. Même les soirs où il rentrait bougon et frustré, où il se couchait sans retirer le ciment dans ses cheveux, où il laissait des empreintes de boue ou de sciure à travers le sol du salon, elle l'adorait, elle le désirait, elle avait besoin de lui. Elle ressentait, pour la première fois de leur mariage, un sentiment d'abondance – pas une abondance matérielle, mais un débordement d'affection et d'espoir. Ces pièces dans lesquelles ils vivraient bientôt, croyait Kathleen, seraient une incarnation physique de l'amour que Sonny avait pour elle, et pour leur enfant. Que cette extension, en prenant forme, se révèle d'apparence utilitariste, à la limite de la laideur, tempéra à peine cette conviction.

La maison Hamar croissait, et Kathleen également. Son ventre gonflait en harmonie avec les nouvelles pièces. La peau se tendait déjà lorsque les travaux commencèrent, et au moment où le toit fut posé, le feutre étiré et agrafé, elle s'était visiblement arrondie, sa posture avait changé, son pas, ralenti.

Le changement dans le corps de sa femme exalta Sonny. Il travailla plus dur, jusque tard dans la soirée. C'était alors le mois de mai, et les nuits étaient courtes. Si besoin, il pouvait s'arrêter à dix heures du soir, et reprendre avant que personne soit levé. Souvent, c'était exactement ce qu'il faisait. Poussé par une date butoir qui ne pouvait être ni altérée ni précisément identifiée, il se tua à la tâche. Ses traits se tirèrent, la nourriture qu'il avalait à chaque repas ne compensait pas tout à fait l'énergie qu'il dépensait. Il cessa de se raser, pour cacher ses joues creuses.

L'aide arrivait alors bien volontiers, comme les voisins voyaient la fin approcher. Les vieilles dettes et les faveurs furent entièrement payées. Un jour de juin, un trou fut percé entre le couloir et l'extension, et puis un autre, plus grand, relia la vieille cuisine à la nouvelle. La poussière tourbillonna partout, recouvra tout ce qu'ils possédaient, alors que les deux moitiés de la maison se rejoignaient. Tout le monde poussa des acclamations lorsque le nuage retomba, et Kathleen s'attela au nettoyage.

Ces dernières semaines furent difficiles. La précision nécessaire pour terminer les pièces, découper les planches pour les cadres des fenêtres et le lambris des murs, poser les sols, faire rentrer les placards était alors presque au-dessus des forces de Sonny. Certains jours il semblait à moitié délirer d'épuisement, une minute il riait, la suivante il criait. Il faisait des erreurs, jurait, et refaisait les mêmes erreurs. Tom passait quelques heures avec lui, jusqu'à ne plus en pouvoir, alors il retournait aider Kathleen, la laissant se reposer dès qu'elle en avait besoin. Tom avait observé les changements apportés à sa maison avec un véritable plaisir, au départ, impressionné par l'implication de Sonny, et par les améliorations indéniables qu'il réalisait. Désormais, avec la naissance presque au coin de la rue, il devenait anxieux, impatient que les travaux – et la grossesse – soient terminés.

Arriva un jour au début du mois d'août où ils surent, tous les trois, que le bébé était en retard. Kathleen, alors, avait du mal à se déplacer, et les voisins apportaient chaque soir de la nourriture à la famille. Tom, même s'il s'était parfaitement nourri seul pendant des décennies, était devenu presque inutile, consumé qu'il était par ses vieilles appréhensions. Ses tracas et sa bougeotte tapaient sur les nerfs de tout le monde. Il regardait Kathleen comme si elle pouvait disparaître à tout moment, et elle devait le rassurer, encore et encore. Tous, chacun à sa manière, étaient fragiles.

Peut-être était-ce l'air de festivité qui régnait à Shetland cette semaine-là, apporté par la présence de la reine Élisabeth et de sa famille, la première monarque britannique à se rendre dans les îles. Ou peut-être était-ce le soulagement, l'allégresse pure que le travail soit terminé et l'extension réalisée. Ou peut-être, même, était-ce l'odeur : le relent cinglant du white spirit qui emplissait la maison. Sonny était en train de nettoyer des brosses de peinture dans la nouvelle cuisine, les panneaux blancs du mur encore collants autour de lui, quand il entendit le cri de sa femme. Tom, qui avait insisté pour que Kathleen accouche à l'hôpital de Lerwick plutôt qu'à la maison, et qui était prêt pour ce moment depuis plus de deux semaines, courut si vite jusqu'à la voiture – empruntée pour l'occasion – qu'il en oublia presque d'attendre ses passagers.

Ils rentrèrent à la maison, tous les quatre, huit jours plus tard, et il était difficile de dire qui parmi eux était le plus épuisé. Tom semblait abasourdi, presque incapable de croire que tout s'était déroulé comme prévu, que la mère et l'enfant étaient en bonne santé. Lui et Sonny avaient choisi de loger chez un de ses vieux amis à Lerwick pendant toute la période, mais Tom était resté éveillé presque chaque nuit, le cœur battant, la panique toujours présente. Sonny, de son côté, était à peine plus qu'une ombre. Après des mois à ne pas ménager ses efforts, il parvenait tout juste à tenir debout. Il portait en lui la fierté foisonnante et le délice d'avoir un nouveau-né, mais cela ne suffisait pas à le faire avancer. Lorsqu'ils passèrent le seuil du cottage, les deux hommes s'assirent et tombèrent, presque immédiatement, dans le sommeil. Et ce fut donc Kathleen, dont le corps ne semblait plus lui appartenir, percluse de douleurs, qui emporta l'enfant dans la nouvelle chambre et le déposa dans son berceau. Pendant quelques secondes il gigota, remua la tête d'un côté à l'autre comme s'il allait se mettre à pleurer, et puis il ferma les yeux. Kathleen le couva du regard jusqu'à être certaine qu'il soit endormi, avant d'installer un oreiller sur le sol, et de s'allonger à ses côtés.

La maison était calme. La chambre, encore presque vide, lui semblait étrangère. Elle leva la tête vers le plafond, ses yeux suivaient les contours comme pour imprimer la forme de cet espace dans son esprit. Elle écouta les tressaillements et les soupirs de son fils. Elle aspirait, elle aussi, au sommeil, mais son corps ne l'y emmenait pas. Elle était aux aguets.

Kathleen se rassit, regarda à travers les barreaux de bois la minuscule créature qui était son fils. La plus belle chose qui ait jamais existé, pensa-t-elle, la plus parfaite création sur terre. Sa propre création. La sienne et celle de Sonny. Le regarder suffisait à être enivrée. Elle pourrait le scruter, le scruter encore, le scruter toujours, et ne jamais se lasser de lui.

Elle imagina la vie qu'il pourrait avoir, cet enfant, tout ce qu'il pourrait accomplir dans le monde. Oh, n'était-ce pas la plus incroyable des choses que d'avoir ainsi le futur devant soi, de tendre le bras et poser une main dessus, de l'aimer, et d'en être aimée en retour. Son fils pourrait devenir qui il voulait. Il pourrait faire ce qu'il voulait.

Kathleen se réveilla une heure plus tard, sur le sol nu de la chambre. Elle ne se souvenait pas s'être rallongée, pourtant elle était bien là, la tête sur l'oreiller, les bras douloureux des planches dures au-dessous. Son garçon, dans le berceau, bougonnait et réclamait à manger.

Les résidents de Hamar se réunirent le lendemain pour choisir un nom à l'enfant. Tom n'exprima pas d'opinion franche sur la question ; ce n'était pas à lui de prendre cette décision, mais il voulait être présent lors du choix, entendre le nom prononcé pour la première fois.

Kathleen avait trois suggestions. William, le nom de son père décédé ; James, celui de son grand-père ; et puis il y avait Tom. Sonny secoua la tête à chaque nom qu'elle proposait, quoi qu'il ne se justifiât que pour le dernier. « Deux Tom à la maison ? demanda-t-il. Y va s'passer quoi quand j'appelle le garçon ? Y vont accourir tous les deux.

– Et c'est quoi l'problème avec ça ? » intervint Tom.

Sonny resta silencieux un moment. « J'crois qu'notre fils mérite un nom plus majestueux, dit-il. Quelque chose de plus… héroïque, peut-être. » Sonny s'était surpris, tout comme sa femme, à imaginer des futurs grandioses pour cet enfant si petit. Le retentissement de sa naissance l'exigeait.

« Héroïque ? lança Kathleen en riant. Quel genre de héros, plutôt Hercule ou Hank Williams ? » Elle regarda l'enfant endormi sur ses genoux et sourit à part elle. Elle voulut caresser son visage, mais elle craignait de le réveiller.

Sonny ne rit pas. « J'me disais qu'on pouvait lui donner le nom de Shackleton, dit-il. Voilà c'que j'voulais dire, par "héroïque". »

D'abord, Kathleen ne parvint pas à savoir si son mari était sérieux, quoiqu'il ne soit pas vraiment connu pour ses plaisanteries. Elle le fixa et s'aperçut, avec stupéfaction, qu'il l'était bel et bien. L'admiration de Sonny pour l'explorateur n'avait rien d'une surprise. Il avait tant de fois raconté les aventures de Shackleton en Antarctique, comme si ces voyages extravagants avaient été les siens. Mais cette idée-là, c'était ridicule.

« On peut pas appeler ce garçon Ernest, bon sang, répondit Kathleen, puis elle baissa la voix : Il va être un souffre-douleur à l'école. »

Sonny réfléchit, et il sut, à son grand regret, qu'elle avait raison. Il cogita encore un moment. « Et pourquoi pas Jack, alors ? demanda-t-il. Ils l'appelaient parfois comme ça, Shackleton. Jack le Prudent. Pas devant lui, d'accord, mais quand même.

– Jack le Prudent ? On est sûrs de vouloir qu'il grandisse avec ce genre d'étiquette ?

– Eh bien, Shackleton a traversé l'océan Antarctique, il a escaladé les montagnes de Géorgie du Sud avec quelques mètres de corde, et au milieu d'tout ça il a réussi à sauver tous ses hommes. Si c'est ça la prudence, alors je trouve que c'est un nom dont on peut être fier. » Sonny s'était laissé emporter par l'émotion.

Kathleen n'argumenta pas. En fait, elle aimait plutôt bien ce nom. Ordinaire, mais pas quelconque. Fort, fiable, simple. Il sonnait bien dans sa bouche. Elle regarda Tom, qui n'avait rien dit du tout depuis que son propre nom avait été balayé si rapidement. Il haussa les épaules en réponse. « Ça lui va bien », dit-il, et il le pensait vraiment.

Elle baissa de nouveau les yeux vers l'enfant endormi. Tom avait raison. Ça lui allait bien.

« Jack, murmura-t-elle, la décision prise. Debout, Jack ! »

5

Lorsque Jack vendit la ferme de sa famille au vieil Andrew, son plus proche voisin à l'époque, il décida de garder la longue remise en pierre près de la maison, dans laquelle étaient entreposés toutes les machines et tous les outils de son père. Plusieurs raisons le poussèrent à ne pas vendre le bâtiment – et Andrew, de son côté, n'essaya pas de faire changer Jack d'avis, même si un agriculteur n'a jamais trop de remises.

L'une des raisons était pragmatique. Bien que la plus grande part de ce qui était stocké là-dedans ne fût absolument d'aucune utilité à Jack, puisque désormais il ne s'occuperait plus des moutons, ne ferait plus d'ensilage et ne réparerait plus de tracteurs, il comptait toujours vivre une vie modérément fonctionnelle. Il avait des outils de jardin, des pelles, du matériel de peinture, une brouette, et il fallait bien un endroit pour les ranger. La remise était beaucoup trop grande pour ce dont il avait besoin, mais qu'est-ce que ça pouvait bien faire ?

Une autre raison était, à défaut d'un meilleur terme, sentimentale. La remise avait appartenu à son père, et avant ça, à son arrière-grand-oncle Tom, et lorsque Jack pensait à eux, souvent, il les revoyait entre ses murs. Il les imaginait dans leur bleu de travail, penchés au-dessus de l'établi, à fabriquer, à réparer. L'idée de quelqu'un d'autre qui farfouillerait là-dedans, ou même simplement l'idée que l'endroit serve à entreposer la nourriture des moutons lui étaient désagréables. Cela ne lui plaisait pas du tout.

Jack ouvrit la porte sur le mur de devant et se baissa pour entrer. L'air était frais et renfermé. Il sentait la pierre et l'essence. Il leva la main pour tirer sur le cordon près de l'entrée ; les néons au-dessus grésillèrent et, *clic-clic-clic*, s'allumèrent. La pièce apparut. Elle était simple et peu remplie : un sol en béton et des murs de granite nus. L'établi occupait la plus grande partie d'un des côtés, et de l'autre se trouvaient des box étroits dans lesquels, jusqu'au début de l'adolescence de Jack, deux vaches avaient passé chaque hiver. Du côté le plus éloigné, un mur avait été retiré par son père et remplacé par une double porte, pour permettre de faire entrer et sortir le tracteur. Celui-ci, cependant, avait disparu depuis longtemps. Jack l'avait vendu presque immédiatement après la mort de ses parents, pour faire de la place au bateau.

Lui était toujours là – un bateau blanc de Shetland, avec le plat-bord et le bastingage peints en bleu roi –, soutenu par trois tréteaux en bois. Il s'appelait le *Wayfarer*. Le père de Jack, Sonny, l'avait acheté quand Jack avait onze ans. À l'époque, il était amarré à la jetée de Treswick, mais le lendemain de la disparition de Sonny et Kathleen il s'était échoué plus près de la maison. Et même si le temps était calme, et même si le bateau était intact quand il avait été retrouvé, et même si la mère de Jack n'accompagnait presque jamais son père en mer, la découverte du *Wayfarer*, vide et à la dérive, avait fourni une explication qui n'avait pas besoin d'être remise en cause. Tout le monde savait que c'étaient des choses qui arrivent, même à un marin aussi compétent que Sonny. *Ce sont des choses qui arrivent.*

Jack avait fait ramener le bateau à la maison, et celui-ci n'avait pas quitté la remise depuis. La peinture sur les côtés s'était plissée et écaillée dans l'air moite. Des souris avaient fait leur nid sous les planches du fond, ayant obtenu l'accès en grimpant le long des tréteaux.

Peut-être y avait-il quelque chose de morbide à garder l'embarcation sur laquelle ses parents avaient passé leurs derniers instants, l'embarcation qui les avait, d'une certaine façon, tués. Jack ne savait pas trop pourquoi il s'y accrochait encore, mais bon, qu'est-ce qu'il aurait bien pu en faire ? Aucune de ses connaissances n'en aurait voulu – les gens pouvaient être superstitieux comme ça – et il ne voulait pas non plus qu'elle revienne à un inconnu. Alors le bateau restait là, à vieillir avec lui.

Jack posa une main sur le bastingage, tapota le bois, puis se dirigea vers l'établi. Il tira un tiroir du meuble en métal, fouilla, le referma, et ouvrit le tiroir du dessous. Il trouva ce qu'il cherchait : un kit de petits tournevis dans un étui en plastique, la plupart lui étant inutiles. Il sortit une paire de lunettes de la poche de sa chemise – ses lunettes de lecture, sur lesquelles il s'était assis la veille – et la posa sur l'établi. Il essaya un premier tournevis, puis un autre, jusqu'à trouver celui qui correspondait, et il fit tourner les toutes petites vis de la charnière pour que la branche abîmée se retire.

Il la tint devant lui, et commença à frotter le métal, essayant de lui faire reprendre sa forme d'origine. La pliure majeure, pile au milieu, se répara rapidement, mais pour les extrémités ce fut moins évident. Jack posa la branche et la tapota délicatement avec un marteau à panne ronde. Voilà, il arrivait à quelque chose. Elle avait l'air presque droite.

Il revissa la branche, et remit les lunettes. Elles n'étaient pas parfaites, loin de là. Elles se posaient de manière inégale sur son nez, la branche tordue s'accrochait inconfortablement à son oreille. Mais peut-être bien que ça suffisait. Il ne les portait pas souvent, après tout. Ses yeux étaient plus ou moins corrects, et il avait acheté ça – les moins chères qu'il avait trouvées au supermarché – uniquement parce que l'opticien le lui avait ordonné. Bien sûr, les mots étaient un petit peu plus nets quand il les portait que quand il ne les portait pas, mais à peine. Elles traînaient la plupart du temps sur l'accoudoir du fauteuil, et parfois, comme hier, sur le siège lui-même.

Alors que Jack retirait de nouveau ses lunettes et les observait, pour voir s'il n'y avait pas autre chose à faire, un bruit retentit, une échauffourée dans le box le plus éloigné. Une fois, et une deuxième. Il s'arrêta pour écouter. Rien, rien, puis encore un son.

Cette réserve était pleine de souris, aucun intérêt à tenter d'y faire quelque chose. Elles pouvaient rester là, en ce qui concernait Jack. De temps en temps il y avait aussi des rats, et Jack était moins complaisant à leur égard. Une fois, il avait également vu un putois là-dedans, peut-être en train d'explorer les lieux pour y faire un nid. Il l'avait effrayé et fait fuir, et il ne l'avait jamais revu.

Étant donné le volume sonore, il supposa que cette fois-ci c'était un rat qui faisait ce raffut, même s'ils restaient généralement silencieux quand il était dans les parages – bien plus timides que vous ne pouviez l'imaginer. Jack replia ses lunettes, les glissa dans sa poche, puis il alla jeter un coup d'œil, longeant aussi silencieusement que possible le bateau, jusqu'à ce que, depuis la poupe, il puisse regarder à l'intérieur du box.

« C'est quoi c'bazar ? » dit Jack.

Le chaton se tourna pour le regarder, avant de pivoter de nouveau, vrilla et sautilla, attrapa sa propre queue. Il roula sur le dos une seconde, frappa furieusement des pattes, puis bondit en l'air comme s'il s'était pris une décharge d'aiguillon à bétail.

« Comment t'as bien pu t'fourrer là-d'dans ? » demanda Jack, comme si une réponse pouvait réellement arriver. Il n'avait pas encore autorisé Loretta à sortir de la maison, imaginant qu'elle disparaîtrait probablement – un épilogue qu'il ne souhaitait plus. Pourtant, elle était bien là.

Le chaton continua à jaillir et à tournoyer, pris dans une sorte de jeu dont Jack ne parvenait même pas à imaginer les règles et les objectifs. Il la regarda, et sa surprise devint amusement, rire, délice. Il s'appuya contre la poupe du bateau.

Enfin, Loretta commit une erreur. Elle bondit sur la tondeuse, glissa sur la partie supérieure en plastique et dégringola de nouveau sur le sol. Puis elle se redressa, leva la queue vers le toit, et trottina en direction de Jack, vint frotter sa gueule contre sa jambe. Il se pencha et lui grattouilla la tête, fit courir sa main le long de son corps.

« Espèce de petite bête, dit-il, sa voix s'adoucissant en un murmure. Espèce de petite bête toute bête. »

Lorsqu'il se tourna vers la porte, le chaton le suivit, se dandinant derrière lui tout le chemin jusqu'à la maison ; elle s'arrêta uniquement pour explorer du regard une touffe d'herbe haute, puis courut pour le rattraper.

Jack avait laissé la porte d'entrée ouverte.

Jack avait la petite quarantaine lorsqu'il comprit – et cela lui vint ainsi, une révélation, avec une clarté aiguë et douloureuse – qu'il ne vivrait probablement jamais une vie significativement différente de celle qu'il vivait à l'époque, de celle qu'il vivait encore, vingt ans plus tard. Cette révélation l'avait blessé, mais non pas parce qu'il avait un désir puissant d'accomplir quelque chose en particulier. Ce n'était pas le cas. Mais parce qu'une vie alternative, qui avait un jour semblé possible, et parfois désirable, à l'époque et encore à présent, était à peine imaginable.

Ce n'était pas une question d'opportunités, ou de portes qui s'étaient fermées – quoiqu'il y eût probablement un peu de ça aussi. Jack aurait pu faire son sac et partir pour la métropole d'un moment à l'autre. Il aurait pu vendre sa maison et acheter un appartement dans une ville où personne ne le connaissait. Cela aurait été assez facile, d'un point de vue pratique. Mais ce qui l'avait frappé alors, fortement, c'était d'admettre qu'il ne le ferait jamais. Plus il vieillissait, plus un tel choix devenait difficile, et, ne l'ayant pas fait quand il était plus jeune, la possibilité qu'il le fasse, à ce moment-là, dans la quarantaine, ou à présent, dans la soixantaine, était proche du néant.

En réalité, dire que Jack n'avait jamais saisi l'opportunité de partir n'était pas tout à fait vrai. Il l'avait saisie, en fait. Il l'avait fait. Il était parti. À vingt ans il embarqua sur le ferry, le *St Clair*, à Lerwick, et passa la nuit entière dans un fauteuil inconfortable, avec son sac et l'étui contenant sa guitare à côté de lui. C'était la première fois qu'il s'éloignait des îles, et il partit sur un coup de tête, avec à peine plus d'une semaine de préavis.

Depuis Aberdeen, où le ferry aborda, il prit un train pour Glasgow, où habitaient deux garçons de sa classe quand ils étaient à l'école. L'un terminait l'université, l'autre un cursus d'électricien. Ils louaient une grande chambre avec deux lits dans un foyer juste au sud de Clyde, et la propriétaire avait accepté que Jack les rejoigne, temporairement, s'il dormait par terre. C'était bon marché, et le petit déjeuner était inclus.

Sa mère l'avait supplié de ne pas y aller, pas sans un plan, un travail, quelque chose de solide à quoi s'accrocher. Mais Jack ne l'écouta pas. Il se disait qu'il trouverait bien un emploi quelconque, assez vite, et il se disait, aussi, qu'il trouverait la musique. Peut-être même qu'il aurait la chance de jouer lui-même. Glasgow était une grande ville. Il y aurait toutes sortes d'opportunités. Il était naïf, c'est vrai, mais son assurance, il l'avait empruntée à son père. Sonny, à cet âge, était en Antarctique à tuer des baleines, comme il ne cessait de le rappeler à Jack. Déménager dans une ville à quelques centaines de kilomètres de chez soi, ce n'était rien, en comparaison.

Pendant ces premiers jours à Glasgow, il aurait parfois volontiers échangé la ville contre l'Antarctique. Tous ces gens, tout ce bruit, cet air épais, fétide : il n'avait jamais pensé que ce pouvait être aussi terrible. Lorsqu'il sortait dans la rue le matin, il devait s'arrêter pour se faire au défilé du trafic, au rythme du monde autour de lui. Il marchait lentement, aussi loin de la bordure du trottoir qu'il le pouvait, mais il ne perdit jamais ce sentiment de danger, de se trouver sur le chemin de tout le monde.

Le soir, ses amis se rendaient au pub du coin, et Jack se joignait parfois à eux. Il n'avait pas les moyens de trop boire, pas avant d'avoir trouvé un boulot, mais ça lui suffisait d'être là parmi tous ces gens, et de sentir la chaleur d'une bière ou deux. Il refusait un verre payé par quelqu'un d'autre, au cas où celui-ci s'attendait à recevoir la pareille. Il lui suffisait de siroter à petites gorgées, une pour trois qu'avalaient Stuart et Kevin. Ensuite, ils rentraient discrètement au foyer, ils montaient l'escalier après l'heure de fermeture, aussi silencieusement que possible, et ils ronflaient jusqu'au matin.

Jack passait la plupart de ses journées à marcher. Il traversait le pont qui menait au centre de la ville, prenait vers l'est jusqu'au Necropolis, jusqu'à Dennistoun, et au-delà, bifurquait en direction de l'ouest et atteignait Broomhill et Anniesland. Il gravitait vers les rues les plus calmes, sans jamais planifier son trajet, se contentant d'avancer, et de tourner à gauche ou à droite quand l'envie le prenait. Parfois il se retrouvait dans des endroits où il savait, instinctivement, qu'il n'aurait pas dû être, où le sentiment de menace, de ne pas être à sa place, était acéré. À d'autres moments, il tombait sur des choses qui le forçaient à s'arrêter et à observer. La première fois qu'il tourna à un coin de rue et aperçut le Kelvingrove Museum, il fut ébahi. Jamais auparavant il n'avait vu de bâtiment si beau. Il semblait presque étinceler dans la lumière de l'après-midi. Il eut envie, alors, d'y pénétrer, mais il ne s'exécuta pas, craignant le coût. À la place, il en fit le tour, admiratif, puis il revint pour recommencer le lendemain.

Ce que Jack était censé faire, c'était chercher un travail et un meilleur logement. Voilà ce qui lui permettrait de rester en ville. Il avait assez d'argent pour tenir un mois, six semaines tout au plus, mais après ça il n'aurait plus rien. Il savait où se situait le centre d'emploi le plus proche – il avait vu des hommes entrer et sortir en passant devant –, mais lui n'en avait jamais poussé la porte. Il ne savait pas ce qu'il voulait faire, c'était bien ça le problème, et il s'imaginait être descendu de force dans une mine de charbon, faute d'un meilleur plan. Alors il gardait ses distances.

Dans un coin de sa tête, il se disait peut-être que, avec toute cette marche, il finirait bien par se trouver au bon endroit au bon moment. S'il continuait à bouger, un boulot apparaîtrait tôt ou tard devant lui, et il ne pourrait pas le rater. Mais après trois semaines, il n'avait toujours rien trouvé.

Ce qu'il n'avait pas trouvé non plus, c'étaient des musiciens, ni même de la musique – le genre de musique qu'il voulait entendre. Parfois, dans un pub, un vieux type grattait un violon ou pressait un accordéon, mais c'était bien la dernière chose dont Jack avait besoin. Il pouvait trouver tout ça, en mieux, là-bas chez lui. Il y avait des boîtes aussi, des discothèques, et l'Apollo, où se produisaient les groupes plus connus. Mais ce qu'il voulait, c'était de la country, et il ne savait pas où la trouver. Kevin et Stuart rirent lorsqu'il le leur demanda, et puisqu'il ne connaissait personne d'autre dans la ville, puisqu'il n'avait pas la moindre idée d'où chercher, il s'était tout de suite heurté à une impasse.

Au cours de cette troisième semaine, pourtant, Stuart rentra du travail, un soir, avec un large sourire aux lèvres.

« Mon patron, dit-il lorsque Jack lui demanda ce qui le rendait si jovial, il aime les mêmes trucs que toi. La country et les westerns. Le week-end, il se déguise : chemise de cow-boy, bottes, la totale. Il y a un bar pour ça. Un bar avec de la musique pour les gens comme toi. »

Et c'est ainsi que Jack apprit l'existence du Grand Ole Opry de Glasgow. Étonnant, à vrai dire, qu'il ne soit pas tombé dessus plus tôt, car il ne se trouvait qu'à vingt minutes du foyer. Ces dernières semaines, il avait dû tourner autour.

Il s'y rendit le soir même – pas pour entrer, juste pour voir, pour vérifier qu'il existait bel et bien, que Stuart avait dit la vérité. Il se posta de l'autre côté de la rue, fixant l'immense enseigne lumineuse, ces trois mots qui le transportaient de l'autre côté de l'océan, tout là-bas jusqu'à Nashville. Il traversa la rue, lut l'annonce près de la porte avec les noms des groupes qui se produisaient ce week-end-là, et il se dit qu'il pourrait bien avoir trouvé son endroit à lui. Il rentra à la maison plus certain, plus assuré, qu'il ne l'avait été depuis le jour où il était parti de chez lui.

Quand il y arriva, au foyer, il remarqua à peine la voiture de police rouge et blanche qui attendait dehors. Les mains dans les poches et la tête baissée, il fredonnait à part lui.

Il fit tourner la clé dans la serrure, et entendit des mouvements dans le salon de Mrs McGill, sur la gauche. Sa porte s'ouvrit, elle s'immobilisa et le dévisagea, comme si elle cherchait quelque chose qu'elle ne trouvait pas.

« Mon pauvre garçon, fut tout ce qu'elle finit par dire et répéter. Mon pauvre garçon. » Et puis elle s'écarta pour laisser le policier, casquette à la main, annoncer la nouvelle à Jack. Les mots qu'il prononça, aussi simples qu'ils fussent, atterrirent comme une vitre brisée, quelque chose d'indéchiffrable, d'irréparable. Seulement des morceaux de son, des fragments de sens. Chacun d'entre eux assez aiguisé pour faire couler le sang. Jack s'assit sur une marche de l'escalier et regarda dehors, par la porte d'entrée toujours ouverte. Il observa les voitures passer. Un bus. Un taxi. Puis il se tourna de nouveau vers le policier.

Le soir suivant, il prenait le chemin du retour, avec son sac et sa guitare. Malgré plusieurs jours de recherches, seul le bateau de son père – cabossé, mais intact – fut jamais retrouvé.

Jack tourna la clé et enclencha une vitesse. Un bruit sinistre retentit, juste au-dessous du vrombissement du moteur : une sorte de cliquètement, comme si des cailloux s'agitaient sous le capot. Il avait commencé quelques semaines plus tôt, et n'avait pas disparu. Jack ne connaissait absolument rien aux voitures, mais il n'était pas non plus disposé à l'emmener chez le garagiste. C'était juste un bruit, après tout. La patience, se disait-il, était la meilleure des stratégies. S'il attendait, ça pourrait bien finir par disparaître.

Il abaissa le frein à main et s'élança au ralenti. Dix-huit heures venaient de passer, Jack était en route pour le travail. Il avait mangé des macaronis au fromage pour le dîner, son estomac était gonflé. Il ajusta sa ceinture de la main gauche.

S'il n'avait pas roulé aussi lentement, la petite fille au milieu du chemin aurait pu lui foutre la frousse. Mais à cette vitesse, et surtout en raison du mackintosh rouge vif qu'elle portait, et qui lui descendait jusqu'aux genoux, il la repéra de loin. Cette enfant, c'était Vaila, la fille de Sarah, la voisine, et alors qu'il s'approchait Jack sourit à lui-même. Elle ressemblait chaque fois un peu plus à sa mère, pensa-t-il. Elle lui avait paru une fillette plutôt sérieuse, depuis toute petite. Mais la capacité à rayonner était bien présente sur son visage, comme sur celui de Sarah.

Il s'attendait à ce que la petite fille s'écarte du chemin à son approche, mais ce n'est pas ce qui arriva. Elle ne bougea pas. Tel un mouton têtu, elle resta immobile, bloquant la route, et puisqu'il n'y avait pas de place pour la contourner, Jack fut bien obligé de s'arrêter. Il coupa le moteur. L'enfant s'approcha de la voiture, et il baissa sa vitre.

« Faut pas rester au milieu d'la route comme ça, dit Jack. C'est dang'reux.

– Je voulais vous parler », lui répondit Vaila, comme si elle n'avait pas entendu ce qu'il venait de dire. Elle avait un air presque solennel.

« Ah, dit Jack. De quoi t'veux m'parler ?

– De votre chat, répondit Vaila. Comment s'appelle-t-il ? »

Jack rit, puis ressentit un picotement d'embarras au moment de répondre. « Elle s'appelle Loretta.

– Drôle de nom pour un chat. » La petite fille fronça les sourcils pour étayer cette opinion.

« Ah bon ?

– Oui.

– Ah. Comment les chats sont censés s'appeler, alors ? »

Vaila sembla heureuse de la question. « Mon amie Abigail a un chat, répondit-elle, et il s'appelle Touffu. »

Jack réfléchit. « Hum, dit-il. J'imagine qu'ça peut être un nom pas mal. Mais mon chat n'est pas particulièrement touffu, alors à la place je l'ai appelé Loretta.

– Comment est-elle ?

– Noire, avec juste un peu d'blanc sous l'menton. » Jack leva la tête pour lui montrer. « Et sur une patte aussi. Elle est gentille. Elle aime dormir et courir après des trucs. Comme tous les chats, j'suppose.

– Est-ce que je peux venir la voir ?

– Non, désolé. Je m'en vais au travail.

– Quand est-ce que vous rentrerez ? » Vaila semblait frustrée.

« Sûrement quand tu seras couchée. Vers huit heures, peut-être.

– Oh. » Désormais, elle était déçue. « Est-ce que je peux venir demain, alors ? C'est samedi. »

Jack se rendit compte qu'il allait avoir du mal à s'extirper de cette conversation, alors il lui dit oui. Elle pouvait venir le lendemain. « Mais demande à ta mère d'abord. Tu viens seulement si elle te donne l'autorisation. »

Vaila sourit malicieusement, comme si c'était la meilleure nouvelle qu'elle pouvait imaginer.

« Redites-moi comment elle s'appelle, demanda-t-elle.

– Loretta », dit Jack, articulant aussi distinctement que possible.

Elle répéta le nom quatre fois – « Loretta, Loretta, Loretta, Loretta » – puis elle tourbillonna deux fois sur le chemin, les bras déployés, avant de filer vers le portillon de son jardin. « À demain », cria-t-elle, et elle monta en sautillant les marches de sa maison.

Jack rit, puis il mit le contact. Le cliquètement réapparut.

QUAND JE PARLE DANS MON SOMMEIL

Je n'ai pas vraiment fait mes adieux, je me suis simplement
détourné et éloigné

Je ne voulais pas être si cruel ~~mais je~~

Je n'étais pas assez fort pour rester

Des années derrière moi maintenant, un long chemin
oublié

J'ai perdu plus que ce que je pouvais avoir
vraiment ?

C'est le prix que j'ai dû payer

REFRAIN

Quand, au milieu de la nuit, je tremble et je m'agite,

Quand je parle dans mon sommeil, je pense à elle
(rép.) (?) je m'adresse à elle

Certains moments ne me | te quittent jamais

~~Ils ne me laissent jamais en paix~~ Certains échecs
ne s'évanouissent jamais

Certaines choses n'ont jamais vraiment été là

Comme des voeux qui n'ont pas été faits

Elle ne m'a jamais quitté, absolument partout où
je me suis allongé

Je donnerais tout ce que je possède encore

Pour être de nouveau dans ~~ses bras~~ ses pensées

Quand, au milieu de la nuit...
(rép.)

LES JOURS MEILLEURS

1960-1968

Les premières années de la vie de Jack figurèrent parmi les moments les plus heureux que son arrière-grand-oncle Tom ait connus. Il endossa le rôle de grand-parent honorifique et de nourrice avec un enthousiasme que personne – et surtout pas lui – n'aurait jamais anticipé. Dès la toute première semaine du garçon à la maison, il sembla y avoir entre eux un lien, une compréhension même. Parfois, lorsque l'enfant en pleurs était inconsolable, Tom le cueillait des bras de sa mère et s'en allait, en se balançant, dans le jardin ou autour de la maison, la tête du bébé nichée contre son épaule. Les pleurs devenaient des sanglots qui se faisaient silence. Tom murmurait contre sa poitrine, il décrivait ce qu'il voyait, ses souvenirs et ce qu'il savait de cet endroit. Il racontait à l'enfant sa propre vie, son enfance ici, il lui parlait de sa femme et de sa fille, qui aurait pu être mère désormais elle aussi, si elle avait vécu. Jack était la seule personne, en vérité, à qui Tom parlait de ses absentes, de la femme et de la petite fille qu'il avait aimées, enterrées, puis pleurées à jamais. Il se sentait allégé par la présence de l'enfant. Le deuil refluait, enfin, même si ses souvenirs restaient toujours aussi vifs.

Lorsque Jack prononça son premier mot – « maman » ou « Hamar », difficile à dire – Tom fut là pour l'entendre. Lorsqu'il fit ses premiers pas, ce fut entre les bras de Kathleen et ceux de Tom, un rictus de détermination sur le visage tandis que ses jambes grassouillettes le portaient à travers le tapis, près du feu.

Sonny n'exprima jamais aucune jalousie du temps que Tom passait avec Jack. Avant toute chose, il était reconnaissant que quelqu'un soit là pour rendre la vie de Kathleen plus facile. Sonny avait ainsi davantage de temps à consacrer à la ferme – et la ferme avait toujours besoin de plus de temps. À vrai dire, les premières années de son fils l'intéressaient moins que celles qui viendraient ensuite. Il avait hâte de travailler avec Jack, de lui apprendre ce qu'il savait, de le guider vers la vie adulte. Jusque-là, il était satisfait de passer au second plan et de laisser d'autres prendre les rênes. Sonny ne fut pas véritablement absent au cours de ces années-là, mais il ne fut pas non plus particulièrement présent. La parentalité, à ses yeux, était en grande partie une tâche qui s'effectuait à distance, comme cela avait été le cas pour son propre père. Il observa plus qu'il ne participa aux premières années de Jack.

Même si la maison était plus spacieuse qu'avant, Tom ne récupéra jamais sa chambre. Il était heureux, disait-il, de rester là où il était. Il s'y était habitué et préférait, désormais, le canapé ou le fauteuil à un lit qui serait le sien. La nouvelle chambre devint alors celle de Jack, et lorsqu'il se levait la nuit – ce qu'il fit avec une certaine régularité jusqu'à ses sept ans – il ne réveillait pas souvent ses parents. Il n'allait pas plus loin que le salon, où Tom lui faisait de la place dans le canapé. Le garçon se blottissait, et vite il se rendormait, la couverture de laine grise s'élevant et retombant au rythme de sa respiration. Tom le couvait des yeux, jusqu'à ce qu'il s'endorme lui aussi.

Ce fut le plus âgé des hommes, davantage maître de son temps, à l'époque, que ne l'étaient ses parents, qui montra véritablement à l'enfant ce petit coin du monde qui lui appartenait. Presque dès qu'il en fut capable, Jack marcha avec Tom, trottina à ses côtés ou quelques mètres derrière, jetant un œil aux murs et aux clôtures, au bétail, à l'avoine et aux pommes de terre. Parfois, lorsque rien de particulier ne devait être fait, ils marchaient jusqu'à la mer, empruntant le long chemin du nord, contournant le bord de la haute crête. Et puis ils faisaient demi-tour et ils rentraient à la maison.

Entre ses parents, Jack sembla d'abord ressembler plus à sa mère. C'était un enfant enjoué, qui riait librement, et même si on lui apprenait à se méfier des humeurs de son père, il n'avait jamais l'air effrayé. Le sentiment de sécurité au sein duquel il grandissait était rarement brisé. Jack apprit combien pesait la main de son père sur son derrière, et il apprit aussi le poids de celle de sa mère. La gaieté de celle-ci avait des limites. Kathleen, désormais, dépensait beaucoup de son temps à gagner de l'argent. Elle avait acheté une machine à tricoter, et se trouvait plus disposée à ce travail qu'elle ne l'avait été au maniement des aiguilles. Elle pouvait perdre des heures devant, chaque jour, les bras allant d'avant en arrière à travers les fils, tandis que le patron avançait en cliquetant comme du papier dans une machine à écrire, et que le vêtement s'affaissait vers le sol. Enfant, Jack pouvait être une nuisance, à s'empêtrer dans la laine, à essayer de rester près de sa mère. Plus d'une fois, frustrée, elle était sortie de ses gonds. Elle éprouvait alors un épuisement qu'elle n'avait jamais connu auparavant. Elle ne pouvait s'imaginer ce qu'ils auraient fait sans Tom.

Le soir parfois, Jack couché et la vaisselle du dîner lavée et rangée, Kathleen s'asseyait sur le tabouret dans le coin du salon, à côté du tourne-disque. Tom s'installait dans le fauteuil, Sonny sur le canapé, et ils évoquaient le travail qu'il y avait à la ferme, ce que la météo apporterait le lendemain, quels nouveaux projets mettre en place. Kathleen tirait un vinyle de sa pochette – Slim Whitman ou Jim Reeves – et baissait le volume. À peine plus qu'un murmure. Elle fermait les yeux et se concentrait sur la voix, à la fois soulevée et portée par la mélodie, par le sentiment, et puis, ni tout à fait éveillée ni tout à fait endormie, c'était alors comme si les chansons devenaient ses propres rêveries, comme si elles étaient nées, à cet instant, en son sein. Lorsque l'aiguille atteignait la fin et que le sifflement la ramenait à elle, elle était tirée, de nouveau, vers le son de son mari et de Tom, et vers la pensée de son fils, dans le lit de la chambre adjacente. Ces rares moments, pour elle, pouvaient être aussi réparateurs qu'une bonne nuit de sommeil.

À l'âge de trois ans, Jack commença à sembler mal à l'aise avec les adultes extérieurs à son foyer. Même avec ses grands-parents, ses tantes et ses oncles, qu'il ne voyait que rarement puisqu'ils vivaient quelques kilomètres au-delà de Treswick, il pouvait se montrer timide. Un inconfort silencieux prenait le pas sur sa légèreté habituelle, comme s'il souffrait du trac. Il trouvait refuge dans un coin ou dans l'embrasure d'une porte pour observer.

Tom, au départ, prit sur lui de lisser ce pli dans le caractère du garçon. Il devenait plus sociable avec son grand âge, et il emmenait Jack lorsqu'il rendait visite aux amis et aux voisins. Il se disait que, avec un petit coup de pouce, et sans ses parents alentour, Jack finirait bien par sortir de sa coquille. Mais plus ils partaient loin de la maison, plus il se collait contre lui. Souvent, Tom prenait place dans la chaleur de la cuisine d'un voisin, des tasses de thé sur la table, et Jack, à ses pieds, sur le sol, s'accrochait au revers effiloché de son pantalon, hors de vue.

Une ou deux fois à ces occasions, Tom railla gentiment le garçon qui refusait de se montrer. « Muet comme une carpe », pouvait-il dire, ou encore : « Taiseux comme une tombe. » Les adultes riaient, puis revenaient à leur conversation, oubliant un moment la présence même de Jack. Ensuite, toujours, Tom éprouvait un intense et douloureux regret de sa déloyauté. Pourquoi s'était-il moqué ainsi de l'enfant ? Pourquoi avait-il attiré l'attention sur son silence ? Sur le chemin du retour à la maison, Tom serrait le garçon plus près de lui, une main sur son épaule, et jurait de ne plus jamais le tourner en ridicule.

C'est un jeu rarement satisfaisant, que de passer quelqu'un au crible, de se mettre en quête de causes pour toutes les conséquences. La timidité de Jack, sa répugnance à élargir le monde au-delà des frontières en pierre de Hamar, il ne l'avait héritée d'aucun de ses parents. Certainement pas de Kathleen. Sonny était réservé, mais jamais timide. Et cela ne venait pas non plus de Tom, dont la mélancolie avait souvent fait partie de sa vie, mais qui avait toujours apprécié la compagnie des autres. En vérité, c'était un trait de caractère qui lui était propre, et aucun effort des adultes autour ne put jamais l'en défaire.

Tom arrêta d'essayer. Il en reconnut la futilité. Et la cruauté. À la place, il se mit à apprécier encore davantage le fait que Jack pouvait agir autrement avec lui, que le garçon bavardait en sa présence, comme si c'était ainsi qu'il était toujours. Elles étaient plus précieuses, ces heures, eu égard au silence qui les entourait.

Mais quand même, il s'inquiétait pour lui. Tout comme Kathleen, qui voyait en son fils une fragilité mal adaptée à la vie au sein de laquelle il était né. Le monde, elle le savait, pouvait être cruel envers les garçons silencieux, et elle éprouvait une douleur certaine en entrevoyant cette cruauté.

D'eux trois, seul Sonny était indifférent. Il y avait bien un peu de déception, c'est vrai, que son fils soit une créature si timorée. Mais il semblait croire, plus que sa femme ou Tom, que ça passerait, que Jack finirait bien par s'apaiser. Quelques coups et il se relèverait plus fort, pensait Sonny. Il se trouverait.

Il y eut sans aucun doute des coups. Lorsque vint le moment pour Jack de fréquenter la toute petite école primaire de Treswick, il fallait l'y tirer, ou presque, ses doigts s'agrippant au chambranle de la porte de la maison. Pendant la première semaine, sa mère l'emmenait, le laissait au portail avec les autres enfants, et puis le ramenait avec elle lorsqu'il remontait la route à sa poursuite. Quand finalement il consentit à ne plus bouger, il avait l'air anéanti.

Certains des enfants à l'école, il les avait connus toute sa vie – les fils et les filles des voisins de la famille – mais, malgré tout, il semblait avoir du mal à s'entendre avec eux. Il ne se faisait pas facilement des amis.

Kathleen avait le cœur brisé de voir son fils abattu ainsi, accablé par l'effort de se trouver parmi ses semblables. Elle ne distinguait aucun moyen de l'aider, de lui rendre la vie plus facile, alors elle le choyait, le gardait près d'elle, comme pour compenser. Le gouffre entre l'école et la maison s'accrut.

Certains des camarades de Jack, sentant une faiblesse, le raillaient sans pitié. Plus d'une fois, pendant ces premières années à l'école, il rentra à la maison avec un bleu ou un œil au beurre noir. La troisième fois, Sonny alla voir Lawrence Polson, dont le fils était le responsable. Dans la maison de l'homme, cependant, il se retrouva à chercher des excuses, blâmant son propre fils du harcèlement. « Il l'a sûrement bien cherché », dit-il. Il ne répéta pas ces mots à Kathleen – il en avait honte, avec le recul –, mais les choses se calmèrent à l'école par la suite. Au moins un moment.

Lorsque Jack rentrait à la maison l'après-midi, c'était Tom qui l'occupait jusqu'à ce que le travail de Kathleen soit terminé. Tom œuvrait moins que jamais à la ferme. Il avait laissé Sonny récupérer davantage du fardeau. Il appréciait sa vie, et une grande part de ce plaisir venait de Jack.

6

D'ordinaire, Jack maintenait un rythme de vie détendu quoique plutôt actif. Il marchait, il travaillait dans le jardin, ses journées étaient bien occupées. Il avait conscience de vieillir, naturellement, mais son âge n'avait jusqu'alors pas imposé de restrictions à ses activités.

D'autres qu'il connaissait n'étaient pas si chanceux. Vina avait de l'arthrose dans les genoux qui la faisait grimacer quand elle s'agitait dans l'épicerie. Brian, l'ancien patron de Jack au bureau de poste, s'était fait remplacer la hanche à cinquante-neuf ans, et il était désormais sur liste d'attente pour une nouvelle encore. Et puis il y avait Gordon, le mari de Vina, qui pouvait à peine quitter la maison.

Jack n'était pas particulièrement vieux, mais il avait atteint un âge où les choses semblaient plus promptes à dérailler. Vous développiez une vigilance à cet égard, pensait-il, qui faisait tout autant partie de l'avancée de l'âge que les problèmes eux-mêmes. Chaque fois qu'il se levait ankylosé ou avec une douleur, il se demandait, désormais : Est-ce celle-ci qui ne partira plus jamais ?

Un avantage de passer la soixantaine, cependant, avait été que la culpabilité qu'il ressentait autrefois à faire la sieste l'avait entièrement quitté. Cette culpabilité avait été le fruit de son père. Sonny : un homme qui ne se reposait jamais à moins d'y être forcé, un homme pour qui le fait même d'être occupé était aussi important que tout ce qui pourrait résulter de cette occupation. L'oisiveté, il l'avait en horreur. « Sors de c'lit ! » criait-il régulièrement à Jack, le matin. La journée commençait à l'heure où Sonny se réveillait, quelle qu'elle soit ; et comme il souffrit de cauchemars le privant de sommeil pendant la majeure partie de sa vie adulte, certaines journées pouvaient effectivement commencer très tôt.

Sonny n'était pas un père particulièrement dur ou exigeant, sauf quand il s'agissait du repos. Le plus grand échec qu'il pouvait imaginer pour son fils, c'était que Jack soit en train de dormir quand les autres ne l'étaient pas. Jack apprit à paraître alerte à tout moment, sans quoi son père utilisait le dos de sa main pour le réveiller.

Même s'il n'avait pas hérité du dédain de Sonny pour toutes les formes de repos, Jack avait porté avec lui cette idée que la lumière du jour n'était pas faite pour être gâchée par le sommeil. Dès qu'il se sentait somnoler, il avalait un café supplémentaire et sortait, laissant l'air froid le revivifier. Mais un jour, peu après être entré dans sa septième décennie, il s'assit dans son fauteuil à la fin de l'après-midi et ferma les yeux. Il était rentré du jardin, rien d'autre n'était urgent. Il avait appuyé sa tête contre le fauteuil, étiré les jambes, et voilà. Il dormit profondément pendant plus d'une heure, et se réveilla tout à fait revigoré. Quelle injustice, semblait-il, qu'il lui eût fallu si longtemps pour découvrir ce luxe. Désormais, quand l'envie le prenait, il était heureux de faire la sieste, assis dans son fauteuil ou, parfois, étendu dans le canapé – jusqu'à ce que Loretta ne se l'approprie.

Et c'était exactement ce qu'il était en train de faire : assis, la bouche grande ouverte, il rêvait qu'il était le guitariste du groupe de Garth Brooks – Garth Brooks, bon sang ! Il n'aimait même pas Garth Brooks –, lorsque la sonnette retentit. C'était pour Jack une sieste anticipée, prédéjeuner. Il n'avait pas bien dormi la nuit précédente, alors il s'était autorisé une petite recharge. La sonnette ne le réveilla pas tout à fait la première fois, mais à la seconde il ouvrit les yeux, désorienté. Il avait essayé de jouer un solo de guitare sur une chanson qu'il connaissait à peine, devant le public d'un stade, et lorsqu'il avait plaqué les cordes elles avaient produit un carillon électronique : *ding-dong*.

Il était donc réveillé. Et le chat aussi, qui dévisageait Jack comme si c'était lui le responsable de cette interruption.

« J'arrive ! cria-t-il, lorsque son cerveau s'éclaircit suffisamment pour comprendre ce qui se passait. Une seconde. » Il s'appuya sur les accoudoirs et se hissa sur ses pieds.

Presque personne ne faisait jamais retentir la sonnette de la maison de Jack, ce qui ajoutait à sa confusion. Tous ceux qui le connaissaient se seraient contentés d'ouvrir les deux portes et de crier, et presque tous les autres auraient traversé la terrasse couverte pour frapper directement à la porte d'entrée. La sonnette était uniquement utilisée par des gens récoltant de l'argent pour des associations, ou bien par de jeunes hommes en costume sombre qui essayaient de le convertir. Mais il s'empressa vers l'entrée, juste au cas où, tout en se frottant les cheveux d'une main pour avoir, peut-être, l'air moins échevelé qu'il ne se sentait.

Il ouvrit la porte.

Vaila portait le même imperméable rouge vif que la veille, quoiqu'il n'y ait pas plus de signes de précipitations qu'alors.

« Je suis venue voir le chaton, dit Vaila. Loretta. Comme on avait dit. »

Jusqu'à cet instant, Jack avait oublié cette brève conversation avec la petite fille le soir précédent, et maintenant qu'il s'en souvenait, il n'en était pas moins surpris qu'elle soit venue comme prévu.

« Je peux la voir ? demanda Vaila face au silence de Jack. S'il vous plaît. »

Jack hocha la tête. « Bien sûr, dit-il. Elle est dans le salon. Viens voir. » Il fit demi-tour vers l'intérieur, puis quelque chose lui vint à l'esprit. « J'sais pas si elle va être sympa, dit-il, baissant la voix. Elle était timide quand elle est arrivée, mais elle a l'air plus heureuse maintenant. Avec un peu d'chance, elle acceptera de t'voir, si tu es calme et douce avec elle. »

Vaila, juste derrière lui, murmura : « D'accord. »

Et, en effet, elle était calme. Quoique visiblement enthousiaste, la petite fille suivit Jack dans le salon aussi timidement que si elle rencontrait une vague célébrité ou un membre secondaire de la famille royale, et devant qui elle était à la fois admirative et un peu perplexe.

Ils s'arrêtèrent tous les deux dans l'embrasure de la porte, et Jack entendit une légère inspiration venir de derrière lui.

« Elle est vraiment belle », dit Vaila. C'était la vérité, il le voyait à présent que cela lui avait été signalé. Loretta était vraiment belle.

Le chaton les regardait tous les deux, yeux grands ouverts, oreilles dressées.

« Si tu t'approches doucement, elle te laissera peut-être la caresser », dit Jack. Mais pas besoin de s'embarrasser d'un tel conseil. Pendant que Vaila traversait la pièce, progressant sur la pointe des pieds, Loretta se redressa et attendit, impatiente. Elle pressa sa tête dans la petite main de l'enfant, frottant d'abord une joue, puis l'autre, un ronronnement épais surgissant de sa gorge. Puis elle se laissa tomber d'un côté et souleva une patte pour révéler son ventre.

Jack s'esclaffa. « Bon, elle t'aime bien, ça, c'est sûr », dit-il.

Vaila ne répondit pas. Elle s'était agenouillée devant le canapé, les deux mains sur le chaton : l'une grattait son flanc et son ventre, l'autre caressait sa tête, son crâne et sa gorge.

Jack observait. Il sentait un pincement de quelque chose – de quoi s'agissait-il ? Pas de jalousie, tout de même ? Il n'avait jamais donné à Loretta une attention comme celle-là. Jusqu'à maintenant, il avait gardé une certaine distance. Parfois il se penchait et la grattouillait pendant qu'elle prenait son petit déjeuner, et de temps en temps elle sautait sur ses genoux le soir, avant de se rouler en boule pour dormir. Mais ça – ce plaisir affiché que le chat et la petite fille semblaient partager –, ça, c'était différent.

« Tu veux quelque chose à boire ? » demanda-t-il, après un moment plus long. Vaila hocha la tête sans se retourner, et Jack alla dans la cuisine. Qu'est-ce que ça pouvait bien boire une enfant, alors ? Pas du thé, pensa-t-il. Du lait ? Il supposa que non. Et comme il n'avait pas de jus de fruits, cela ne laissait que de l'eau. Il remplit deux verres et les emporta, en posa un derrière elle sur la table basse.

Vaila le remercia. Jack se demanda si elle était particulièrement polie pour une fillette de huit ans. Peut-être, mais il n'en connaissait pas d'autres à qui la comparer.

Elle balayait la pièce des yeux à présent, l'examinant pour la première fois après s'être concentrée uniquement sur le chat quand elle était arrivée.

« Est-ce que vous avez des jouets pour elle ? demanda Vaila.

– Pour qui ? répondit Jack. Loretta ? »

Elle hocha la tête.

« Non. Quel genre de jouets ?

– Eh bien, mon amie Abigail fabrique des petites souris avec des vieilles chaussettes pour Touffu, et il les adore. Il leur court après, même si c'est lui qui les fait bouger. Une souris comme ça, ça pourrait faire plaisir à Loretta. » Son visage était très sérieux.

« Ah, répondit Jack. Sûrement. Parfois on dirait qu'elle court après des trucs, alors qu'il n'y a rien. Des souris imaginaires, peut-être. Ou bien elle court après sa queue.

– Une vraie souris, ça serait mieux, dit Vaila. Une vraie souris en chaussette, je veux dire.

– J'y penserai, lui dit Jack. J'ai une aiguille et du fil quelque part.

– Je peux lui en fabriquer une.

– Ne t'embête pas. »

Elle haussa les épaules. « Ça ne me dérange pas. Elle le mérite bien. »

Jack n'avait pas de réponse à cela.

« Pourquoi tu n'as pas de chaton, demanda-t-il, si t'les aimes tant ? »

Vaila s'assit sur le canapé à côté de Loretta. Elle étendit ses jambes et regarda ses pieds.

« Maman veut pas, expliqua-t-elle. Pas encore. Elle dit que je ne suis pas… » Elle s'arrêta une seconde pour aligner les mots dans sa bouche. « … assez responsable pour m'en occuper par moi-même. » Elle s'arrêta de nouveau. « Maman dit que je pourrai en avoir un l'année prochaine. Faut juste que j'attende. »

C'était exactement ce que Sarah, sa mère, avait dit à Jack à l'épicerie. Il appréciait que cela ait été expliqué à Vaila avec une telle franchise. Cela semblait juste.

« Un an, ça va vite passer », dit-il.

La petite fille le regarda comme s'il était fou, puis elle sembla se rendre compte de ce que son visage laissait paraître. « Est-ce que je peux être amie avec Loretta, d'ici là ? demanda-t-elle.

– Bien sûr, répondit Jack. Je pense que ça lui fera plaisir. »

Vaila se tourna de nouveau vers le coussin à côté d'elle, et le chaton se tortilla sur le flanc, quémandant encore de l'attention.

Jack était assis dans le fauteuil avec sa guitare sur les genoux. Il ne jouait pas vraiment, il se contentait de pincer les cordes, remuant la main gauche distraitement sur le manche. Ses doigts réalisaient la forme des accords comme s'ils avaient été créés pour cela, comme si ces formes étaient un savoir qu'il portait au creux de ses os. Mais c'était bien loin d'être vrai. L'habileté de Jack avec cet instrument, dans l'état actuel des choses, avait été durement acquise. Il l'avait conquise contre vents et marées.

La toute première guitare que Jack posséda était une chose affreuse. Ses parents l'avaient achetée quand il avait douze ans, et il se souvenait encore de l'excitation qu'il avait ressentie lorsqu'il avait vu l'instrument pour la première fois. Il y avait des bons d'achat dans l'histoire, supposa-t-il, une offre par correspondance qui avait dû leur sembler, à eux, une bonne affaire. Ils avaient pensé que le neuf était préférable à l'occasion. Mais dans ce cas précis, ils se trompaient.

D'apparence, la guitare était correcte. Elle avait des courbes là où il fallait, et était parée du nombre de cordes approprié. C'était une guitare acoustique, ce que Jack avait voulu, et les cordes étaient en acier, pas en nylon, une bonne chose de plus. Mais une inspection trop approfondie n'était pas nécessaire pour voir que cet instrument n'avait pas été fabriqué avec soin.

À son arrivée à Shetland, l'un des bords était déjà fendu ; l'arrière commençait à se détacher. La fissure allait s'allonger et s'élargir au cours des mois à venir, jusqu'à ce que Jack puisse baisser les yeux et avoir une vue plongeante à l'intérieur du corps de la guitare. Jouer, aussi, était problématique, car tandis que les cordes semblaient placées de la bonne manière, elles étaient installées bien trop haut au-dessus des frettes, et il fallait fournir un effort excessivement douloureux pour les presser. Plus d'une fois, la plus haute corde de *mi* entailla le bout du doigt de Jack alors qu'il essayait de réaliser un accord.

Qu'il ait persisté était remarquable, et s'il avait su dès le départ que sa guitare mettait en fait des bâtons dans les roues à son apprentissage, il aurait bien pu abandonner. Aucune chance que ses parents la remplacent, après tout. Ils n'en avaient ni les moyens ni l'envie. Seul l'espoir de s'améliorer, le rêve de fabriquer de la musique par lui-même, lui donnait la force de continuer. Les sons qu'il voulait créer, voilà ce qu'il gardait toujours en tête. Ces sons imaginés rendaient la douleur et la frustration tolérables. Mais tout juste.

La solution – le salut, à vrai dire – arriva sous la forme inattendue de Henry, le père de Vina. Lui et Sonny avaient grandi ensemble, et ils s'étaient aussi embarqués ensemble pour la chasse à la baleine. Il avait été témoin au mariage des parents de Jack. Quand Sonny était sérieux et économe en mots, Henry était grégaire et loquace. Amis, ils formaient un duo plutôt improbable – de tempéraments presque opposés –, mais l'improbabilité ne les arrêta jamais. Henry apparaissait à Hamar au moins un soir par semaine, ou bien le samedi après-midi, avec un sac rempli de bières, qu'il buvait pour la plupart lui-même. Jack, qui trouvait Henry à la fois amusant et épuisant, se repliait souvent dans sa chambre à ces moments-là. Mais pas toujours.

Bien installé un soir, sa troisième canette d'Export ouverte, Henry aperçut la guitare de Jack appuyée contre le mur, près de la fenêtre.

« Voyons voir c'que ça donne, dit-il, et il posa sa canette sur le tapis avant de faire craquer ses doigts vers l'avant, comme un pianiste. Ça fait longtemps qu'j'ai pas joué, pour tout dire, mais j'pense que j'm'en souviens encore bien. »

Sonny rit. « Tu peux pas être pire que lui », dit-il, avec un signe de tête vers Jack. Sonny pouvait être cruel quand il y avait du monde.

« Chut, dit Kathleen. Il apprend. » Elle se leva et passa la guitare à Henry.

« Oui, oui, laisse-lui une chance, ajouta Henry. Faut beaucoup d'entraînement pour jouer aussi bien qu'moi. » Il sourit malicieusement, puis étendit sa main gauche vers le haut du manche. Ses doigts se tortillèrent un peu et prirent forme ; sa main droite battit les cordes. Un simple accord de *sol*, puis un *do*, et encore un *sol*, plus bizarre cette fois-ci. Henry essaya quelque chose plus haut sur le manche : un accord que Jack ne parvenait pas à identifier d'où il était assis. Les cordes bourdonnèrent, puis se turent, comme Henry éloignait ses doigts.

« Nom de Dieu ! dit-il, agitant sa main gauche en l'air, comme si elle était ébouillantée. Où t'as trouvé ce machin-là ? » Il tendit la guitare devant lui, vit la fissure sur le bord et la poussa d'un doigt. Il essaya de jouer encore une fois, puis abandonna. Il secoua la tête et regarda Jack, assis en silence sur le tabouret près de la cuisine. « Ça, dit Henry, la tenant d'une main. Ça, c'est pas une guitare. C'est… un instrument de torture. »

Sonny s'esclaffa, maladroitement, puis arrêta de rire quand Henry se leva et quitta la pièce, la guitare toujours à la main. La porte de la terrasse couverte s'ouvrit et se ferma, et tous les trois allèrent ensemble à la fenêtre : Sonny,

Kathleen et Jack. Ils observèrent, interdits, Henry s'arrêter juste devant, soulever la guitare haut au-dessus de sa tête, et la balancer vers le sol comme une hache. Le corps frappa le rebord du muret en pierre du jardin, et en une fraction de seconde il avait totalement cessé d'être un corps. Il se brisa en éclats, explosa presque. Des fragments de bois verni furent aspergés tout autour.

Henry jeta le manche de côté, avec son enchevêtrement de cordes qui pendouillait à une extrémité. Il brossa de la main le devant de son pantalon pour se débarrasser des débris, puis se dirigea vers sa voiture comme si de rien n'était. Henry pouvait être imprévisible quand il avait bu. Il pouvait faire l'idiot. Mais ça, c'était extrême, même pour lui.

Sonny buta sur les mots. « Je suis désolé, dit-il à Jack, posant une main sur l'épaule du garçon. Il doit être… J'crois qu'il doit… » Et puis, brusquement, il était furieux. « Enfoiré ! » cria-t-il à travers la fenêtre à la voiture qui démarrait. Il se tourna comme s'il allait se lancer à sa poursuite, mais Kathleen l'arrêta.

« Pas maintenant, dit-elle, redoutant peut-être que son mari en vienne à la violence. On lui parlera demain, on réglera ça. »

Jack était désespéré, le cœur presque brisé. Il regardait toujours par la fenêtre. « Est-c'que j'dois aller la ramasser ? demanda-t-il.

– Non, répondit son père. C'est pas à toi d'le faire. »

Jack alla dans sa chambre. Il avait peur de se mettre à pleurer s'il fixait davantage les débris de sa guitare. Il ferma la porte et s'allongea sur son lit, les yeux rivés au plafond. Il pouvait entendre ses parents discuter dans le salon, leurs murmures assez forts pour arriver jusqu'à lui, mais pas pour être déchiffrés.

Difficile de dire combien de temps s'écoula avant que le crissement des pneus sur le chemin atteigne la chambre de Jack. Il était si affligé que cela lui parut des heures, mais puisque Henry vivait seulement quelques kilomètres plus bas sur la route, il aurait très bien pu s'agir d'un quart d'heure. Jack ne bougea pas. Il ne voulait plus voir personne ce soir-là, et lorsqu'il entendit de nouveau la voix forte de Henry, il était encore plus déterminé à rester où il était.

Quelques instants passèrent. Henry et son père commencèrent à parler, et puis sa mère se joignit à eux. Sonny sembla en colère un instant, avant que sa voix ne s'adoucisse. Comme il pardonnait facilement à son ami, pensa Jack.

Et puis on frappa à sa porte.

Il ne répondit pas.

On frappa encore.

« Je dors, dit-il.

– Est-ce que tu peux venir, s'il te plaît ? demanda sa mère, de sa voix la plus douce. Henry veut te dire quelque chose.

– Dis lui que je veux pas savoir. »

Il y eut une pause, une concertation murmurée, et puis la porte s'ouvrit. Sonny était là, Kathleen à ses côtés. « Viens », dit-il. Pas le choix cette fois-ci.

Henry se tenait à la porte, agenouillé près d'un étui à guitare. Celui-ci était ouvert, et il se tourna vers Jack comme il en soulevait le contenu et le sortait.

« Je suis désolé d'avoir explosé ton instrument, Jackie, dit-il. Mais il était inutile. » Il regarda les doigts de sa main gauche et secoua la tête. « Pire qu'inutile, en fait. C'était une sacrée horreur. »

Henry tendit la guitare intacte devant lui, la tournant vers l'avant. « Celle-ci, c'est la mienne, dit-il. Elle est pas neuve et elle a rien d'exceptionnel, mais elle est dix fois mieux que ce merdier, là dans le jardin. » Il regarda Kathleen et hocha la tête. « Que je vais nettoyer dans une petite minute. »

« J'en joue plus, poursuivit-il. Et y a peu de chances que je m'y remette de sitôt. Alors, si tu continues, tu peux la garder. Si t'abandonnes, tu peux la rendre. »

Il effectua une étrange demi-révérence lorsqu'il tendit la guitare à Jack, qui s'en saisit comme s'il s'agissait d'un précieux artefact. Et puis Henry disparut dans le jardin, où des grognements et des bruits de raclage continuèrent pendant plus de dix minutes, pendant qu'il ramassait tous les morceaux de guitare qu'il pouvait trouver.

Henry avait raison, la guitare n'avait rien d'exceptionnel. Mais après des mois à jouer sur l'instrument désormais détruit, celle-ci semblait aussi souple et confortable que tout ce que Jack aurait pu souhaiter. Elle était plus grande aussi, avec une finition dorée que même ses parents couvaient du regard.

Pendant des jours, Jack s'attendit à ce que Henry revienne, sobre cette fois, pour annoncer qu'il avait commis une terrible erreur, pour demander à récupérer son instrument. Mais cela n'arriva jamais. Henry ne revint pas pendant une quinzaine de jours – il était penaud, encore, de son comportement –, et quand il réapparut, ce fut seulement pour demander à Jack comment il se débrouillait. La guitare avait changé de mains, et Jack progressa vite. Il y passait plus de temps que jamais, voûté, à fixer ses doigts jusqu'à ce qu'il n'ait plus besoin de les regarder, jusqu'à ce qu'ils sachent sans instructions où ils devaient se poser.

La guitare de Henry, qu'il avait achetée, raconta-t-il, à Édimbourg en 1957, sur le chemin du retour de la chasse à la baleine, fut la seule que Jack possédât jusqu'après la mort de ses parents. (Et il l'avait toujours, là-haut dans le grenier, avec les affaires de sa mère et de son père qu'il ne pouvait se résoudre à jeter.) Et puis, lorsque la ferme fut vendue, il utilisa un peu de l'argent pour acheter une Martin d'occasion : l'instrument le plus parfait qu'il pouvait imaginer. La guitare entre ses mains était la plus précieuse de ses possessions.

Vaila revint l'après-midi suivant. Jack rentrait d'une longue balade – le long du rivage sur plus ou moins cinq kilomètres, dans la direction de Treswick, et puis au bord de la route au retour, où il dut esquiver une voiture qui allait beaucoup trop vite – il s'était presque retrouvé dans le fossé. Il vit l'imperméable rouge de bien loin, et il se dépêcha de remonter le chemin qui menait à la maison.

« Ça fait longtemps que t'es là ? » demanda-t-il, juste un petit peu essoufflé.

Elle hocha la tête, sauta du vieux muret en pierre sur lequel elle s'était assise. « Mais c'est pas grave, dit-elle. Ça ne me dérange pas.

– Bon, je suis désolé. Je savais pas à quelle heure tu allais venir. »

Il ouvrit le portillon du jardin, que Vaila devait avoir refermé elle-même, puisqu'il ne le faisait jamais.

Elle sourit alors malicieusement, se souvenant de quelque chose. « J'ai apporté un cadeau, dit-elle. C'est pour Loretta. » Elle plongea la main dans la poche de l'imperméable et en tira une souris en tissu violet. Elle la tint par la queue – huit centimètres de fil blanc avec un nœud au bout – et la laissa pendiller. « Je pense que ça va lui plaire.

– C'est toi qui l'as faite ? »

Elle hocha de nouveau la tête. « Hier soir, dit-elle. Maman m'a aidée.

– Eh bien, c'est très gentil de ta part, dit Jack, touché. Moi aussi, j'crois qu'ça va lui plaire. Allons voir, tu veux ? »

Jack prit les devants et ouvrit la porte de la terrasse, pendit son manteau à un crochet, et se dirigea vers la porte intérieure qui menait au couloir. Loretta, qui devait s'être allongée de l'autre côté, dans l'attente, bondit et le dépassa, avant de foncer dans le jardin de devant, entrant presque en collision avec Vaila en chemin. Une fois arrivée, elle s'arrêta et se retourna, comme si elle était surprise du succès de son plan d'évasion.

Jack, qui était toujours nerveux à l'idée de la laisser sortir, fit mine de lui courir après, mais Vaila se contenta de rire. Elle jeta la petite souris en l'air, et lorsqu'elle atterrit sur une dalle, à un mètre environ de Loretta, le chaton comprit. Elle se glissa furtivement vers le jouet, lui donna d'abord de petits coups, et lorsque le tissu s'accrocha à ses griffes et que la souris s'éleva, momentanément, du sol, elle fut transformée. Elle se baissa, elle s'accroupit, puis elle bondit, attrapa l'animal en tissu et l'agrippa entre ses pattes. Elle roula sur le sol, le mordit et le frappa sauvagement de ses pattes arrière, puis elle le jeta d'un côté, s'élança encore, comme si la souris était mue par sa volonté propre.

Vaila, attentive, était enchantée. Jack, simplement soulagé. « Je vais m'faire du thé, dit-il. Vous pouvez jouer dehors toutes les deux. Et rentrez quand vous voulez. »

Il mit la bouilloire à chauffer, écrasa puis jeta le sachet de thé, et s'assit. La balade avait été belle : une boucle qu'il effectuait toutes les quelques semaines environ, si le temps était clément. Aujourd'hui, il avait fait suffisamment doux pour qu'il retire son manteau un bout du chemin, et il s'était assis un moment sur le rivage, à observer. Le fond de son pantalon était encore un peu humide.

Sur le chemin du retour – toujours la pire partie d'une promenade – il avait pensé à une chanson qu'il essayait de terminer, peaufinant la mélodie, essayant des phrases dans sa tête. C'était drôle, pensa-t-il, comme ils s'assemblaient rapidement parfois, les mots et la musique, comme s'il s'en souvenait plus qu'il ne les écrivait, tandis qu'à d'autres moments ils résistaient à prendre forme. Une phrase fermait la porte à une autre ; un mot forçait la réévaluation de tout ce qui avait précédé. Dans certaines chansons, il s'autorisait des raccourcis ; une phrase bancale ou deux, ça passait. Parfois, et pour des raisons qu'il ne pouvait formuler, les enjeux paraissaient bien plus importants. Même si personne n'entendrait probablement jamais la chanson, il semblait crucial qu'elle soit réussie.

Jack commença à écrire presque dès qu'il se mit à jouer de la guitare. Dessiner ces premières formes étranges sur le manche, étendre ses doigts comme des araignées dans toutes les directions, c'était uniquement un moyen de parvenir à ses fins. Il voulait interpréter les chansons qu'il aimait, et il y parvint. Il les apprit, les répéta en chœur avec le vinyle, aussi bien que possible. Mais il désirait aussi aller au-delà, fabriquer ses propres chansons. Il lui semblait alors, garçon préadolescent, tout comme il lui semblait à présent, homme de soixante-deux ans, qu'il y avait quelque chose de singulier et d'incroyable à écrire une chanson : une création qui vivait et respirait dans le monde, qui pouvait être animée à volonté par quiconque choisissait de le faire. Une chanson paraissait à l'époque quelque chose de magique, et rien au cours des décennies passées n'avait persuadé Jack du contraire.

En écrire une, c'était créer quelque chose de nouveau dans le monde, mais aussi faire un pas hors de ce monde, au-delà de celui dans lequel il vivait. Dans une chanson, Jack pouvait devenir quelqu'un d'autre. Même dans les chansons nées de sa propre expérience – rares et épisodiques – il était quelqu'un d'autre, un personnage, une foule de personnages, toute une galerie. Il devenait de nombreuses personnes quand il écrivait et chantait. Il devenait plus grand que lui-même, et sa vie plus grande que celle qu'il avait vécue. Les simples caractéristiques de Jack ne pouvaient rien dire des nombreuses personnes qu'il avait été, des choses grandioses qu'il avait réalisées, des amours immenses qu'il avait perdues puis retrouvées puis perdues à nouveau. La vie de Jack avait été gigantesque.

Enivré de thé, il alla dans le salon, se posta devant le mur de musique et fit courir ses yeux en motifs à travers les tranches. Il voulait quelque chose en particulier, mais il ne savait pas vraiment quoi. Il le saurait lorsque ses yeux se poseraient dessus. Le son idéal, le ton idéal.

Pas ça.

Ni ça.

Ni ça.

Ça, peut-être ? Non. Pas ça non plus.

Et puis, oui, bien sûr. George Jones : voilà ce qu'il voulait. Lumineux et majestueux comme du métal liquide, George Jones était la bonne réponse à de nombreuses questions, y compris celle-ci.

Jack tira un CD placé en hauteur, une compilation qu'il avait achetée, des années en arrière, pour l'unique chanson qu'elle contenait qu'il ne possédait pas déjà. Il ouvrit le plateau de la chaîne hi-fi et y plaça le disque. Il s'assit sur le canapé pour écouter.

Il se rappelait encore la première fois qu'il avait entendu George Jones chanter. Pas chez lui – ses parents ne possédaient aucun de ses disques – mais chez un ami, quand il avait treize ou quatorze ans. C'était la pochette qui l'avait attiré. On aurait dit l'affiche d'un film hollywoodien, vaporeuse et floue, avec George au premier plan, impassible, et Tammy Wynette juste derrière lui, tout en cheveux et glamour. Le vinyle appartenait à la mère de son ami, et il demanda s'il pouvait l'emprunter.

Ils étaient loin d'être à la mode à l'époque, parmi les garçons de son âge, mais Jack adorait la manière dont les deux voix semblaient si entremêlées. Et il adorait aussi cette ligne trouble entre leur véritable mariage – qui venait, alors, juste de se briser – et le désir et la douleur qu'ils exprimaient en chanson. La pochette n'était pas la seule à ressembler à Hollywood.

Lorsqu'il avait commencé d'apprendre à chanter, Jack avait voulu une voix comme celle de George. Sa résonance douce, mélodieuse. Mais des rêves comme celui-ci meurent jeunes, percés, comme ils doivent l'être, par la réalité. La voix de Jack n'était pas trop mal. Mais il n'était pas George Jones.

Le CD avait joué cinq chansons lorsqu'une porte s'ouvrit, et que Loretta passa devant lui en trombe, en direction de la cuisine. Jack entendait le crissement et l'engloutissement des croquettes en train d'être dévorées. Vaila apparut quelques secondes plus tard, la souris pendouillant, en lambeaux, de sa main.

« Elle l'a bien aimée, faut croire », dit Jack, baissant le volume avec la télécommande.

Vaila hocha la tête. « Elle aime bien jouer, répondit-elle. Elle est marrante.

– Content d'entendre ça », lui dit Jack.

Vaila balaya la pièce des yeux, puis son regard se posa sur la chaîne. Elle saisit le CD posé sur l'enceinte. « Maman aussi en a des comme ça », dit-elle. Puis, levant les yeux vers le mur : « Mais pas autant que vous. »

Elle tint l'album devant elle et lut la pochette intérieurement. Jack pouvait voir ses lèvres bouger, même si elle ne faisait pas un bruit.

« Il a une drôle de tête », poursuivit-elle, se tournant de nouveau vers Jack. Il tendit la main vers l'album, et acquiesça. George avait effectivement une drôle de tête, avec son grand front et ses cheveux de Lego.

« J'ai lu quelque part, raconta Jack, qu'il se f'sait couper les cheveux vraiment tous les jours. » Il essaya de se souvenir si c'était vrai. « Et tondre sa pelouse, aussi, je crois.

– Pour quoi faire ? » demanda Vaila. Elle avait l'air effarée.

« Je sais pas trop, répondit Jack. Peut-être qu'il avait peur que ça d'vienne hors de contrôle. Tu peux pas tout contrôler, mais tu peux contrôler tes cheveux.

– C'est idiot.

– Peut-êt' bien. Mais les gens font des choses idiotes, parfois. »

Une autre chanson commença. « A Good Year for the Roses » : d'après Jack, l'une des plus parfaites chansons jamais enregistrées.

« Est-ce que vous pouvez éteindre, s'il vous plaît ? demanda Vaila, après seulement quelques mesures.

– Juste cette chanson, ou tout le disque ?

– Tout le disque. Je n'aime pas. »

Vaila était franche, en plus d'être polie.

« D'accord », dit Jack, et il appuya sur le bouton Stop de la chaîne.

Vaila alla s'asseoir sur le canapé, où Loretta faisait sa toilette, perchée sur son coussin.

« Ta mère sait qu't'es là ? » demanda alors Jack, une incertitude soudaine dans l'estomac. La petite fille était chez lui depuis un moment.

« Je lui ai dit que je venais, dit-elle.

– Et ça la dérange pas ? »

Vaila secoua la tête. « Non, lui répondit-elle, sans lever les yeux. Maman dit que vous êtes inoffensif. » Elle fit courir une main sur le dos du chaton et le long de sa queue.

Jack retourna le mot plusieurs fois dans sa tête, avant de le répéter tout haut. « Inoffensif, dit-il. Ah. » Puis il se mit à rire. Un rire dense, ventral.

Vaila se tourna vers lui, perplexe. « Qu'est-ce qu'il y a de si drôle ? » demanda-t-elle.

Jack ne parvenait pas à l'expliquer. Mais il ne parvenait pas non plus à s'arrêter de rire.

CHEZ MOI

8e capo? Mi?

Je volerais, je supplierais, j'emprunterais
Je resterais (tout) seul dans le noir
J'échangerais tous mes jours pour ~~ce~~ demain
Si ~~ça voudrait dire~~ je pourrais juste être de retour chez moi

R/ Chez moi : là où le cœur est ancré
Chez moi ~~là où toutes les routes doivent s'achever~~
là où je vais pour réparer mes torts
Chez moi, c'est là où ~~tes~~ les histoires durent toujours
Oh comme j'aimerais être de retour chez moi

l'histoire ne finit jamais?

J'appartiens ~~seulement~~ à un seul endroit
Peu importe où se pose ma tête
~~Je sais~~ C'est là où tous mes rêves espoirs s'en sont allés
~~Mais je ne rêve pas beaucoup en fin de compte~~
Et où tous mes espoirs rêves m'ont mené

R Chez moi…

Cela fait maintenant si longtemps que je suis parti
(Du moins) c'est ce que je ressens
Mais je suis enfin prêt à m'approprier ce ~~moment~~ voyage
Et je sais (~~tendrement~~) où je dois me trouver

R Chez moi…

L'IRRUPTION DE LA LUMIÈRE

1969

La première chose qui eut lieu en 1969 – ou bien, si ce n'est la première, celle dont n'importe qui à Hamar se souviendrait en repensant à cette année-là – fut la mort de Tom.

Son premier signe se produisit à la mi-janvier. Si Tom l'avait sentie arriver plus tôt, s'il l'avait sentie grandir à l'intérieur de lui, il n'en avait rien dit. S'il avait éprouvé un inconfort auparavant, il l'avait bien dissimulé. Un soir, au dîner, Kathleen remarqua qu'il semblait amaigri, presque fragile, et quand elle le lui fit remarquer, Tom reconnut qu'il était fatigué. « J'vieillis, c'est tout », dit-il. Mais Tom n'était pas particulièrement vieux. Il avait seulement soixante-douze ans.

Kathleen ne fut pas rassurée. Elle garda un œil sur lui, et il était évident, quand elle commença à y regarder de plus près, que quelque chose n'allait pas. Il mangeait moins que d'habitude, parfois il posait une main sur son ventre, comme si le problème pouvait venir d'une douleur à l'estomac. Il devint gris pâle, et son énergie diminua. Lorsqu'il fut véritablement frappé, au milieu du mois de mars, c'en était presque terminé.

Le docteur n'était pas certain de la cause, mais il n'avait pas l'air optimiste. Le pancréas : voilà sa supposition érudite. Mais Tom ne voulut pas aller à l'hôpital. Il n'avait pas besoin d'examens ou de confirmation. Il semblait savoir, alors, que le vent avait tourné. Un truc pour la douleur, c'était tout ce qu'il voulait. Trois semaines de plus et il était parti.

La mort de Tom plongea la maison Hamar dans l'ombre. Chacun d'entre eux – Sonny, Kathleen et Jack – était affligé, mais le garçon paraissait le plus durement ébranlé. Il avait connu la mort auparavant, de loin : son grand-père paternel était décédé quand Jack avait six ans. Mais cette fois-ci, c'était différent. Tom était plus qu'une personne. Tom était un élément solide, comme un champ ou une colline. Il avait semblé aussi permanent que l'océan. Pendant des jours ensuite, Jack le chercha. Il paraissait peu disposé à croire qu'une chose telle que Tom pouvait vraiment avoir disparu, que, contrairement au printemps ou au jour, il ne reviendrait pas.

Kathleen éprouvait en grande partie les mêmes sentiments. Tom avait autrefois été son grand-oncle, mais il était devenu bien plus que cela. Pendant une décennie, il avait été entremêlé à sa vie quotidienne, à ses pensées. Une source de quiétude, le plus souvent, et de bon sens. Elle avait dépendu de lui de multiples manières. Il avait rendu sa vie plus belle, plus facile. Il avait aidé à élever son fils. Maintenant qu'il était parti, c'était comme si elle était nouvellement seule, abandonnée au sein de son propre mariage.

Sonny, comme bien souvent, était moins au clair sur ses sentiments. Toute animosité qu'il avait un jour ressentie avait depuis longtemps disparu. Tom, plus récemment, avait été comme un père pour lui – surtout depuis la mort du sien. C'était du chagrin qu'il éprouvait, bien sûr, mais il lui venait telle une confusion sombre, un ressentiment, quelque chose de putride qu'il tentait d'expulser. Il fit les cent pas autour de la ferme pendant ces quelques jours qui suivirent, comme si la marche pouvait le débarrasser de la douleur, comme si le labeur pouvait la repousser. Lorsque les larmes vinrent, enfin, il se trouvait dans les ténèbres de la remise en pierre, les outils de menuiserie de Tom devant lui sur l'établi, aiguisés et immaculés.

La seconde chose qui eut lieu en 1969 fut l'arrivée de la lumière.

Il y avait eu de la lumière avant, bien sûr. Des lampes Tilley, avec leur lueur d'or et leurs relents de paraffine ; des ampoules alimentées par une batterie à liquide qui se trouvait dans un coin de la cuisine : et au cours des cinq dernières années, l'énergie intermittente d'une turbine éolienne Lucas que Tom avait rachetée à un homme de Treswick, lorsque l'électricité générale là-bas l'avait rendue redondante. Cette turbine était une chose merveilleuse quand elle fonctionnait, mais c'était l'ingéniosité de Tom qui la maintenait en action. Toutes les quelques semaines environ, semblait-il, elle cessait de tourner, ou bien elle tournait mais rien ne se passait. Toujours, Tom arrivait à la réparer.

Et puis Tom avait disparu.

Les câbles principaux couraient le long de la route au bout du chemin depuis 1963, mais Sonny avait jusqu'à présent refusé de payer les frais pour les monter jusqu'à la maison. Ils se débrouillaient très bien comme ça, disait-il.

Mieux valait être indépendant, et ne pas compter sur Hydro Board. Une fois qu'ils vous tiennent… ajoutait-il, avant de s'interrompre, laissant l'avertissement planer vaguement au-dessus de sa famille.

Mais lorsque la turbine finit par s'arrêter, un mois après la mort de Tom, et lorsque les bricolages amers de Sonny échouèrent, pendant des jours, à la réparer, il changea d'avis. L'argent fut trouvé, et la maison branchée. Le futur, glissé dans un câble fin, arriva.

Et quelle chose merveilleuse, pensait Kathleen, pendant ces premiers mois de l'électricité instantanée, que d'actionner un interrupteur et de savoir avec certitude (ou presque avec certitude) que la lumière arriverait. L'énergie : un mot vraiment adéquat. C'était exactement ce sentiment : l'énergie. Ils n'étaient plus à la merci du vent, ou de leur propre ignorance technologique. Ce dont ils avaient besoin leur arrivait sans intervention. Sans entrave. Grandiose. Avec un sourire malicieux, elle se postait parfois près d'un interrupteur et le poussait dans un sens puis dans l'autre. Allumé, éteint, allumé, éteint. Elle regardait Jack et secouait la tête, émerveillée. Le monde avait véritablement changé.

Sonny n'abandonna pas tout à fait son scepticisme. Pas au départ. L'autosuffisance de la famille lui importait, l'absence de dépendance à quiconque d'autre qu'eux-mêmes et leurs voisins. Mais Sonny était un homme obstiné, pas stupide. Il savait que cette vague particulière ne pouvait être longtemps défiée. Et il n'y avait aucun doute que, tandis qu'elle s'élevait, ils étaient portés. Eux tous. Elle apportait le plaisir et la facilité à Hamar. Rapidement, seul le coût le gênait.

Il y eut d'autres sources de troubles cette année-là, aussi. L'un d'eux fut le testament de Tom. Ils avaient su depuis le départ, Kathleen et Sonny, que la maison et la ferme seraient leurs à la mort de Tom. Il avait été clair dès le début. Mais ils avaient supposé, toujours, qu'elles seraient laissées à eux deux, ou même, plus récemment, à Jack lui-même, sous leur responsabilité – telle était la tendresse de Tom pour le garçon. Mais ils avaient tort. À la lecture du testament, ce fut Kathleen seule qui hérita de tout.

La différence que cela représentait pour le couple, en pratique, était négligeable. Non existante, en fait. Mais sur Sonny elle eut un effet étrange, un effet qu'il ressentit intensément mais qu'il ne parvenait pas à exprimer par des mots. Pendant dix ans il avait vécu dans une maison qui appartenait à Tom. Désormais elle appartenait à sa femme. Il restait un invité. Il avait agrandi leur foyer, avec son propre argent et sa propre sueur, mais malgré tout son nom n'était pas sur les actes. Elle arriva comme une douleur, cette sensation, puis elle tourna en une colère diffuse et muette. Il avait travaillé si dur, bon sang, et pourtant sur le papier, toujours, il n'avait rien. Impossible de dire, aussi bien pour Sonny que pour sa famille, quels ingrédients exactement composaient sa mauvaise humeur à cette époque. Quelle part de chagrin ? Quelle part d'outrage ? Quelle part de vieille amertume exacerbée ? Il semblait, de l'extérieur, presque bouillonner, et sa femme et son fils savaient bien lui laisser de l'espace.

Pour la première fois de leur vie ensemble, Sonny et Kathleen durent apprendre à vivre en tant que couple. Ils furent mariés, alors, d'une manière dont ils n'avaient jamais vraiment été mariés auparavant. Pas moyen d'échapper l'un à l'autre, pas de possibilité d'atténuation. Tom avait été une présence apaisante dans la maison. À la suite de sa mort, les choses ne furent pas évidentes.

Leur première grosse dispute concerna les affaires que Tom avait laissées derrière : deux grosses malles stockées dans le coin du salon. La première contenait la plupart de ses vêtements, ainsi que quelques souvenirs, une photographie de ses parents, de vieilles lettres, des documents d'identité, une montre qu'il ne portait jamais. L'autre, qui avait été verrouillée, renfermait les habits ayant autrefois appartenu à sa femme et à sa fille, ainsi qu'une bible reliée en cuir noir. Le contenu sentait le renfermé, presque l'humidité. Elle n'avait pas été ouverte depuis de nombreuses années.

« On n'a pas b'soin d'tout ça, dit Sonny en plongeant la main à l'intérieur. Les malles, on peut les garder, mais le reste… » Il secoua la tête.

S'il lui avait laissé plus de temps, Kathleen aurait été d'accord. Il avait raison, après tout. Ils n'en avaient pas besoin. Mais ce n'était pas une question de besoin. C'était de la décence, du respect. Tom était à peine enterré, et voilà que son mari jetait ce dont il ne voulait pas.

« C'est pas vrai, dit-elle. Est-ce que tu peux laisser ses affaires tranquilles ?

– Ce ne sont plus ses affaires, répondit Sonny. Ce sont tes affaires, à toi. »

Kathleen entendit dans ces mots une blessure plus profonde qu'elle n'avait imaginée. Elle les retourna immédiatement contre lui.

« Oui, dit-elle, ce sont mes affaires, et je te dis qu'elles ne bougent pas. Pour le moment, elles ne bougent pas. »

Sonny regarda sa femme avec de la fureur dans les yeux. Il referma violemment la malle, le fermoir en métal cliquetant comme une chaîne, avant de se détourner et sortir.

Kathleen s'agenouilla devant la malle, les vieilles planches sur le couvercle rendues douces et lisses à force d'être manipulées. Elle savait que la vie allait exiger davantage d'elle qu'elle ne l'avait fait jusqu'à présent. Les orages de Sonny étaient plus faciles à calmer par la concession qu'ils n'étaient à subir. Elle ouvrit la malle, sortit les vêtements, pièce par pièce, les frottant chacun entre son index et son pouce. Des vêtements simples, bien faits, l'odeur de la femme et de la petite fille qui les avaient un jour portés était depuis longtemps perdue. Elle les plia avec soin sur le sol, la bible à côté d'eux. La malle était nue ; le pâle bois brut à l'intérieur semblait presque trop lumineux pour être vrai. Kathleen resta assise un peu plus longtemps, les mains sur ce bois, et songea à quel point Tom allait leur manquer, à quel point la maison était vide désormais.

7

Jack n'avait jamais su qui avait laissé Loretta sur le pas de sa porte. Ses origines restaient un mystère. Il y pensait parfois, se demandant d'où elle avait bien pu venir. Mais il considérait désormais son arrivée non pas comme une farce mais comme un cadeau. De plus en plus, il était reconnaissant.

Une fois que le chaton avait bien fait comprendre qu'elle ne souhaitait pas s'enfuir, qu'elle considérait maintenant Hamar comme son foyer légitime, Jack était heureux de la laisser vagabonder. Elle, de son côté, apprit vite à faire connaître ses désirs. Quand elle voulait sortir, elle s'asseyait près de la terrasse, sur les fesses, et poussait un cri, ou bien elle grattait le tapis près de la porte. Lorsque venait le temps de rentrer, elle bondissait sur le rebord de la fenêtre du salon et regardait à l'intérieur, inclinant la tête comme une chouette. Si elle repérait Jack au-dedans, elle faisait du vacarme jusqu'à ce qu'il la remarque. Sinon, elle essayait une autre fenêtre.

Bien qu'il aimât la voir s'amuser dehors, rôder et sauter et fuser, Jack se demandait tout de même si Loretta ne laissait pas la nouveauté de cette liberté inédite lui faire perdre la raison. Certains jours, elle entrait et sortait de la maison à répétition. Une fois, Jack venait tout juste de fermer la porte pour la laisser sortir lorsqu'elle apparut à la fenêtre, suppliant de rentrer à nouveau. Il jura, puis s'esclaffa, puis retourna à la porte.

Même dehors, découvrit Jack, Loretta appréciait la compagnie. L'après-midi, elle s'asseyait sur le banc et l'observait tandis qu'il badinait dans le jardin, ou bien elle se faufilait entre les rangées de légumes, la queue bien droite, comme un périscope, cherchant quelque chose à pourchasser.

Le matin, lorsque Jack partait pour sa promenade pré-petit déjeuner, Loretta trottinait à ses côtés, quoiqu'elle s'aventurât rarement trop loin de la maison. Une fois passées les premières clôtures, elle semblait tendue – tendue par les moutons dans le champ, tendue par l'absence d'endroit où se cacher. Le premier matin, elle ne l'accompagna que sur une douzaine de mètres environ à travers l'herbe, avant de rebrousser chemin toute seule. Le suivant, elle en parcourut une douzaine de plus. À la fin de la semaine, elle le suivait jusqu'au pied de la crête raide, où l'herbe devenait plus rabougrie et où d'épais morceaux de granite surgissaient. Là elle s'arrêtait, regardait d'un côté puis de l'autre, comme si la pente était une frontière infranchissable. Quand Jack empruntait le chemin ascendant, elle semblait perturbée un moment plus long, miaulait, puis se détournait, se frayait un chemin vers la ligne de la clôture, juste au sud, et rentrait à travers champ aussi près des barbelés que possible, vigilante à des dangers imaginés.

Lorsque Jack revenait de sa promenade, Loretta était assise sur le rebord de la fenêtre, ou bien près de la porte de la terrasse, avec un regard qu'il interprétait soit comme une blessure, soit comme un intense mécontentement félin.

« Allez, viens, disait Jack. On va prendre le p'tit déj'ner. »

La petite fille, Vaila, ne revenait pas tous les jours. « Maman m'a dit que je ne devrais pas vous déranger autant », lui raconta-t-elle, un après-midi. Mais elle ne dérangeait pas, à vrai dire.

Si Loretta était dehors quand Vaila remontait le chemin, la petite fille n'interagissait pas du tout avec Jack. Il n'avait conscience de sa présence que lorsqu'un cri de délice la trahissait, ou quand il l'entendait roucouler au-dessus du chaton juste devant la fenêtre.

Si Loretta était à l'intérieur, Vaila frappait doucement puis entrait – comme Jack le lui avait intimé –, cherchait le chaton et passait dix ou quinze minutes seule avec elle, avant de rentrer à la maison. Loretta semblait apprécier ces visites, tout comme Jack. Il avait acheté du jus de fruits à l'épicerie, pour avoir autre chose à lui proposer que de l'eau. Et il avait acheté des biscuits, aussi.

Avant de partir, Vaila lui disait en général quelques mots. Elle lui parlait d'un moment de sa journée, d'une de ses amies de l'école, ou bien elle exprimait une opinion sur le chat avec laquelle il ne pouvait qu'être d'accord. « Sa patte blanche la rend vraiment unique », lui dit Vaila un jour. Et elle avait raison, bien sûr. Vraiment unique.

Quand elle ne se trouvait pas dehors, la majeure partie du temps de Loretta était consacrée à dormir. Le sommeil, c'était vraiment ce à quoi elle excellait. Elle avait, à ce stade, élargi grandement sa gamme de lieux où piquer un somme. On pouvait la trouver sur le dossier du canapé, étendue comme une étole en renard, le menton posé sur ses pattes avant étirées. À l'intérieur du carton dans lequel elle était arrivée, rangé désormais dans la chambre du fond. Sur le tapis en peau de mouton devant la cheminée, où elle pétrissait de ses griffes la laine emmêlée, avant de basculer sur le dos dans une extase inconsciente. Roulée en boule comme un tourbillon de fourrure pile au milieu du lit de Jack. Sur les genoux de Jack quand il écoutait de la musique. Là elle se blottissait, la tête sur les pattes, et ronronnait si fort qu'il devait monter le volume de la chaîne. Si, ainsi qu'il le faisait d'ordinaire, Jack commençait à battre la mesure d'une chanson en tapant sa main sur sa cuisse, Loretta ouvrait un œil et le regardait, comme pour dire : *Tu ne vois donc pas que j'essaie de me reposer ? Une chatte n'a-t-elle pas droit à un peu de paix dans son propre foyer ?* Et il s'arrêtait, et elle recommençait à ronflotter.

On pouvait la retrouver presque partout et n'importe où ailleurs dans la maison, à un moment ou un autre, notamment, une fois, dans la machine à laver, après qu'il a jeté à l'intérieur une serviette à nettoyer. Lorsqu'il revint une heure plus tard avec le reste du linge, elle apparut à la porte de la machine, bâillant, tel un dragon à l'entrée d'une grotte. Jack avait crié de stupeur, puis ressentit une profonde panique à l'idée de ce qui aurait pu advenir s'il n'avait pas vu qu'elle se trouvait là-dedans.

Loretta, endormie et éveillée, était alors la source d'une grande partie du plaisir et de l'amusement que Jack trouvait chaque jour. Il avait presque oublié ce que c'était que de vivre sans elle.

La cloche au-dessus de la porte de la boutique carillonna, et Vina émergea, comme un diable à ressort au ralenti, de sous le comptoir. Jack la dévisagea.

« J'étais juste en train d'faire mes lacets, dit Vina. Ça me prend un moment de redev'nir verticale. »

D'aussi loin que Jack s'en souvienne, Vina avait porté des sabots en caoutchouc dans le magasin. Ces trucs avec des trous partout.

« J'ai voulu du changement, dit-elle, lorsqu'il lui fit la remarque. Maint'nant, je regrette.

– Y a une leçon là-d'ssous, lui répondit Jack.

– Une leçon sur les chaussures ou sur le changement ? demanda Vina.

– Aucune idée, dit Jack. Sûrement ni l'un ni l'autre.

– T'es un homme sage, Jackie. »

Jack sourit, haussa les épaules et tendit la main pour attraper un panier. Il se dirigea d'abord vers les réfrigérateurs.

« Alors comme ça, j'ai entendu dire que tu t'étais fait une nouvelle amie », l'interpella Vina, tandis qu'il saisissait une brique de lait. Il vérifia la date, puis changea de brique.

« Qu'est-ce que tu racontes ? demanda-t-il, sans lever les yeux.

– Vaila, répondit Vina. Sa mère est passée cette semaine, elle m'a dit que la p'tite et toi étiez d'grands copains, ces derniers temps. »

Jack se tourna vers les congélateurs. Il avait besoin de carottes surgelées et de petits pois. « J'crois pas, répondit-il. Elle sait à peine que j'suis là la moitié du temps. Elle est amie avec le chat. » Jack n'utilisait le nom de Loretta devant personne d'autre que Vaila.

« C'est pas c'que Sarah m'a dit, poursuivit Vina. Elle raconte qu'la gamine rentre à la maison avec tout un tas d'informations : sur le jardin, sur la maison. Tu lui as même chanté des chansons, à c'qu'il paraît. Tout l'monde peut pas en dire autant. »

Jack n'avait pas, en réalité, chanté des chansons à Vaila. La petite fille était juste entrée dans la maison un après-midi pendant qu'il était en train de chanter, et il ne l'avait pas entendue arriver. Elle était restée derrière son fauteuil jusqu'à la fin de la chanson, puis elle lui avait presque filé une crise cardiaque en applaudissant. Les joues de Jack avaient roussi de gêne.

« Bon, dit Vina, j'suis contente que tu sois gentil avec la gamine. Ça a été un moment difficile, le départ de son père. C'est sûrement bien qu'elle passe du temps avec quelqu'un qu'est pas sa mère. »

Il y avait grandement matière à réflexion dans ce que Vina venait de dire, et Jack ne répondit pas pendant un long moment, tandis qu'il cogitait. Il éprouvait une sensation étrange à l'idée que Vaila soit triste. Il n'aimait pas l'imaginer contrariée.

« C'est une bonne gamine » fut ce qu'il répondit.

Vina hocha la tête, et ils en restèrent là.

En rentrant de l'épicerie, avec deux sacs remplis sur le siège passager à côté de lui, Jack décida de faire un arrêt.

Il bifurqua sur son chemin, puis s'immobilisa, juste devant la clôture de Sarah. Il n'était pas sûr à cent pour cent de ce qu'il allait lui dire, mais la conversation à la boutique lui avait fait comprendre qu'il aurait dû lui parler plus tôt. Il aurait dû lui demander si elle était d'accord pour que Vaila vienne chez lui. Pas croire la petite fille sur parole.

Il ferma la portière et se dirigea vers les marches, refermant le portillon derrière lui. Il frappa, attendit, puis frappa encore.

Il était juste sur le point de faire demi-tour et de s'en aller lorsque Sarah apparut, vêtue d'une salopette et couverte de peinture. « Désolée, dit-elle, essoufflée. J'étais en haut, je redécore la chambre d'amis. Ça m'a pris un moment de descendre de cet escabeau sans en mettre partout. » Elle rit. « Désolée de t'avoir fait attendre.

– Pas grave, dit Jack. C'est une belle couleur. » Il désignait la traînée bleu-vert sur sa main gauche.

Elle sourit. « Oui, n'est-ce pas ? C'est très… relaxant ? Peut-être ? Pour être honnête, je voulais juste du changement. Tout est blanc, juste blanc, depuis que nous avons emménagé. Je voulais désespérément changer quelque chose, et c'était la pièce la plus facile où bidouiller. »

Jack hocha la tête, doucement. Il essayait de trouver la bonne manière de commencer, mais il n'était pas vraiment sûr de ce qui devait être dit.

Sarah vint à sa rescousse.

« Je voulais passer te voir, justement, dit-elle, s'écartant de la porte. Entre, entre. » Elle avait disparu avant que Jack ait pu protester, et il la suivit, laissant ses bottes dehors sur la terrasse.

Le large couloir était tapissé de photographies, la plupart de Vaila lorsqu'elle était plus jeune, avec quelques paysages intercalés. Il en reconnaissait certains, d'autres non. En tournant à gauche, pour entrer dans la vaste salle de séjour avec cuisine ouverte, Jack remarqua d'abord le bazar chaleureux, la sensation d'un espace dans lequel on vivait. Mais il fut distrait alors par les grandes fenêtres, qui donnaient sur les champs au-delà de la route principale. On pouvait voir un scintillement d'océan, un fin morceau en direction du sud-ouest, et Jack eut de la peine que sa propre vue, depuis Hamar, soit plus limitée.

« Est-ce que tu veux quelque chose ? Thé, café, eau, jus de fruits ? » Sarah désigna une chaise d'un côté de la table à manger, l'invitant à s'asseoir. Elle ne s'arrêta pas assez longtemps pour qu'il réponde à sa question. « Alors, comme je te disais, je voulais passer et te remercier. Et m'excuser, aussi. Je n'avais pas l'intention de te refiler Vaila comme ça. Je pensais qu'elle irait juste voir le chat quelques fois, et puis qu'elle l'oublierait. Je n'avais pas imaginé… » Elle haussa les épaules, navrée. « Elle a l'air de s'être pas mal attachée.

– Elle aime beaucoup le chaton, ça, c'est sûr, dit Jack.

– Et elle t'aime beaucoup, toi aussi. »

Jack rougit et marmonna son désaccord.

« Est-ce que c'est de ça que tu venais me parler ? demanda Sarah. Je ne t'ai pas laissé l'occasion de le dire.

– Oui, c'était bien d'ça.

– Oh, désolée ! Écoute… » Elle posa les mains à plat sur la table. « Ne t'inquiète pas. Je peux lui dire de ne plus passer. Ce n'est pas du tout un problème. C'est une petite fille assez intense, je sais bien, et si tu n'as pas l'habitude des enfants… » Elle grimaça. « En fait, je ne sais pas si tu as l'habitude des enfants ou non, Jack, je me suis seulement dit…

– Pas d'problème, répondit Jack. J'ai pas l'habitude. Mais c'est pas ça dont…

– Je devrais probablement céder et la laisser avoir son propre chaton, continua Sarah. Je suis juste têtue sur ce sujet, pour être honnête. Une fois que j'ai dit non, j'ai l'impression que je dois m'y tenir. Mais elle est tellement déterminée, je crois qu'elle s'en occuperait parfaitement bien. Seulement, je ne voulais pas… »

Cette fois, ce fut Jack qui l'interrompit : « C'est pas c'que j'voulais dire, commença-t-il pour faire qu'elle cesse de tout déformer. Pas d'problème pour qu'elle vienne. Elle est sage comme une image. Et le chaton adore l'attention. J'voulais juste m'assurer que ça te dérange pas. On n'en a pas parlé, et j'ai juste pensé que peut-être il fallait le faire. » Jack ne savait toujours pas vraiment de quoi ils devaient discuter, mais il savait qu'il y avait quelque chose.

« Oh, Dieu merci ! répondit Sarah, posant une main sur sa poitrine. Je faisais comme si de rien n'était, mais je crois que Vaila aurait été dévastée si elle n'avait plus le droit de te rendre visite. » Elle rit. « C'est une grande sensible, tu sais.

– C'est une bonne gamine, dit Jack, pour la deuxième fois ce matin-là.

– Merci ! C'est vrai, tout à fait. Et, s'il te plaît, si elle se fait un peu envahissante, ou si elle vient trop souvent, tiens-moi au courant et je lui dirai de se calmer. Et n'aie pas peur de la chasser parfois. Elle fera ce qu'on lui dit.

– Ça t'dérange pas qu'elle vienne, alors ?

– Si ça me dérange ? Absolument pas ! J'aime ma fille plus que tout, mais je ne me plains jamais d'avoir une heure ou deux à moi. Être parent, c'est beaucoup plus… intense, depuis que Gary est parti, tu sais. »

Jack hocha la tête. Il pouvait se l'imaginer.

« Alors je suis très reconnaissante qu'elle ait trouvé un endroit où elle peut aller par elle-même. Quelqu'un que ça n'ennuie pas qu'elle flâne dans les parages.

– Quelqu'un… d'inoffensif », dit Jack.

Sarah le regarda une seconde, puis frappa ses paumes contre ses joues, horrifiée. « Oh, mon Dieu, est-ce que c'est elle qui t'a dit ça ? Oh non, Jack, je suis vraiment désolée. Les enfants, c'est… Mon Dieu, je suis tellement gênée. » Son visage était d'un rouge écarlate.

Jack laissa Sarah mariner, brièvement, puis sourit. « Il y a pire pour décrire quelqu'un », lui dit-il. Il gloussa, puis se mit à rire.

« Il faut que j'aie une sérieuse discussion avec cette enfant, poursuivit Sarah, à propos de ce qu'il faut ou non partager avec d'autres personnes.

– C'est une bonne gamine », répondit Jack, pour la troisième fois.

Sarah ne bougea pas, rougissant toujours, et demanda de nouveau à Jack s'il voulait quelque chose à boire. Cette fois-ci, il acquiesça. « Du thé, ce serait formidable », dit-il.

Alors qu'elle remplissait la bouilloire et fouillait dans un des placards à la recherche de tasses, Jack se demanda si ce n'était pas elle, Sarah, qui se sentait seule. Ça doit être dur pour elle, pensa-t-il. Ça doit être dur.

Lorsqu'il remonta le chemin jusque chez lui, juste avant le déjeuner, Vaila était dans le jardin, un long morceau de ficelle levé dans une main, et le chaton bondissait pour attraper l'extrémité pendouillante. Jack la regarda un moment depuis la voiture, en riant.

Jack avait toujours été plutôt doué pour s'occuper des différents boulots et tâches qui faisaient tourner sa maison et son jardin. Sa visite à Sarah lui avait rappelé qu'il n'avait repeint ni à l'intérieur ni à l'extérieur depuis au moins une décennie, et cela se voyait. Mais à part cela, en ce qui concernait les réparations, l'entretien, la maintenance de base, il se débrouillait plutôt bien.

Certains boulots, il les appréciait, ou les tolérait sans trop d'efforts, et il essayait de rester à jour sur ceux-ci, sans les laisser trop longtemps non effectués. Il savait qu'une corvée ignorée ne ferait que devenir plus encombrante avec le temps. Il n'avait pas de liste de choses à cocher, même pas dans sa tête. Il savait juste, après une vie entière dans cette maison, ce qui devait être fait et quand.

Parmi toutes ces tâches – celles qui revenaient régulièrement et qui pouvaient être anticipées, contrairement à l'occasionnelle réparation d'urgence, pour laquelle il avait parfois besoin d'aide –, celle qu'il aimait le moins était la remise en état annuelle du chemin qui menait de la route principale jusqu'à la maison.

Le chemin avait d'abord été tracé par Tom, le grand-oncle de sa mère, dont Jack se souvenait encore, sa présence, avec une intensité qui faisait mentir le demi-siècle écoulé depuis sa mort. Tom avait amélioré la double ornière boueuse qui avait permis l'accès jusqu'aux années 1950. Une fois, à la fin des années 1970, le conseil des îles avait proposé d'en devenir propriétaire et de le paver correctement, mais Sonny, vieux mulet fier qu'il était, les avait envoyés paître. Alors il restait sans asphalte, branlant et s'emplissant des pluies d'hiver, de sorte que, le printemps venu, la voiture de Jack rebondissait de la maison jusqu'à la route.

À un moment donné chaque été, sans avertissement ni dialogue, un camion arrivait et larguait un chargement de gravier près du mur de la remise. C'était Andrew fils qui l'achetait. L'accord stipulait qu'Andrew paierait les matériaux si Jack s'occupait des travaux. Cela avait semblé juste, à l'époque – tout ce qui évitait à Jack des dépenses de son côté lui semblait juste. Mais comme il vieillissait, comme le boulot demandait plus d'efforts et prenait plus de temps, il avait commencé à remettre en question le marché, et à se demander si, un jour ou l'autre, il ne pourrait pas être renégocié.

La pile de cailloux écrasés était là depuis plusieurs jours maintenant. Plusieurs jours secs, l'idéal pour cette tâche spécifique. Mais ces jours-là Jack avait trouvé d'autres manières, plus attrayantes, d'occuper son temps, et chaque matin, en partant pour sa promenade, il avait regardé le tas, soupiré, et s'était promis de s'y employer bientôt. Un autre jour.

Aujourd'hui, ce jour était arrivé.

Il s'était habillé comme il fallait : combinaison, bottes de sécurité, et même un chapeau pour empêcher son trou de calvitie de brûler. Il tira la brouette de la remise, et puis, épuisé déjà à l'idée du travail à venir, il démarra. Des pelletées de gravier, c'était ça le boulot : d'abord dans la brouette, puis tour à tour dans chaque nid-de-poule, en débordant pour qu'il puisse tasser avec le rouleau plus tard. (Ça aussi, c'était Andrew qui l'avait fourni.) Plus il s'éloignait de la remise, plus la tâche devenait ardue.

Ce fut son dos qui lui fit mal en premier, un ronchonnement de douleur bas, qui rampa plus haut comme l'humidité avec l'avancée du jour. Au milieu de l'après-midi, ses bras aussi étaient douloureux, et ses épaules, ainsi que potentiellement son cou, même si à ce stade la douleur était si généralisée qu'il était difficile de savoir exactement d'où elle venait.

Il en était alors rendu aux deux tiers du chemin. Quand il était plus jeune, Jack pouvait d'ordinaire finir le boulot tout entier - combler et tasser - en un seul jour. À présent, il en fallait toujours davantage. Il remplissait le premier jour et il passait le rouleau le suivant. C'était la première année, en revanche, qu'il avait envisagé d'abandonner sans même avoir terminé le début. Il regarda sa montre, il regarda le chemin qui restait à entretenir, il regarda la brouette vide, et il tourna la tête vers la pile de gravier près de la remise, désormais bien entamée.

Il allait faire une pause.

L'évidence, alors, était de rentrer à la maison, boire un verre d'eau et s'asseoir un moment, avant de remplir la brouette. Mais Jack savait que, s'il faisait ça, il y avait peu de chances qu'il se relève. S'il voulait terminer cette partie du boulot aujourd'hui – et il en avait vraiment envie –, il ne pouvait pas rentrer avant d'avoir fini.

Jack s'assit sur l'herbe au bord du chemin, les jambes étendues devant lui, son chapeau abandonné sur le sol. Sa chemise était collée à son dos par la sueur. Son front ruisselait.

« Mon Dieu », dit-il tout haut. Puis, après quelques inspirations profondes, de nouveau : « Mon Dieu. »

Jack s'installa de manière à pouvoir s'allonger dans l'herbe, la tête contre la partie la plus haute du bas-côté. Le sol ici était hors d'atteinte des moutons affamés, alors elle poussait, longue et luxuriante, et était étonnamment confortable, malgré les buttes et les bosses. Il ferma les yeux.

Lorsque son père était en vie, ils s'occupaient de ce boulot tous les deux, une fois Jack assez grand, chacun encourageant l'autre à continuer, sans rien dire. S'ils commençaient à l'aube, ils pouvaient avoir terminé au début de l'après-midi. Son père ne s'était jamais plaint de meurtrissures ou de douleurs, de plus loin que Jack s'en souvienne. Il avait toujours semblé aussi robuste que du granite ; aussi persistant et invulnérable. Et puisque Sonny était mort jeune, à seulement quarante-deux ans, peut-être n'avait-il jamais ressenti le genre de douleurs que Jack éprouvait maintenant. Ou bien peut-être que, une fois rentré de la chasse à la baleine, une fois que son corps eut connu ça, tout le reste avait semblé sans effort en comparaison.

Jack avait du mal à imaginer son père baleinier, même s'il avait entendu les histoires de cette époque encore et encore, même si elles formaient le socle semi-mystique de son enfance. En vérité, il avait du mal à invoquer une image claire de son père ces temps-ci, une image non construite à partir d'une photographie. Sa mémoire désormais était plus essence que détails. Un ressenti de l'homme, de son intensité, sa détermination silencieuse, son dévouement à son travail et à sa famille, sa fureur. Et son amour, aussi. Même si Sonny n'avait jamais prononcé ce mot à voix haute, du moins pas qu'il s'en souvienne, Jack n'avait jamais douté que son père l'aimait, qu'il voulait, plus que tout, le meilleur pour sa femme et son garçon. Aussi jeune que Jack fût, il avait toujours eu conscience que, d'une manière ou d'une autre, la colère de son père n'avait toujours été qu'une sorte de confusion. En vieillissant, pensait Jack, il serait devenu un homme plus apaisé.

Il essaya d'attirer le visage de Sonny dans son esprit, mais il avait du mal à se concentrer. Chaque fois qu'il tendait vers un souvenir en particulier, ses pensées ramollissaient et dérivaient, et il perdait de vue son objectif. Son souffle devenait plus profond, et il plongeait sans défense vers le sommeil.

Sa mère lui criait dessus. Pas méchamment, simplement avec une certaine urgence. Elle appelait son nom. Et encore, plus fort. Mais lorsqu'il essayait de répondre, sa bouche refusait de fonctionner. Il la regardait, distinguait les traits de son visage fondu avec l'âge, ou bien avec…

« Jack. Debout ! »

Il ouvrit les yeux.

Un certain temps s'était écoulé. Ce fut la première chose qu'il remarqua, quoiqu'il ne parvienne pas tout à fait à dire ce qui trahissait cela. La lumière, peut-être. Le soleil ne se trouvait plus là où il avait été lorsqu'il s'était allongé.

La seconde chose qu'il remarqua, lorsqu'il se redressa et s'assit, fut Vaila, un plateau entre les mains, qui le regardait avec un peu d'inquiétude sur le visage.

« Est-ce que tu vas bien ? » demanda-t-elle.

Il hocha la tête, pas tout à fait prêt à parler. Sa bouche était sèche. Il regarda sa montre. Il avait dormi pendant près d'une heure.

« Je t'ai apporté des biscuits, du thé et du jus de fruits, continua Vaila. Maman a dit que ce serait bien. Tu en veux ? »

Jack hocha de nouveau la tête, toujours étourdi. « Avec grand plaisir, répondit-il. Merci, et merci à ta m'man aussi. »

Vaila se rapprocha, et posa le plateau à côté de lui. Il y avait un thermos, une bouteille de jus de fruits, deux gobelets en plastique et un paquet de biscuits digestifs. Rarement quelque chose avait semblé si appétissant.

Vaila s'assit sur l'herbe, de sorte que le plateau se trouvât entre eux.

« Je ne sais pas ouvrir le jus, dit-elle. Tu vas devoir le faire.

– Bien sûr », répondit-il. Il s'essuya les mains sur sa combinaison de travail, plaça les deux gobelets côte à côte, ouvrit la bouteille et versa.

« Ça fait combien d'temps qu't'es debout là ? » demanda-t-il.

Elle haussa les épaules. « Je ne sais pas trop. J'ai dit ton nom cinq fois, mais tu ne t'es pas réveillé. Ensuite je l'ai redit une autre fois, et tu t'es réveillé.

– J'pensais qu't'étais ma mère », dit Jack. Vaila lui jeta un coup d'œil. « Dans mon rêve, je veux dire, ajouta-t-il. J'étais embrouillé.

– Pourquoi est-ce que tu étais allongé par terre comme ça ?

– J'étais fatigué, c'est tout. J'ai bûché là-d'hors toute la journée, et j'suis un peu… eh bien, j'manque un peu d'entraînement. Ou alors j'suis un peu vieux, peut-être. »

Vaila buvait son jus à petites gorgées, tenant le gobelet à deux mains.

« Tu as quel âge ? demanda-t-elle.

– Soixante-deux ans.

– En effet, c'est vieux.

– Certains jours ça paraît vieux, oui. » Jack but, puis il tendit la main vers les biscuits. « Tu as quel âge ? » lui demanda-t-il, en tirant deux biscuits entre ses doigts et en en passant un à Vaila.

« Huit ans et quatre mois. Mon anniversaire, c'est en mars. Et le tien ? »

Jack réfléchit. « Le mois prochain, dit-il. Le huit.

– C'est bientôt, répondit-elle.

– C'est vrai.

– Est-ce que je peux venir à ton anniversaire ? »

Jack s'esclaffa. « Si je le fêtais, tu pourrais venir. Évidemment. Mais je ne l'ai pas fêté depuis que j'étais, eh bien, un p'tit peu plus vieux que toi.

– Oh », répondit Vaila. Elle eut l'air triste, même s'il ne savait pas si elle était triste pour lui ou pour elle. « Qu'est-ce que c'est, celles-là ? » demanda-t-elle, une fois sa déception passée. Elle regardait derrière Jack, les grandes flèches d'angéliques qui pointaient au-dessus du fossé.

Jack lui expliqua. « Ma fleur préférée, dit-il. J'aime bien la manière dont plusieurs fleurs font semblant de n'en être qu'une seule. » Il attrapa la tige et la tira vers lui pour la lui montrer, indiquant comment chaque tête blanche en désordre se composait de nombreuses têtes plus petites, qui à leur tour étaient constituées de minuscules fleurons pâles. Vaila regarda attentivement la plante, sans remettre en question son choix non conventionnel.

« Tu as une fleur préférée ? » demanda Jack.

Elle secoua la tête. « Maman en a une, dit-elle. Mais je ne sais pas comment elle s'appelle. »

Jack hocha la tête solennellement.

« Qu'est-ce que tu étais en train de faire ? » Vaila pointa la brouette du doigt.

« Je rends juste la route plus lisse, pour qu'elle ne fasse pas mal à ma voiture. Je comble les trous chaque été.

– Qui creuse les trous ?

– La pluie. » Jack termina son biscuit et s'apprêta à en prendre un autre.

Vaila le regarda, sans savoir s'il se moquait d'elle.

« Que se passerait-il si tu laissais les trous ?

– J'imagine qu'ils grossiraient. Alors je devrais m'garer chez toi et remonter le chemin à pied.

– Hmm, réfléchit Vaila. Eh bien, il y a de la place pour une voiture supplémentaire chez nous. Papa a emporté la sienne.

– Merci, répondit Jack. Mais c'est mieux si je peux parcourir toute la route jusque chez moi. Sur le long terme, ça rend la vie plus facile.

– J'imagine. » Vaila secoua la tête lorsqu'il lui proposa un autre biscuit. « J'ai droit qu'à un seul », dit-elle. Puis : « Je peux t'aider ? »

Jack sourit. « J'aimerais bien, répondit-il. C'est gentil d'proposer. Mais j'crois qu'la brouette serait un peu lourde pour toi, du moins quand elle est remplie.

– Est-ce que je peux la pousser quand elle est vide ?

– Oui, tu peux. Tu peux la rouler jusqu'à la maison, et ensuite j'la remplirai de nouveau. T'en penses quoi ? »

Vaila acquiesça, la bouche pleine du biscuit qu'elle était en train de manger malgré ce que sa mère avait dit. Elle se leva, laissa le plateau et son contenu où ils étaient. Jack replaça les gobelets, se versa du thé dans le bouchon du thermos. Lorsqu'ils reviendraient avec le gravier, il aurait suffisamment refroidi pour être bu, pensa-t-il.

Vaila était déjà debout derrière la brouette. Elle souleva les deux bras avec un certain mal – ils étaient exactement de la mauvaise taille pour elle, ou elle pour eux –, mais elle finit par trouver un moyen qui fonctionnait. Ils se mirent en route, tous les deux, Jack marchant à côté de Vaila, aussi lentement qu'elle en avait besoin. Ils firent plusieurs pauses en chemin, lorsque Vaila frottait ses mains l'une contre l'autre, avant de reprendre de plus belle en souriant malicieusement, tandis que Jack pensait tout du long à ce thé, encore fumant sur le bas-côté vert derrière eux.

LORETTA

Loretta, tu dors si ~~calmement~~ profondément

Tu n'entends pas ~~ces~~ les mots que je ~~chante~~ dis

~~Ton souffle cœur bat si~~

Je ne hausserai pas la voix ~~et~~

ne prononcerai pas un mot

Car je ne veux pas te réveiller encore

Loretta, avant j'étais solitaire

Il y a des ~~jours~~ fois où je le suis encore

Mais te voir ~~dormir~~ là ~~si douce & si tranquille~~ sans soucis, sans t'en faire

Je ne suis pas si solitaire aujourd'hui.

Loretta, le soir est bien avancé

~~Mais je ne veux pas que ce jour se termine~~

~~Alors je te laisse dormir encore~~, ~~Mo~~

Je devrais dormir maintenant moi aussi

Mais je suis ~~ravi~~ si heureux d'être à tes côtés

Et je ne veux pas que ce jour touche à sa fin.

LA COLLECTION

1970-1975

Tom parti, la retenue de Jack rentra à la maison. Le garçon étrange que d'autres avaient connu avant était le garçon que ses parents découvraient à leur tour. Sa gaieté et son aise étaient moins évidentes que jamais. Il ne semblait pas tout à fait malheureux, mais, d'une certaine façon, plus petit, comme s'il pouvait prendre moins de place dans un monde sans Tom.

Ce qui animait le plus le garçon, ce qui l'amenait à la vie dans une mesure que rien d'autre n'égalait, c'était la musique. Kathleen et Sonny avaient réalisé cela longtemps auparavant. Ils avaient vu comme il arrêtait ce qu'il était en train de faire à la moindre note du poste ou du tourne-disque, comme il se rapprochait de la source du son, incapable de se concentrer sur rien d'autre que sur ce qu'il entendait. C'était amusant au début, de voir un garçon de six ans fixer un vinyle de Lefty Frizzell qui tournait sur la platine, chaque parcelle d'attention qu'il pouvait rassembler tournée vers ce son.

En grandissant, l'intérêt de Jack devint plus engagé. Il n'attendait pas que quelqu'un d'autre mette de la musique, il choisissait quelque chose lui-même. Il n'y avait pas beaucoup de choix à Hamar, à l'époque. Sonny avait acheté environ une douzaine de vinyles, des années plus tôt, et la collection n'avait pas beaucoup grandi depuis. Son enthousiasme initial s'était atténué, dépassé par d'autres préoccupations. Une fois de temps en temps, l'envie leur prenait, à lui ou à Kathleen, et ils tiraient un disque de sa pochette, mais le plus souvent ils se contentaient de fredonner à eux-mêmes les chansons en travaillant.

Lorsque Jack atteignit onze ans, il connaissait par cœur toutes les chansons de tous les vinyles de la maison. Il les avait écoutés chacun jusqu'à ce que ses parents n'en puissent plus. Parfois il allumait le poste à la place, mais la musique qu'il aimait – la musique qu'il avait découverte sur ces vinyles – n'était pas si facile à localiser à la radio. Alors Kathleen demanda autour d'elle, pour son propre bien autant que pour celui de son fils, et quelques albums de plus arrivèrent, de la part de voisins et d'amis. La collection s'étoffait.

Personne ne put tout à fait se rappeler, plus tard, le moment où Jack exprima pour la première fois l'envie de jouer d'un instrument. Sa faim de musique était telle que cela semblait une progression logique, et la question s'était plus ou moins formée toute seule avant même qu'il ait l'occasion de la poser. Un violon, quoique relativement facile à trouver, n'allait pas faire l'affaire, c'était évident. Jack voulait chanter. Il voulait jouer de la guitare.

Les intérêts de Sonny évoluaient, eux aussi. Il s'était acheté un bateau, à la grande surprise de Kathleen. En fait, il en désirait un depuis un certain temps, mais il avait gardé ce souhait entièrement pour lui. Il ne parvenait pas à trouver un moyen de justifier un tel achat en termes financiers ou pratiques, c'était uniquement quelque chose dont il avait envie. Alors, comme s'il avait honte de son désir déraisonnable, il ne dit rien jusqu'à ce que le marché soit conclu.

Elle n'était pas neuve, cette embarcation, mais elle n'était pas non plus très vieille. Un propriétaire précédent, désormais décédé, un homme qui avait pris soin d'elle, avait repeint la coque chaque hiver, et effectué les petites réparations avant qu'elles n'en deviennent de plus importantes. Une embarcation superbe en effet, pensait Sonny, six mètres de long, et aussi lisse et lustrée qu'un phoque. Il la mena à la jetée de Treswick et l'attacha. Souvent, il prenait la voiture le soir juste pour la regarder, ou pour s'asseoir là et bricoler, prétextant qu'il y avait une tâche à accomplir.

Pendant ces premiers mois qui suivirent l'arrivée du bateau, Sonny se prenait parfois à rêver de baleines. De flottes de baleines, de bancs de baleines, de groupes. Et qui pouvait être surpris ? Il avait renommé le bateau, de *Mary Moore* en *Wayfarer*, en l'honneur du dernier bateau sur lequel il avait navigué en Antarctique, alors son esprit était souvent de retour à cette période. Il pensait à ses mois dans le Sud lointain sans nostalgie ni regret, mais avec curiosité, comme si le jeune homme – le garçon, à vrai dire – qu'il revoyait était quelqu'un d'autre, quelqu'un différent de lui. Il était à la fois revigoré et parfois horrifié par ce dont le garçon avait été témoin. Les baleines dont il rêvait, cependant, n'étaient pas chassées ou démembrées. Elles étaient, pareilles à celles qu'il avait vues parfois au cours des années passées depuis son retour de Géorgie du

Sud, en paix et heureuses. Elles lui semblaient une bonne compagnie.

Kathleen, à cette époque, se sentait inconfortablement à la dérive. Son mari et son fils lui étaient devenus plus étrangers que jamais. Une distance s'était ouverte entre chacun d'entre eux, et elle ne savait pas comment la traverser. Elle se tourna – comme Sonny l'avait fait – vers le travail pour trouver de la compagnie. Elle passait plus d'heures devant la machine à tricoter, sentant parfois des aiguilles de douleur du bas de son dos jusqu'à ses épaules. Et elle rendait visite, aussi, comme Tom avait l'habitude de le faire, allait voir sa sœur ou son amie Leanne à Treswick. C'était une femme sociable, vivant avec deux hommes quasi silencieux. Il y avait des jours où ni son mari ni son fils ne lui adressait plus d'un mot, et elle brûlait d'avoir non seulement de la compagnie, mais aussi quelque chose dans quoi elle pourrait s'évader, quelque chose dont s'occuper, comme Sonny et Jack avaient trouvé.

La maison, alors, était un endroit silencieux. Silencieux, à l'exception du son de Jack qui plaquait des accords sur sa guitare, les cordes bourdonnant et résonnant sous ses doigts doux, lents. Kathleen admirait la persévérance avec laquelle son fils s'était attelé à cette tâche d'apprentissage. Elle avait du mal à croire, parfois, que c'était son petit garçon qui berçait ainsi cet instrument, la lèvre inférieure serrée entre ses dents, les yeux fixés sur le manche. Il y avait des moments, en fait, bien qu'elle n'ait dit cela à personne, où elle s'asseyait sur le plancher devant sa chambre, écoutant les accords se former, les notes s'arranger avec effort. Et même si elle n'aurait pas pu expliquer exactement pourquoi il la faisait pleurer, ce son à demi formé, c'était bien ce qui se produisait. Elle écoutait, sentait les larmes glisser sur ses joues, sans penser à rien de particulier, entendant seulement cette musique laborieuse, une porte fermée entre elle et son fils.

8

L'aspect principal de la musique country, la caractéristique première, pensait Jack, en un monologue intérieur qui prenait la forme d'un cours magistral – une habitude à laquelle, comme peut-être d'autres personnes solitaires (comment le saurait-il ?), il était enclin –, était la soif d'ailleurs. C'était un désir brûlant d'autres lieux et d'autres temps, d'endroits et de gens et d'époques qui n'étaient pas ici, maintenant. L'inquiétude, aussi, de ce qui pourrait advenir, et le regret de ce qui était advenu. La volonté que les choses soient autrement, et la sensation inébranlable que, si tout allait bien à présent, cela ne pouvait pas durer ; les ennuis étaient sûrement en chemin. Une sorte d'instabilité, en d'autres termes, un présent constamment miné, par l'aspiration, par la nostalgie, par le remords. L'existence de vies alternatives : des vies meilleures, plus simples, d'ordinaire – dans le passé, le présent ou le futur –, vers lesquelles le chanteur observait, comme une île paradisiaque qui scintillerait à l'horizon.

Jack s'arrêta. Sa confiance dans cette idée s'était affirmée à mesure qu'elle progressait, et il se demanda s'il ne devrait pas l'écrire. Il se pencha en avant pour chercher son carnet, puis s'arrêta, se redressa. Pourquoi s'embêter ? Qui en aurait quelque chose à faire ? Il n'y avait personne à qui il pourrait raconter ce genre de choses, personne qui serait intéressé par ce qu'il avait à dire, personne devant qui il oserait articuler de telles idées. Sa confiance se racornit de nouveau. Rien de neuf dans tout ça, de toute façon. Chacune de ses pensées avait été pensée auparavant, un millier de fois. Et peut-être que, fondamentalement, toutes les chansons traitaient des mêmes sentiments, des quelques mêmes envies élémentaires. Dans une culture où le discours émotionnel était découragé, les chansons étaient un moyen acceptable d'exprimer des désirs indicibles. Jack estimait que la country venait d'un tel endroit. Comme lui.

Le contenu des chansons de country n'était pas le seul à porter cette soif d'ailleurs, cependant ; le son l'était, aussi. C'était une musique – une forme, un genre – intégralement formée par le mouvement. Prenez Hank Williams : le glissement et le gémissement du violon et de la steel guitar. Prenez Jimmie Rodgers : le yodel endiablé de ce serre-frein. Prenez le coulissement du doigt sur la contrebasse, l'accent vif-argent d'une Telecaster – et l'accent de la voix humaine, aussi, les voyelles épuisées, usées, torsadées, tordues. Prenez la pedal steel, nom de Dieu ! Aucun instrument n'est plus défini par le mouvement, par l'ardeur d'une note vers une autre. Et aucun son n'est plus indéniablement country. Cette musique était immunisée contre l'immobilité.

Jack avait vécu presque sa vie entière au même endroit. À part les quelques semaines passées à Glasgow, plus de quatre décennies de ça, et la poignée de vacances qu'il avait prises au fil des ans, il était resté là, dans cette maison, entouré de ces champs, surplombé par cette crête rocheuse, depuis sa naissance. C'était un fait qu'il considérait différemment à différents moments, comme les traits d'un paysage altérés par la lumière changeante.

La plupart des matins, quand il gravissait la colline pendant sa promenade – ces derniers temps avec Loretta à ses côtés –, il ne pouvait tout simplement pas s'imaginer être ailleurs. Il connaissait cet endroit aussi bien qu'il se connaissait lui-même, et ces deux morceaux de savoir n'étaient pas distincts, ils faisaient partie d'une même compréhension. Il appartenait à Hamar. Et même si sur le papier la terre n'était plus la sienne, même si elle était possédée par son voisin, toujours – d'une manière fondamentale, viscérale – elle lui appartenait.

Ces matins-là, ces jours-là, Jack ne ressentait rien qui se rapprochât de la soif d'ailleurs, du moins dans ce sens géographique. Les désirs qu'il éprouvait n'étaient pas dirigés vers l'horizon. Il était, à sa manière particulière, un homme comblé, et il comprenait que c'était une bénédiction. C'était ici qu'il était né et ici qu'il mourrait, et il était en paix avec cela.

Mais le regret, il le ressentait. Et la nostalgie, aussi. Et il éprouvait, également, une sorte d'aspiration à rebours pour laquelle il ne possédait pas de mot adéquat. Il aurait voulu parfois, avec une intensité qui pouvait presque lui faire perdre l'équilibre, avoir vécu une vie différente, ne pas être retourné vivre à Shetland, avoir été plus téméraire, avoir poursuivi avec plus d'insistance les rêves naïfs qu'il avait autrefois nourris, s'être écrasé la tête la première dans l'impossibilité plutôt que de simplement les abandonner – s'abandonner lui-même – à ce qui avait un jour ressemblé au destin.

À la mort de ses parents, Jack était rentré parce qu'il le devait ; il y avait des choses à faire, des aspects pratiques dont il devait s'occuper. Mais il était resté parce qu'il ne pouvait se résoudre à se remettre en route vers l'incertitude. Il n'avait nulle part en particulier où aller, alors il ne bougea pas. Une inertie déchirante qui mettait fin à la vie qu'il avait un jour presque imaginée.

Jack avait voulu être chanteur, voilà la vérité. Il n'avait jamais avoué cela tout haut, à absolument personne. Mais c'était la seule chose qu'il ait jamais, avec une telle intensité, désirée. Ou à peu près la seule chose.

Il ne croyait pas que son rêve se serait réalisé si ses parents avaient vécu. Pas une seconde. Il n'était pas idiot. C'était un homme au talent moyen, élevé sur une île de l'Atlantique nord, à bien des milliers de kilomètres du foyer de la musique qu'il adorait. Il était né absolument au mauvais endroit, sans la confiance, ni le zèle, ni l'aptitude pour surmonter cet obstacle.

Jack Paton avait voulu être chanteur de country, un homme dont les mots et la voix pouvaient soulager les cœurs brisés, dont les chansons pouvaient transporter ceux qui écoutaient et les ramener à eux-mêmes. Il avait voulu se tenir sur une scène, remplir une salle de sa musique, voir les gens émus, les observer sourire et larmoyer, savoir qu'ils quitteraient cet endroit avec ses mélodies entre les lèvres, ses paroles bouillonnant dans leurs pensées.

Il avait voulu tout cela, et il s'était autorisé, pendant le plus court des instants, à l'imaginer. Il était parti – dans un moment d'impulsion désespérée, il était parti –, autorisant cette étincelle de désir à le porter. Mais il était rentré à la maison. Il s'était laissé filer.

Pendant quarante ans, les chansons qu'il avait écrites contenaient des fragments de la vie que Jack n'avait pas vécue. Quand il les rédigeait, il tendait vers cette autre vie, vers l'homme qu'il n'avait pas été. Il y avait une richesse dans cette proximité, pour laquelle il se sentait chanceux, et il y avait une déchirure, aussi. Il ne connaissait aucune douleur aussi profonde que celle qui s'étendait entre lui et cet autre Jack, depuis longtemps perdu.

Pendant de longs mois après son retour de Glasgow, ses parents disparus, supposément noyés, Jack fit l'expérience d'une souffrance pour laquelle, à l'époque, il n'avait pas de nom. Pas de mot convenable. Les gens étaient gentils avec lui. Ses voisins, les amis de ses parents. Ils veillaient sur lui, l'invitaient à manger, l'aidaient à la ferme. Ils essayaient de lui maintenir la tête hors de l'eau. Jack avait conscience de leur gentillesse, mais elle ricochait sur lui, comme la lumière rebondit sur une lame. Il se sentait impénétrable, alors. Ou, plus précisément, il ne ressentait rien. Il se levait, il travaillait, il mangeait, il dormait. Voilà tout. Il traversait ses jours, une créature à demi consciente. Il était vivant, mais il ne vivait pas.

La ferme en pâtit. Cet automne-là, Jack vendit les agneaux de son père – ses propres agneaux, alors – et abattit certaines des plus vieilles brebis. Il ne les remplaça pas. Pas plus qu'il ne sortit le bélier pour qu'il fasse ce qu'il avait à faire à l'approche de l'hiver ; à la place, il le laissa seul dans son petit enclos. Le bélier, fou de frustration, bondit par-dessus deux clôtures et en fit tomber une troisième pour arriver là où il voulait aller. Le vieil Andrew, avec un mal considérable, éloigna l'animal.

Les tâches s'amoncelaient. Les réparations n'étaient pas faites. La remise fut endommagée lors d'un orage ; une tôle du toit atterrit au milieu du chemin, et pendant plusieurs semaines le trou resta béant. Des moutons boiteux n'étaient pas soignés.

Certains jours, le corps de Jack semblait peser plus qu'il ne pouvait soulever. Chaque mouvement demandait davantage d'efforts qu'il ne pouvait fournir. Il ne trouvait aucun réconfort. Il était chez lui, et pourtant il était aussi loin qu'il était possible de l'être de tout ce que ce mot était supposé signifier. C'était comme s'il flottait, soutenu uniquement par l'air à l'intérieur de lui.

Il était perdu. Sans espoir. À terre.

Jack décida vite de ne pas garder la ferme. Le travail exigeait de lui une attention qu'il ne pouvait alors pas trouver en lui-même. Il l'exécutait de mauvaise grâce, s'en tenant au strict minimum. Les animaux méritaient mieux. La terre méritait mieux.

Lorsqu'il évoqua pour la première fois la possibilité de vendre, le vieil Andrew grimaça et secoua la tête. « Tu vas le regretter, dit-il, regardant en arrière de l'autre côté de la route, en direction de ses propres champs. Tu penseras différemment dans un an ou deux. Tout te reviendra en mémoire. »

Andrew avait vu le dur labeur que le père de Jack avait mis dans cette ferme, à quel point Sonny avait consacré du temps et des efforts à l'endroit. Andrew était le genre d'homme pour qui de tels efforts comptaient. Ils avaient un sens. Voir Jack les dilapider, les vendre comme s'il s'agissait d'une simple possession, cela l'offensait. Jack s'en rendait bien compte. Mais il pouvait voir, aussi, la compassion d'Andrew, son chagrin. Il voyait ce chagrin partout. Sonny n'avait pas toujours été le plus agréable des hommes, mais sa mort, la mort de Kathleen, elles avaient fait du mal aux gens. C'était un tort qui ne pouvait être réparé. Une blessure dans la communauté. Les gens regardaient Jack et ressentaient la douleur en eux-mêmes. Il ne pouvait pas lui échapper, à cette douleur. Il avait l'impression, parfois, d'en être sa source.

Andrew accepta d'acheter la terre lui-même, quoiqu'il fît attendre Jack une année entière. Il n'en avait pas besoin, il ne la voulait même pas en réalité, mais il ne souhaitait pas non plus que quelqu'un d'autre en prenne possession. Il proposa toutes les issues auxquelles il put penser, promit de la revendre au même prix n'importe quand dans le futur. Mais Jack ne regretta jamais sa décision. La vente, même si elle s'accompagnait d'une certaine culpabilité quand il pensait à son père, et à Tom, lui apporta surtout du soulagement. Elle lui ôtait un poids qu'il était incapable de porter. Une fois volatilisé, il n'avait aucune envie de le soulever de nouveau. Il éprouvait un besoin – et c'était bien le mot adéquat, un besoin – de vivre sans responsabilité envers rien ni personne que lui-même.

Cette sensation n'avait jamais véritablement disparu. Jack avait vécu sa vie en ne rendant de comptes à personne d'autre que lui, pas même à ses divers employeurs, aucun d'eux n'ayant jamais demandé plus que ce qu'il n'était capable de donner. Cela avait été une vie de liberté, aucun doute là-dessus. Les attaches de Jack étaient minimes, ses obligations peu nombreuses. Elle avait été nécessaire, cette liberté, pour se hisser hors du trou que la mort de ses parents avait creusé pour lui. Et il était reconnaissant à Andrew, toujours, de la lui avoir permise.

Mais la liberté… eh bien, Kris Kristofferson avait raison à ce sujet.

Jack avait tout perdu à cette époque, ou presque. Il s'en était sorti avec juste assez pour vivre.

Un matin, plus doux que le précédent, qui avait porté une fraîcheur aiguisée venue de l'est, Jack était en route pour sa promenade lorsqu'il fut arrêté par un appel lancé plus bas sur le chemin. En se retournant, il aperçut Vaila dans son imperméable rouge, qui courait dans sa direction avec une certaine précipitation. Elle le vit la regarder et agita un bras en l'air. Lui et Loretta s'arrêtèrent près de la remise et attendirent.

« Tu d'vrais pas être à l'école ? » demanda-t-il, lorsqu'elle s'arrêta devant eux. Elle tendit la main vers Loretta, qui se détourna comme si elle était offensée et se glissa dans le jardin.

« Il est seulement sept heures et demie », répondit-elle.

Jack aurait juré qu'il était plus tard.

« Loretta vient généralement avec moi faire une promenade le matin, expliqua-t-il à Vaila.

– Je sais. Je veux venir avec vous.

– Comment t'sais ça ?

– On peut te voir depuis notre maison. On te voit tout le temps. »

Jack en fut frappé, c'était comme s'il avait eu de la compagnie sans le savoir.

« On sera rentrés à temps pour qu't'ailles à l'école ?

– Maman a dit que oui, si on se dépêche. Elle dit que tu pars en général quarante-cinq minutes.

– Ah. D'accord, j'crois qu'faut y aller, alors. »

Vaila eut besoin d'aide au départ. Elle ne pouvait pas franchir facilement la clôture comme Jack, ni passer entre les barbelés comme Loretta. Alors Jack dut la porter pardessus, et la reposer de l'autre côté. Elle souriait de toutes ses dents.

Loretta sembla se rendre compte que c'était là une occasion inhabituelle, et elle courut devant eux à travers le champ, avant de s'asseoir et d'attendre comme une vigie jusqu'à ce qu'ils l'aient rejointe. Une fois hors du jardin, même si elle aimait être en compagnie de Jack, elle restait toujours quelques mètres à l'écart, ne se laissant jamais toucher. Chaque fois que Vaila s'approchait d'elle, elle prenait de l'avance juste assez rapidement pour ne pas être rattrapée.

« Fais pas attention à elle, dit Jack. Elle se prend pour un animal sauvage quand elle est là-d'hors. Un animal farouche et impudent.

– C'est quoi un pue-des-dents ? » demanda Vaila.

Jack rit. « Ça veut seulement dire qu'elle garde ses distances, elle fait comme si elle t'connaissait pas. À la maison, elle réclame désespérément des papouilles, mais là-d'hors elle est plutôt solitaire. »

Vaila assimila cette information. « Tu penses que je peux la dresser pour aimer les câlins là-dehors ?

– J'crois pas qu'tu peux dresser un chat à faire ce genre de choses. Et puis, c'est bien pour elle d'être un peu plus sauvage parfois, t'crois pas ? »

Vaila ne pensait visiblement pas ainsi, mais elle renonça à essayer de convaincre Loretta d'approcher.

Lorsqu'ils passèrent la seconde clôture au pied de la crête, Jack portant de nouveau Vaila de l'autre côté, le chaton continua d'avancer. D'ordinaire, encore, elle faisait demi-tour à ce stade, même si certains jours elle s'asseyait et attendait. Seulement une fois de temps en temps s'attelait-elle à l'escalade.

Jack et Vaila la suivirent.

« C'est raide, pas vrai ? demanda Vaila.

– Ça va encore. T'es d'jà montée là-haut, non ? Avec ta m'man ?

– Non », répondit-elle, secouant la tête. Cela semblait impossible à Jack.

« C'est une montagne », ajouta Vaila, un moment plus tard, comme pour expliquer. Jack ne la contredit pas.

Ils empruntèrent son trajet habituel, celui qui arrivait le plus rapidement en haut, un piètre sentier créé par ses propres pas dans l'herbe et la bruyère.

À mi-chemin, la petite fille s'arrêta et retira son imperméable, le fourra sous son bras. Elle n'était pas essoufflée, mais elle avait l'air découragée, comme si la tâche se révélait exiger un effort plus grand qu'elle n'avait imaginé. Elle s'appuya contre une saillie de granite, le visage penché.

« Tu veux r'descendre ? » demanda Jack. Il n'avait pas envie de rentrer, mais la responsabilité de la présence de Vaila lui incombait.

Elle secoua la tête. « Non, dit-elle. Mais tu veux bien me donner la main ? C'est juste que tu vas un peu trop vite pour moi. »

Jack réfléchit à ça : ses grandes enjambées trop longues pour elle, et qu'il n'ait pas pensé à ralentir. « Je suis désolé », lui répondit-il. Puis il tendit la main.

Tous les trois arrivèrent en haut ensemble, Vaila soufflant et haletant bruyamment, comme si elle venait de terminer un marathon. La crête ne possédait pas de sommet, à proprement parler, elle s'aplatissait juste en un plateau inégal de roches et d'herbe rase, avant de retomber vers la mer. Jack s'arrêta. Vaila et Loretta s'arrêtèrent, aussi.

« Waouh », dit Vaila, étirant le mot comme un chewing-gum dans sa bouche. Elle se tourna d'abord d'un côté puis de l'autre, regardant le rivage devant, puis les champs et les bâtiments derrière. Elle semblait complètement ébahie. « C'est ta maison, dit-elle en désignant Hamar.

– Oui, dit Jack.

– Et ça, c'est la mienne. » Elle pointait du doigt la maison en bois bleue juste au-delà.

« Oui, dit à nouveau Jack.

– D'ici, on peut tout voir. »

Jack était d'accord. Il adorait comme elle était enchantée de cette vue, cette perspective nouvelle sur sa maison. Il ressentait la même chose. Chaque matin, il ressentait la même chose.

Un corbeau vola bas au-dessus d'eux, jetant un coup d'œil dans leur direction, comme s'il était surpris de voir des gens là-haut, sur son territoire. Il appela – un cri court, guttural – et puis il avait disparu.

« Pourquoi tu viens tout le temps là ? » demanda Vaila. Elle regardait toujours en bas, vers sa propre maison.

Jack haussa les épaules. « J'sais pas trop, répondit-il. C'est juste une habitude. J'aime bien garder un œil sur tout ça, j'crois. M'assurer qu'chaque chose est à sa place. D'en bas, j'peux pas tout voir. »

Vaila sembla satisfaite de cette réponse, même si Jack ne l'était pas.

« On peut aller à la mer ? » demanda-t-elle en se tournant dans l'autre direction.

« J'crois pas qu'on ait l'temps pour ça. Un aut'matin on pourra y aller, quand y a pas école.

– Ce week-end, peut-être ?

– Ce week-end, c'est très bien, oui. » Jack était surpris de trouver l'idée d'une telle excursion si plaisante. « Peut-être que ta m'man voudra v'nir, aussi. »

Vaila fronça le nez. « Maman n'aime pas marcher, dit-elle.

– Ah. D'accord. »

Vaila se tourna vers lui, ayant l'air de penser que c'était le bon moment pour lui poser une question à laquelle elle réfléchissait depuis un moment. Elle regarda Jack droit dans les yeux. « Pourquoi tes sourcils sont si gros ? » demanda-t-elle, une intonation de véritable inquiétude dans la voix.

Jack leva deux doigts vers son visage, toucha la touffe de poils drus au-dessus de son œil droit. La question l'amusait, mais il ne voulait pas que Vaila pense qu'il se moquait d'elle. « Ils continuent d'pousser, c'est tout, répondit-il. Avant, ils étaient comme les tiens : nets et bien ordonnés. Mais quand j'ai vieilli, ils ont grossi.

– Est-ce que les miens vont devenir comme ça quand je serai vieille ?

– Non, j'crois pas. Et tu peux les couper si tu veux, comme les ch'veux sur ta tête. Mais ils me dérangent pas. Ils m'ont jamais posé aucun problème. »

Cette fois Vaila n'eut pas l'air tout à fait satisfaite, et son visage remua comme à la recherche d'une autre question. Jack sortit sa montre de la poche intérieure de son manteau, où elle vivait toujours. Il était huit heures douze. Il ressentit une panique rapide, aiguisée. « Allez, viens, dit-il, avant qu'elle ne saisisse une autre occasion de parler. Faut qu'on descende, ou on aura des ennuis tous les deux. »

Loretta, comme si elle comprenait parfaitement ce qui avait été dit, descendit la pente au pas de course, filant aussitôt parmi les pierres. Jack et Vaila la suivirent, aussi rapidement que possible, la petite fille attrapant sa main aux endroits les plus raides du sentier.

Le matin suivant – ou peut-être était-ce celui d'après encore – Jack rentrait de sa promenade, plus affamé que d'habitude. Il allait préparer du porridge, se disait-il, avec une grosse cuillerée de sirop au milieu. C'était de loin son petit déjeuner préféré, mais il n'en faisait pas tous les jours. Un coup à gâcher ses préférences, pensait Jack. La plupart du temps, il mangeait des œufs, ce qui n'était pas si mal, ou bien des toasts, plutôt bien aussi. Le porridge, il fallait l'attendre impatiemment. En profiter. Et ce jour-là était fait pour en profiter.

Il s'arrêta dans le jardin pour admirer les cosses des fèves qui grossissaient, et pour observer un bourdon vrombir parmi les fleurs à la recherche de nectar. Loretta se trouvait sur le rebord extérieur de la fenêtre du salon lorsqu'il tourna au coin. Elle ne l'avait pas suivi en haut de la colline, ce matin-là. Elle avait ses propres plans, semblait-il, et elle avait descendu le chemin en trottinant dès qu'il avait ouvert la porte. Jack aimait qu'elle ait des secrets désormais, une vie dans laquelle il ne jouait aucun rôle. Il tendit le bras et elle enfouit sa tête dans sa main bombée, frottant une joue, puis l'autre, contre sa paume rugueuse. Il la laissa continuer une minute, jusqu'à ce qu'elle commence à se lasser de ce plaisir, puis il passa les mains autour d'elle, juste derrière les pattes avant, et la souleva.

Son corps fin se balança sous sa prise, ses pattes arrière et sa queue pendouillaient. Loretta accepta cette indignité. Elle autorisa Jack à l'attirer près de sa poitrine et à la transporter jusqu'à la terrasse couverte. Elle avait cessé de ronronner, et son expression ne manifestait plus le délice. Mais elle ne se débattait pas. Elle lui faisait confiance.

La porte de la terrasse était fermée, et Jack tourna la poignée d'une main, l'autre tenant toujours le chat contre son épaule. Il la posa par terre, et ouvrit la porte d'entrée, la laissant se glisser devant lui pour aller vers son bol. Puis il ramassa l'enveloppe blanche qui se trouvait sur le sol de la terrasse.

Jack suivit le chat dans la cuisine. Il laissa tomber l'enveloppe sur la table, avant d'aller chercher ses lunettes dans le salon.

Il n'y avait pas de timbre sur l'enveloppe, et pas d'adresse – il était trop tôt pour la poste, de toute façon. Il y avait seulement son nom, écrit en grosses lettres appliquées. Il s'assit, l'ouvrit, sortit la carte, une photographie d'un merle sur une clôture. Le message à l'intérieur était écrit deux fois. Une première, à gauche, de la main d'un enfant : écriture inégale, hésitante, avec plusieurs fautes d'orthographe. Sur la droite, un adulte avait traduit, au propre et au clair. Il lut les deux textes, puis les lut de nouveau.

Cher Jack. Ceci est une invitation à ton anniversaire. Il aura lieu à 15 heures samedi prochain dans notre maison. Dis-nous quel gâteau tu veux s'il te plaît. Nous le ferons pour toi. De la part de Vaila.

Jack posa la carte sur la table et ôta ses lunettes. Il tira sa manche de chemise sur sa main droite et utilisa le revers pour s'essuyer les yeux.

LA MONTAGNE ISOLÉE

REFRAIN

J'escaladerai cette montagne isolée
Celle qui me surplombe
Je me tiendrai ~~haut~~ sur ses épaules
Juste pour voir ce que je peux

J'ai ~~ses~~ eu ma part d'ennuis
~~Même quand j'ai voulu me cacher~~
Les ~~ennuis trouvent tout~~
Les ennuis qui m'ont suivi partout
J'en ai enterré certains profondément en moi
ce
J'en ai enterré certains dans le sol

REFRAIN

Il me semble que chaque nouveau jour
~~Est plus lourd~~ va plus vite que le précédent
Tant de jours se trouvent derrière moi
~~Comme~~ Sur un rivage froid et distant

REFRAIN

J'ai connu la douleur et j'ai connu ~~la peine~~ le chagrin
Mais ma vie, elle a été bénie
De la lumière se trouve dans chaque ombre
J'ai connu l'amour & la tendresse

L'ARRIVÉE

1975-1978

Le changement s'opéra dans les années 1970. Il avança lentement au début puis accéléra jusqu'à devenir inarrêtable. Les murmures devinrent des rumeurs qui se transformèrent en informations pour finir en un bouleversement immense, comme personne dans les îles n'en avait jamais vu auparavant.

Le pétrole, voilà ce qui les amenait : les voix américaines, les voix anglaises, les gros bateaux et l'odeur de l'argent. Le pétrole.

Ça ne va rien donner, pensèrent les gens, d'abord. Ils passeront à autre chose, ils iront voir ailleurs. Un endroit plus proche de là d'où ils viennent, un endroit plus facile d'accès.

Mais les voix se firent plus fortes, et l'odeur devint puanteur. Ceux avec de l'influence, qui se confondait à Shetland avec le pouvoir, ouvrirent les bras et, dans le même mouvement, tendirent la main. Vous pouvez venir ici, dirent-ils, mais il faudra que l'on trouve notre compte, vous devrez suivre nos règles. Et, qui l'eût cru, le pari fonctionna. Les compagnies pétrolières se tournèrent vers le gouvernement pour mettre fin à cette insolence, et le gouvernement haussa les épaules, puis inscrivit cette insolence dans la loi. Le pétrole pouvait venir à Shetland, mais les entreprises devraient en payer le privilège. Elles pouvaient construire, certainement, mais uniquement là où on leur disait.

Craignant qu'une telle opération ne puisse se répéter ailleurs, les compagnies acquiescèrent tout bas. Juste pour cette fois, dirent-elles. Juste pour cette fois.

Et ainsi démarra la construction.

Personne ne sut jamais tout à fait pourquoi Sonny Paton réagit à ces développements avec une telle colère, une telle indignation tapageuse. Ni sa femme, ni ses amis, ni son fils. Lui dont le chemin avait été graissé par l'huile de baleine, lui qui avait bâti la moitié de sa maison grâce à l'argent que cette viscosité puante lui avait apporté, il ne pouvait supporter cette idée. Une disgrâce, qu'il l'appelait. Une indigne disgrâce. Il n'avait aucune considération pour ceux qui chantaient les louanges des représentants du conseil des îles, qui voyaient dans leurs actes l'astuce et le défi audacieux. Des putains, tous autant qu'ils sont, disait Sonny, à qui voulait l'entendre. Nous vendre pour un filet d'or noir.

Il n'était pas le seul, bien sûr. D'autres ressentaient la même chose, avaient peur de ce qui pourrait advenir des cultures et des communautés des îles, voyaient d'un mauvais œil l'imposition de l'industrie, ne voulaient aucun rôle à jouer dans le grand changement désormais au-dessus de leurs têtes. Peu, toutefois, exprimèrent leurs opinions aussi vigoureusement que Sonny.

Il développa, à cette époque, quelque chose comme une réputation : grincheux, réfractaire, ingrat. Avant, il était connu comme un homme sérieux, un homme qui parlait peu mais qui valait généralement la peine d'écouter. Il était sensé. Pas tout à fait sage, mais quelqu'un qui réfléchissait avant de parler. Désormais vous pouviez à peine le faire taire. Il haranguait les visiteurs. Le postier l'entendit bien des fois, les voisins, les amis, les étrangers : peu de ceux qui venaient à Hamar y échappaient. À l'épicerie ou au bureau de poste, au petit pub de Treswick, il déblatérait, rabâchait les mêmes vieilles complaintes, les mêmes vieilles accusations.

Certains trouvaient son obsession amusante, et ils le piquaient et l'aiguillonnaient, comme un ours enchaîné, profitant du spectacle de sa fureur. Pour Kathleen, c'était épuisant. Elle, de son côté, n'avait pas d'opinion arrêtée à propos du terminal pétrolier de Sullom Voe, si ce n'est que, peu importe ce qui se passait, des gens comme elle et Sonny n'avaient aucun moyen de changer quoi que ce soit. Le futur serait décidé ailleurs. Rien d'autre à faire que vivre avec, s'adapter aux événements tels qu'ils étaient et tels qu'ils seraient. Elle aurait voulu qu'il voie les choses de la même manière.

Et de toute façon, pensait-elle, quand les tirades de son mari l'exténuaient, de quoi exactement avait-il peur ? De l'argent ? Des emplois ? Du changement, quel qu'il soit ? Que craignait-il exactement de perdre ?

Sonny n'aurait pas trouvé évident de répondre à ces questions clairement ou calmement si jamais sa femme les lui avait posées en ces termes. La peur qu'il ressentait – même s'il ne l'appelait pas de la peur – était vague, en dépit de son intensité. Cette impression qu'il avait, que la déperdition faisait partie de ce marché avec les compagnies pétrolières, qu'il s'agissait de la perte de quelque chose qui ne pourrait être remplacé, était plus qu'une simple sensation. C'était du savoir, de la certitude. Mais il ne parvenait pas vraiment à mettre des mots sur ce qui serait perdu. Quelque chose qu'il avait connu toute sa vie, une sorte de colle invisible qui liait la communauté, qui attachait une famille à une autre, qui fondait le sort de quelqu'un dans celui de ses voisins. Comme bien souvent dans la vie de Sonny, c'était l'absence de définition, de clarté, qui exacerbait et aiguisait sa colère.

Un samedi soir, après plusieurs verres, lorsque Henry, et la femme de Henry, Laureen, ainsi que leurs plus proches voisins, le vieil Andrew et Dorothy, étaient en visite, Sonny tempêta comme jamais auparavant. Encore et encore il persista, ce soir-là, tonnant et jurant contre les voyous sans honte du conseil municipal, frappant la base de son verre contre la table en discourant, des giclées de salive comme des embruns jaillissant des coins de sa bouche. Les voisins, en ayant assez entendu, présentèrent leurs excuses et s'en allèrent, et Kathleen se leva pour débarrasser les bouteilles et les verres. Jack alla dans sa chambre. Toute la soirée, il avait semblé mortifié par son père, sorte de vieux prophète fou tempêtant contre l'océan indocile.

Des mots furent prononcés. Dans la cuisine, Henry et Kathleen parlèrent à Sonny comme aucun d'eux ne lui avait jamais parlé auparavant. Laureen, aussi. Ils lui dirent que cela devait cesser. Cette fureur incessante, cette fulmination vaine : cela devait cesser. Maintenant.

Et effectivement cela cessa. Après cette soirée, Sonny n'évoqua presque plus jamais le terminal. Il faisait comme s'il n'en avait jamais entendu parler, comme si cela ne le concernait absolument pas. C'était un soulagement des plus étranges, pensait Kathleen. Tel un orage qui meurt avant son plus féroce instant : vous ne pouviez jamais tout à fait croire qu'il ne reviendrait pas.

9

Jack trouva le numéro de fixe de Sarah dans l'annuaire local, qui avait plusieurs années à présent mais qu'il gardait, encore, sur une étagère dans le couloir. Il n'aimait pas parler au téléphone, mais comme il était trop gêné pour aller frapper à la porte – et qu'il ne voulait pas que Vaila l'entende – il ferait exception dans cette situation.

Sarah répondit rapidement.

« Jack, dit-elle, quand elle entendit sa voix. Que me vaut ce plaisir ?

– Hum, répondit-il, déjà un peu dérouté. J'voulais t'parler d'la carte que t'as déposée. À propos d'la fête.

– Bien sûr, sauf que ce n'est pas moi qui ai eu l'idée, mais Vaila. C'est elle qui a pensé à la carte comme à la fête.

– Ouais, c'est c'que j'me suis dit, c'est pour ça que j'voulais t'en parler.

– Est-ce que tu vas m'annoncer que tu ne veux pas venir à une fête d'anniversaire organisée par une petite fille, Jack ? » Elle rit, comme si c'était exactement ce à quoi elle s'attendait.

« Pas tout à fait, dit-il, avant de se reprendre : Enfin, non, c'est pas c'que j'allais dire.

– D'accord, alors, c'est bien. Vaila sera ravie.

– Mais t'es sûre que ça pose pas d'problème ? Qu'elle m'ait invité ?

– Eh bien, si ça posait problème, je ne l'aurais pas aidée à écrire la carte, tu crois pas ? »

Jack l'admit, et il se sentit bête d'avoir demandé. Sarah réussissait à lui faire ça, d'une manière ou d'une autre. Elle parvenait à retourner ses doutes pour qu'ils paraissent absurdes. Il l'appréciait pour cela. Il y avait une étrange sorte de générosité là-dedans, pensa-t-il.

Il baissa les yeux vers ses pieds, où Loretta s'enroulait autour de ses jambes en formant un huit. Elle voulait quelque chose : de la nourriture, de l'attention. Elle était apparue dans le couloir dès qu'il avait saisi le téléphone.

« Et il n'y aura que nous ? demanda Jack, alors. Que nous trois ?

– C'est ça. Sauf si tu veux inviter quelqu'un d'autre, ce que tu es libre de faire. Ou sauf si tu veux que Vaila invite quelques-uns de ses amis, ce que je déconseillerais très fortement.

– Non, juste nous, c'est bien. » Jack imagina, avec une certaine horreur, une pièce remplie de petits enfants.

« Très bien, dit-elle. Parfait. Et à propos du gâteau. Est-ce que tu as une préférence particulière ? Vaila veut faire un gâteau au chocolat, mais ce n'est que le reflet de ses propres goûts. Je lui ai expliqué qu'il devait s'agir de ton préféré, pas du sien.

– Eh bien, j'sais pas vraiment, dit-il. J'veux dire, j'veux pas vous embêter. J'ai pas b'soin d'gâteau.

– Ça ne nous embête pas. Vaila aime bien faire des gâteaux, ou du moins elle aime bien m'aider à en faire. Et du moment qu'il n'y a rien de trop élaboré, on se débrouillera parfaitement bien toutes les deux. En plus, si jamais tout va mal, on pourra simplement acheter quelque chose à l'épicerie. Aucun problème. » Elle laissa échapper un petit soupir. « Écoute, cesse de t'inquiéter pour ça, Jack. Vaila a huit ans. Il n'y a rien au monde qu'elle aime plus qu'une fête d'anniversaire. Et si ce n'est pas son propre anniversaire, alors celui de quelqu'un d'autre fera l'affaire. Ça la rendra très heureuse, ça me rendra heureuse, et avec un peu de chance, ça te rendra heureux, toi aussi. On va bien s'amuser. Tu peux venir, manger une part de gâteau, boire une tasse de thé, et puis rentrer chez toi. Ça peut être aussi court que tu le souhaites. »

De nouveau, Jack se sentit bête. « J'suis désolé, dit-il. C'était juste un peu inattendu. L'invitation. La fête. J'ai pas fait attention à mon anniversaire depuis environ quarante ans, alors c'était… eh bien, j'sais pas vraiment. J'veux pas qu'tu croies que j'suis pas reconnaissant. J'étais content d'recevoir la carte. » Il s'arrêta pour réfléchir à un meilleur mot. « J'étais touché, poursuivit-il. Très.

– Excellent, je suis ravie d'entendre ça. Parce que je ne veux pas que ce soit une corvée pour toi. Tu te rappelles ce que j'ai dit – Sarah baissa la voix qui devint un murmure : si elle se fait un peu trop collante, si elle vient trop souvent, dis-lui de lever le pied, ou bien dis-le-moi. Il n'y a absolument aucun problème. Elle n'y réfléchira pas à deux fois. Le monde est toujours un mystère pour elle, alors elle acceptera si je lui demande de ne pas te déranger un moment. Elle se plaindra un jour ou deux, et puis elle ira parfaitement bien.

– Le monde est toujours un mystère pour un vieil homme », dit Jack.

Sarah rit. « Oui, c'est vrai. Pas que tu sois un vieil homme, je veux dire. Mais la partie sur le mystère. Ça ne s'en va jamais vraiment, n'est-ce pas ? » Elle rit de nouveau. « Est-ce que tu as l'impression d'être un vieil homme ? demanda-t-elle, après un bref silence. Excuse-moi si c'est une question bizarre. C'est juste que j'y pense parfois. Il y a des jours où je regarde Vaila et je me sens terriblement vieille. Et d'autres où je n'arrive pas à croire qu'on m'autorise à être mère, tout court. J'ai l'impression d'être une gamine au volant d'un bulldozer. Je suis complètement submergée. »

Jack émit un bruit d'assentiment. « Oui, dit-il. J'ai vraiment l'impression d'être un vieil homme. Mais ça fait longtemps que j'me sens comme ça. Depuis qu'j'étais plus jeune que toi. » Il se baissa pour caresser Loretta, désormais couchée sur le côté devant lui. « Mais c'est ma propre faute, ajouta-t-il.

– Ta propre faute ? » Il pouvait entendre Sarah sourire à cela. « Comment ça peut être ta propre faute, de vieillir ?

– Pas d'vieillir, dit-il. Mais d'se sentir vieux. C'est quelque chose que j'ai laissé arriver. Comme si j'm'étais assis et puis j'm'étais plus rel'ver.

– Hum, répondit Sarah. Je crois que je vois ce que tu veux dire. Il y a une sorte de confort là-dedans, j'imagine.

– Certains jours, oui », acquiesça Jack. Il était surpris des choses qu'il disait à Sarah, presque sans le vouloir.

« Eh bien, lui dit-elle, tu sais ce qui va te donner l'impression d'être vraiment vieux ? À toi autant qu'à moi, pour tout dire. C'est un anniversaire organisé par une petite fille. » Elle s'éclaircit la gorge et parla plus bas de nouveau : « Ne sois pas surpris si l'événement n'est pas tout à fait à ton goût, dit-elle. Mais je ferai de mon mieux pour que tout le monde s'amuse, je te le promets.

– Merci, dit Jack. J'ai hâte. Et c'est la vérité. » Il essaya de penser à quelque chose d'autre à ajouter. « Ah, oui, se souvint-il. Un gâteau au chocolat, c'est parfait. C'est mon préféré, à moi aussi.

– C'est noté, répondit Sarah. Allons-y pour un gâteau au chocolat. »

Jack avait lu quelque part que, dans les chansons de country, le passé se traduit en mythe et le présent en fiction. Ou peut-être ne l'avait-il jamais lu. Peut-être était-ce seulement quelque chose qu'il avait pensé, puis oublié, avant de s'en souvenir à nouveau, comme si cela appartenait à quelqu'un d'autre. Maintenant, il ne savait plus trop. Et de toute façon, ça n'avait pas d'importance. Le fait est que, dans les chansons, il n'y a pas d'histoires vraies. Ou bien elles sont toutes vraies. Le résultat est tout bonnement le même. Elles appartiennent à un monde alternatif, où tout est vrai quand rien ne l'est. Les écouter, c'est se tenir devant une vitre transparente, entre un monde et un autre, et observer à travers.

La vitre joue des tours. Sous certaines luminosités, elle agit comme un miroir, renvoyant les auditeurs à eux-mêmes. Ils voient leur visage, leurs membres, leur cœur.

Sous d'autres luminosités, elle disparaît entièrement, et il est possible d'imaginer que l'on peut tendre la main – faire un pas, même – vers cet autre monde. D'imaginer que rien ne sépare ce côté-là de l'autre.

La fenêtre, alors, est l'œuvre du chanteur. En tout cas, Jack pense qu'il doit en être ainsi, même s'il sent que quelque chose lui échappe lorsqu'il tente de maintenir l'idée en place dans sa tête. Le boulot du chanteur, sa seule mission, c'est de maintenir la vitre en place, de la caler pendant quelques minutes, pour que ceux qui écoutent puissent apercevoir au-delà, pour qu'ils puissent voir tout ce qu'ils pourraient vouloir voir.

Chanter, c'est un peu comme jouer la comédie, un peu comme mentir. Il faut convaincre. Peu importe que vous ayez ou non écrit les paroles vous-même, vous devez simplement les faire passer pour vraies, créer l'illusion de l'honnêteté.

La métaphore de Jack avait perdu un peu de sa clarté à présent. Elle était devenue nébuleuse et déformée sur les bords. Mais elle semblait toujours plutôt cohérente.

Il y avait, pensa-t-il, deux sortes d'art dans la musique, deux sortes d'artifice : l'écriture et la performance. Une chanson médiocre pouvait être amenée à la vie par le bon chanteur, et une bonne chanson pouvait survivre même à la plus bâclée des performances.

Pour cette raison, il était difficile de parler d'une chanson comme d'une singularité. Ce n'était pas un objet, comme un livre ou une pelle. Elle avait un genre de vie différent. Ou de vies, pour être exact. Une chanson était plutôt comme… Jack cherchait l'analogie convenable mais n'en trouva qu'une mauvaise : une marionnette. Étrange comparaison. Insatisfaisante. Il essaya de reculer d'un pas, de revenir à une stabilité. Une chanson était plutôt comme…

Il y avait de nouveau une fraîcheur dans la brise cet après-midi-là, que Jack avait tenue fermement éloignée de ses pensées pendant quelques minutes, mais qui désormais le titillait, exigeait son attention. Il baissa les yeux vers Loretta, roulée en boule et endormie sur le banc à côté de lui. Il posa la main sur son ventre, et elle tressaillit, puis s'étira et bâilla, sans ouvrir les yeux. Elle reconnaissait la main.

Jack essaya encore de ressusciter l'idée : les deux mondes séparés par une fenêtre, l'illusion de l'honnêteté, la double vie d'une chanson. Il essaya de la tenir tout entière en l'air et de la pousser vers une sorte de conclusion, de lui donner véritablement un sens. Mais tout ce à quoi il pouvait penser désormais, c'était à une marionnette, une triste petite marionnette avec une tête en bois et une robe écarlate, comme la star d'un spectacle de Punch et Judy. Ensuite il pensa à une marionnette en train d'en frapper une autre avec un bâton. Il pensa à un bébé et à un crocodile et à un chapelet de saucisses. Tout était terminé.

Jack était souvent frustré par son incapacité à ordonner correctement des pensées. Bien souvent, comme ici, il poursuivait une idée un moment, seulement pour la voir s'effondrer, inachevée, sur lui. Sa tête était en pagaille.

Plus tôt, il avait écouté des chansons qui parlaient d'amours perdues. Il passait de l'une à l'autre, retirait un CD de la chaîne pour l'échanger contre le suivant, puis encore un autre, comme s'il était à la recherche de quelque chose en particulier. Mais ce n'était pas le cas.

Il avait pensé, en écoutant, à quel point c'était différent de juger une chanson et de juger une performance, à quel point la qualité de l'une pouvait être entendue alors que l'autre devait être ressentie.

Il avait écouté Ernest Tubb : cette délivrance profonde et mélodieuse. Difficile de vraiment savoir s'il se sentait perdu. Il avait écouté Jerry Lee Lewis, pareil à un animal en cage, magnifique et dangereux. Il avait écouté Kitty Wells, qui pouvait être à la fois provocatrice et vulnérable, exubérante et pourtant tout à fait au bord des larmes. Il avait écouté Gram Parsons, dont la voix semblait porter la douleur, qu'importe ce qu'il chantait. Il avait écouté Floyd Tillman, qui avait l'air saoul et dans le déni. Peut-être que ça n'avait rien à voir avec jouer la comédie, après tout. Un chanteur n'avait pas besoin d'incarner le personnage de la chanson, il n'avait pas besoin de geindre et de gémir pour exprimer une blessure. C'était autre chose.

On pouvait chanter une peine de cœur avec légèreté, éclaircir la perte, et pourtant la transmettre encore. Infuser chaque mot de tourment et de désir. Avoir l'air indifférent, et néanmoins encore faire pleurer celui qui écoute. C'était quelque chose dans le timbre, pensa Jack. Quelque chose dans l'énonciation. Quelque chose dans le souffle. Quelque chose dans l'expression et la retenue. Ce n'était pas jouer, mais peupler. Un bon chanteur vit à l'intérieur d'une chanson. Pendant quelques minutes, il n'est nulle part ailleurs.

Alors peut-être bien que c'était comme les marionnettes, après tout.

Loretta lança un bruit pareil à un cri aigu, un rappel à la main de continuer à grattouiller.

Jack ne savait absolument pas s'il était ou non un bon chanteur. Quelqu'un d'autre devrait le lui dire, et il n'y avait personne pour le faire.

Jack ne se tenait pas souvent comme ça, devant le miroir, à se regarder. La plupart des jours, il ne voyait même pas son propre reflet, sauf s'il l'apercevait dans une fenêtre, ou dans le rétroviseur de sa voiture. Son apparence le surprenait toujours un peu, il n'était plus complètement familier avec son visage. Lorsqu'il s'arrêtait véritablement et qu'il s'observait, comme à cet instant, il ressentait le besoin de se toucher du doigt, presque pour vérifier que tout ce qu'il voyait était bien lui.

Il se tourna d'un côté puis de l'autre, défripa sa chemise sur son ventre. Lorsqu'il se tenait de côté, le ventre ressortait. Impossible de le nier. Chemise déboutonnée, c'était mieux, moins flagrant, mais il ne pouvait pas être caché. La chemise avait été achetée lorsque le ventre était plus petit, et s'il en commandait une maintenant il prendrait une taille au-dessus – pour être à l'aise, et pour mieux se dissimuler. Mais celle-ci lui allait encore, tout juste.

C'était sa meilleure chemise : bleu nuit, style western, avec des coutures blanches aux épaules, aux poches de poitrine et au col. Hormis un petit motif brodé – vaguement botanique – sur les poignets et le col, ainsi que les boutons-pression nacrés, elle n'avait rien de particulièrement fantaisiste. Mais vous pouviez voir qu'elle était de bonne qualité. Qu'elle n'était pas bas de gamme.

Jack l'avait achetée sur un coup de tête il y avait environ dix ans – avec le chapeau accroché derrière la porte de sa chambre – à une entreprise en ligne spécialisée dans les vêtements western. C'était la première fois qu'il achetait quelque chose sur Internet, et cela lui semblait, à tous les égards, extravagant. La boutique proposait de tout : bottes de cow-boy, chemises à carreaux, pantalons à franges, même des costumes incrustés de strass. Le choix de Jack s'était porté du côté conservateur, au regard de la gamme d'options possibles. Mais l'élan inexplicable qui l'avait poussé à agir et acheter ne lui ressemblait absolument pas. Il n'avait nulle part où porter ça, après tout. À part une fois, peu de temps après l'avoir reçue, où il avait enfilé par-dessus une combinaison de travail et un manteau épais pour aller à l'épicerie, ce serait la première fois que la chemise quitterait la maison.

La fête d'anniversaire n'était pas une occasion de se mettre sur son trente et un. Sarah avait été très claire. Il ne devait rien apporter et ne pas faire d'efforts, avait-elle dit. Elle et Vaila s'occupaient de tout. Mais il voulait leur montrer que l'invitation lui importait, qu'il l'appréciait et la prenait au sérieux, de la meilleure des manières. Il voulait faire juste ce petit bout d'effort.

Et voilà donc qu'il était là, dans sa chambre supplémentaire, devant le miroir de la vieille coiffeuse de sa mère. Il s'était taillé la barbe, lavé les cheveux, même peigné. Et quoiqu'il se sentît quelque peu ridicule d'avoir fait ça, il éprouvait également une certaine satisfaction. Vaila et Sarah ne se moqueraient pas de sa chemise, et elles ne remarqueraient probablement même pas son ventre. Elles ne le jugeraient pas pour ça, quoi qu'il en soit. Elles s'en ficheraient.

Jack essaya de se souvenir de la dernière fois où il était allé à un anniversaire. Peut-être aux cinquante ans de son cousin, à Lerwick, presque dix ans plus tôt. Il y était allé, alors, par sens du devoir familial. Lui et son cousin avaient quelques années d'écart, et des tempéraments dissemblables. Ils n'avaient jamais été proches. Jack était resté debout dans le coin du salon, une bouteille de bière se réchauffant entre ses mains, pendant la majeure partie de ses deux heures de présence. Les gens le saluaient d'un signe de tête, et quelques-uns – ceux dont il connaissait le nom – lui demandaient comment il allait. La femme de son cousin s'était arrêtée quelques minutes pour discuter, puis elle lui avait tapoté l'épaule et avait continué son chemin. Jack s'était senti très seul ce jour-là. Il était parti alors que la plupart des invités étaient encore sobres.

Ce n'était pas qu'il n'aimait pas les gens. Il était insociable, pas misanthrope. Il choisissait d'éviter les situations dans lesquelles il avait des chances de se retrouver coincé, isolé. Ce qui signifiait, très souvent, qu'il évitait la compagnie des autres. Certains pourraient trouver cela ironique, mais pour Jack, eh bien, c'était comme ça et on faisait avec.

Il desserra sa ceinture – inutile d'être mal à l'aise – puis se détourna du miroir et pénétra dans le salon. Il était toujours trop tôt pour partir, même s'il descendait le chemin à la vitesse d'un escargot, alors il s'assit dans son fauteuil, puis se releva, alla dans la cuisine, se servit un verre d'eau, et s'assit de nouveau. Loretta le scrutait depuis le canapé. Elle voyait bien que quelque chose se préparait, pensa-t-il ; elle pouvait sentir son anticipation. Il se demanda s'il ne devrait pas l'emmener avec lui. Vaila serait contente. Mais Sarah n'approuverait peut-être pas. Et le chat lui-même trouverait sûrement à redire à être traîné dans la maison d'autrui. Mauvaise idée.

Il s'inclina en arrière, leva les yeux vers le plafond. Il y avait un amas de toiles d'araignée dans le coin le plus éloigné de lui, et un fil de soie pendillait comme la queue d'un cerf-volant, remué par un souffle d'air trop subtil pour que Jack le perçoive. Depuis combien de temps était-il là ? se demanda-t-il. Il avait largement le temps de s'en débarrasser maintenant, de sortir l'aspirateur du placard et de pointer l'embout dans les airs. Mais Loretta détestait l'appareil. Elle allait se précipiter, terrifiée, vers la porte, et il ne voulait pas la déranger. Il l'utilisait moins à présent qu'elle était là, et la maison n'était pas propre comme il l'aimait. Il y avait de fins poils noirs sur les meubles et le tapis. Demain, il s'en occuperait.

Il se leva de nouveau, avala le reste de l'eau et regarda l'horloge sur le mur de la cuisine. Trois heures moins vingt-cinq. Il pouvait préparer une tasse de thé, mais déjà sa vessie semblait pleine.

Il alla aux toilettes.

Trois heures moins vingt-deux.

Il pouvait écouter quelques chansons, peut-être, mais il n'y avait rien qu'il voulait entendre. Il jeta un coup d'œil au mur de musique, mais non. Il était trop distrait.

« Bon, alors, dit-il, et le chat leva les yeux. C'est tout juste l'heure d'y aller. » Il passa de nouveau la main le long de sa chemise, aplatissant des plis invisibles.

Loretta bâilla sur le canapé, étira ses pattes avant, puis sauta – ou tomba, plutôt – sur le sol. Elle se dandina jusqu'à la cuisine, plongea dans son bol et saisit une croquette dans sa bouche. Jack l'entendit voler en éclats entre ses dents, puis d'autres subirent le même sort. Elle lapa l'eau du second bol, passa tranquillement devant lui et se dirigea vers la porte.

« Ah, tu viens aussi, alors, c'est ça ? » dit Jack. En général, il ne parlait pas autant au chat. « Bon, allons-y. » Il regarda l'horloge une troisième fois. Trois heures moins dix-sept.

Jack et Loretta descendirent le chemin ensemble. L'après-midi était doux. Au cours des jours précédents, il avait plu presque sans interruption. Des bourrasques de l'est avaient éclaboussé les fenêtres pendant des heures et des heures. Mais aujourd'hui il faisait sec, et Jack ne portait pas de manteau.

Le chat était facilement distrait. Elle suivait le bord de l'herbe sur le bas-côté, parfois elle sautait sur le sol plus élevé près de la clôture, puis elle redescendait encore, dans le fossé sec qui courait entre les deux.

« J'ai fait du bon boulot, dit Jack, frappant du pied les pierres branlantes sur la surface plane du chemin. Ça a bonne allure. Peut-être que j'devrais faire ça pour gagner ma vie, plaisanta-t-il. Y en a des nids-de-poule à combler, dans l'coin. »

Loretta ne répondit pas, mais elle levait quand même les yeux vers lui de temps à autre.

« Ça les dérangera pas que j'sois en avance », poursuivit Jack.

Loretta fit alors quelque chose qu'il ne l'avait jamais vue faire auparavant. Elle bondit hors du fossé, jusqu'au point le plus élevé du bas-côté, puis sauta encore, sur un poteau de la clôture, où elle s'immobilisa, comme si c'était l'endroit le plus naturel au monde pour elle.

Jack se tourna pour la regarder. Il se demanda si elle avait déjà fait ça avant, ou bien si c'était la première fois qu'elle essayait. Et il pensa à part lui, alors, qu'un chat était vraiment une créature extraordinaire. Que ce chat en particulier – son propre chat – était vraiment une merveille.

Loretta ne bougea pas, elle sembla accepter son admiration pendant un moment, puis elle sauta de nouveau du poteau et continua de trottiner le long du chemin. Elle avait un objectif maintenant, et Jack la suivit de près jusqu'à ce qu'il atteigne la maison de Sarah et Vaila. De là, Loretta poursuivit vers la route, ne prêtant plus attention à lui.

Jack gravit les marches jusqu'à la porte d'entrée, montant doucement, la main sur la rampe en bois, peinte du même bleu profond que la maison. Il arriva en haut, se tenant toujours à la rampe, et avança vers la porte. Et puis il s'arrêta.

Lorsqu'il repensa à ce moment, comme il le fit bien des fois au cours des jours et des nuits qui suivirent, encore et encore et encore, il ne parvint pas à savoir avec certitude ce qu'il avait entendu exactement, ce qui l'avait alerté. Avait-il entendu la voiture approcher sur la route principale, invisible derrière la maison ? Avait-il entendu le conducteur appuyer sur les freins, trop tard, le cri strident des pneus ? Qu'est-ce que c'était ? Impossible à dire. Dans sa tête, ce ne fut pas un son qui lui fit tourner la tête, ce fut simplement un mot. *Loretta.*

Jack courut. Il sauta au bas des trois dernières marches, puis ouvrit grand le portillon. Il courut, déjà certain de ce vers quoi il courait, sachant déjà ce qu'il trouverait en arrivant. Il courut, et sentit une douleur aiguë monter dans ses poumons, et puis un calme écœurant. Et pendant cet instant de calme il aperçut le chaton, perché au sommet d'un autre poteau, qui faisait sa toilette, son unique patte blanche levée comme pour la garder au sec et en sécurité, et il vit au-delà d'elle, allongé sur le tarmac de la route, un imperméable rouge vif.

Le conducteur était toujours dans la voiture lorsque Jack atteignit la petite fille. Il sentit la chaleur du moteur contre sa joue quand il se pencha vers elle. Il toucha de la main le visage de Vaila. Ses yeux étaient fermés, sa bouche ouverte. Des petits éclats de gravier étaient collés à sa lèvre inférieure. Il s'approcha davantage pour voir si elle respirait. Il posa deux doigts sur son cou, essaya de se concentrer, de bloquer tous ses autres sens, mais il ne put trouver son pouls. Pas avec certitude. Son corps hurla. Ses oreilles semblaient obstruées, comme s'il était sous l'eau. Son cœur cognait contre ses côtes, comme s'il essayait de s'échapper.

« Ambulance ! » cria-t-il, d'une voix qui ne ressemblait pas à la sienne. Suraiguë. À demi étranglée. En levant les yeux il vit le conducteur, juste derrière lui désormais, un téléphone déjà à l'oreille. L'homme lui était familier, pensa Jack. Il connaissait son visage, et il se retrouva à fouiller sa mémoire à la recherche d'un nom. Rien ne lui vint.

Il se détourna.

Vaila était recroquevillée sur le côté droit, juste devant le pare-chocs de la voiture. Autour d'elle, des tiges d'angéliques éparpillées sur la route, mais Jack ne s'arrêta pas, alors, pour se demander pourquoi. Il ne voyait pas de sang. Ni sur son visage ni sur ses mains. À part la position de ses jambes, qui étaient tordues l'une au-dessus de l'autre, elle avait presque l'air installée confortablement, comme si peut-être elle était en train de dormir. Mais Jack savait qu'il ne fallait pas la bouger. Il savait qu'elle devait rester immobile.

Il essaya de se concentrer, et observa sa poitrine, repoussant l'imperméable pour mieux voir.

Un souffle.

Un autre souffle.

Jack approcha la tête, sentit le dernier bouton de sa chemise s'ouvrir sous la pression de son ventre. Il lui murmura : « Vaila, Vaila, tu m'entends ? » Il écarta ses cheveux de son visage, et vit un petit morceau de plastique blanc, un écouteur sans fil, logé dans son oreille. Il le retira et parla de nouveau.

Elle ne fit pas un bruit.

Le conducteur était derrière son épaule désormais, courbé en avant. « Elle a bondi du fossé, dit l'homme, la voix chevrotante. Elle r'gardait pas. » Jack lui fit signe de s'éloigner en agitant un bras. Il avança son corps comme pour abriter la petite fille, comme s'il pouvait la protéger des torts qu'elle avait déjà subis.

Il pencha la tête et vit un autre souffle, le plus léger mouvement de ses lèvres.

Et alors qu'il se penchait ainsi au-dessus d'elle, qu'il regardait, qu'il écoutait, Jack entendit venir de derrière lui un son qui serra ses propres poumons, qui fit presque céder ses propres membres. C'était un bruit comme du métal tordu, comme du verre étiré et tranché ; un gémissement qui déchira l'air du mois d'août. Il se tourna vers Sarah, qui courait, et étendit la main pour la ralentir, pour l'empêcher d'attraper la petite fille, pour l'empêcher de soulever l'enfant de la route. Il se pressa fortement contre elle, absorba la force de son mouvement, et pendant quelques secondes, jusqu'à ce qu'elle s'agenouille à ses côtés, le poids de son corps contre son bras, il maintint Sarah à distance de Vaila.

TU ME MANQUES AUJOURD'HUI

~~Je voudrais être avec toi~~ Tu me manques aujourd'hui
Je suis seul ? | isolé ? et perdu
Je me parle à moi-même
De l'amour que j'ai connu

—

C'est un marché ~~qu'on a~~ passé (tous les deux)
Je ne changerai rien de ce qui s'est produit
On s'est rencontrés, on s'est aimés et ~~puis~~ on s'est séparés
Et tu me manques aujourd'hui

—

Il y a une douleur (un mal) qui ne me quitte jamais
~~Elle reste~~ Il y a une faim dans mon sang
Il y a une soif dans mon cœur
Quand | Depuis (le jour) ~~où~~ qu'on s'est éloignés

—

Je ne peux pas t'expliquer ce que ça fait | je sens
C'est impossible à dire
Mais je voulais juste que tu saches
Que tu me manques aujourd'hui

—

| Rép. après break |

LA DISSUASION

1979-1981

Il était évident depuis un moment, des années pour tout dire, que Jack n'était pas disposé à reprendre la ferme avec son père. Adolescent, il donnait un coup de main quand on le lui demandait, et il s'exécutait sans trop protester. Le travail n'avait pas l'air de le déranger. Mais il ne montrait pas non plus de réel enthousiasme, ni les aptitudes pour cela. Il n'avait pas hérité du sens de la détermination ou du devoir envers l'endroit que possédait Sonny. Il faisait ce qu'on lui disait et rien de plus, et Sonny devait souvent surveiller par-dessus son épaule pour s'assurer que Jack travaillait correctement.

Ce n'était qu'une source de déception mineure, et uniquement pour son père. La vie était différente à présent. On ne pouvait pas l'ignorer. Shetland débordait de travail. Il y avait des emplois pour quiconque en voulait. Sonny lui-même n'était fermier que le week-end, désormais. Il travaillait pour le comté pendant la semaine, au sein d'une équipe de voirie qui élargissait les routes des îles et refaisait leur revêtement. La plupart des gens conduisaient à présent, alors le travail routier ne s'arrêtait jamais.

Et de toute façon, Sonny venait juste de dépasser quarante ans, seulement. C'était un homme jeune, fort, en bonne santé. Il n'avait pas besoin de penser à transmettre l'endroit. Pas avant un moment. Jack avait des années, des décennies, pour changer d'avis.

Le plus gros problème, aux yeux de ses parents, était que l'esprit de Jack ne se fixait jamais sur quelque chose en particulier. Pas en matière de travail, du moins. Il était intelligent, sans aucun doute, mais il ne s'était pas appliqué à l'école, si bien que, quand vint le temps de partir, il n'aurait pas pu aller en école professionnelle ou à l'université, comme certains de ses camarades l'avaient fait, même s'il l'avait voulu. Il n'avait pas d'assez bonnes notes. Jack lisait des livres, écoutait de la musique, jouait de la guitare, aidait quand on avait besoin de lui. Kathleen ne doutait pas qu'il aurait continué comme ça s'ils l'avaient laissé faire. Il avait une propension à flotter, pas à nager.

Sonny n'avait jamais été un parent aussi strict ou sévère que certains auraient pu s'y attendre – et il était, de loin, bien moins dur que ne l'avait été son propre père –, mais là il fixait une limite. Flotter ne suffisait pas. Pas à l'âge de Jack. « Il a dix-huit ans, nom de Dieu ! » (Kathleen savait exactement ce qui allait suivre lorsque Sonny prononçait ces mots précis.) Lui, Sonny, était en Antarctique à cet âge-là, il travaillait à en avoir les mains à vif, jusqu'aux genoux dans la graisse et le sang, et tout ça pour une bouchée de pain. Kathleen avait bien conscience que, pendant l'essentiel du temps où il avait été baleinier, son mari avait surtout travaillé dans le réfectoire du navire, et que, bien qu'il ait probablement aidé assez souvent à découper et à cuire la viande, il s'était rarement retrouvé jusqu'aux genoux dans la graisse. Elle savait aussi – car il le lui avait dit un jour – que, d'une manière indéfinissable, Sonny se sentait effrayé par le temps passé à la chasse à la baleine, qu'il n'éprouvait pour cette époque rien de la nostalgie avec laquelle certains de ses anciens collègues en parlaient encore. Mais elle savait, avant tout, qu'il ne fallait pas le contredire.

« S'il se met pas à nager d'lui-même, dit Sonny, alors ce dont il a b'soin, c'est d'êt' poussé. Il peut rester à la maison s'il veut, mais à partir d'maint'nant il paiera pour sa nourriture et sa part des factures. Et pour ça, il va avoir b'soin d'un boulot. »

Kathleen était mitigée. Elle n'était pas en désaccord avec son mari. Jack ne pouvait pas continuer de traîner dans la maison ainsi. Il devait faire quelque chose. Mais elle était plutôt en faveur d'un encouragement que d'une poussée. Elle craignait que, sans aide, il ne prenne une mauvaise décision, une mauvaise direction. « Tu pourrais pas l'aider ? demanda-t-elle. Lui trouver un boulot avec le comté ? » Sonny acquiesça ; il pouvait faire ça.

Jack, sans surprise, ne voulut pas d'un boulot à réparer des routes ou à construire des logements sociaux. Il envisagea d'aller à Sullom Voe, au terminal pétrolier ; il y avait beaucoup de travail là-bas. Mais l'attrait principal de cette idée était d'ennuyer son père, ce qui n'était pas une raison suffisante, au bout du compte. Alors, après toutes les tergiversations possibles pour y échapper, Jack commença à travailler dans l'entrepôt d'une compagnie qui fournissait des produits frais à certains des plus petits magasins autour des îles. Un emploi subalterne. Il vérifiait les livraisons qui débarquaient du ferry chaque matin. Il contrôlait les commandes des magasins, s'assurait qu'ils recevaient ce dont ils avaient besoin. Il était doué pour ça, sans jamais devenir trop doué. Lorsque le poste de gérant de l'entrepôt fut vacant, un an après qu'il eut commencé, personne ne pensa même à demander à Jack s'il le voulait.

Cela étant, Kathleen se fit davantage de soucis une fois que Jack travaillait qu'avant qu'il ne commence. Une inquiétude lancinante, tenace, qui grandit au fil des mois. Il y avait une liberté dans les îles qui n'avait pas existé lorsqu'elle et Sonny étaient jeunes. Une liberté de choisir, dans une certaine mesure, le genre de futur, le genre de vie, que l'on désirait. Il y avait des emplois qui n'avaient jamais existé auparavant. Des occasions de gagner de l'argent. Un sentiment de croissance et d'expansion. Son fils était intelligent – plus intelligent que l'un ou l'autre de ses parents, pensait-elle – et pourtant il ne montrait aucun intérêt à utiliser son esprit, à tirer le maximum des opportunités qui l'entouraient. Il semblait plus ou moins satisfait de son travail à l'entrepôt, à gagner peu, à n'aller nulle part.

Mais c'était au-delà. Cela n'avait jamais été uniquement une question de travail. Le monde de Jack semblait trop étriqué à Kathleen. Il avait vingt ans désormais, et il passait encore la majorité de ses soirées à la maison avec ses parents. Il avait peu d'amis – cela n'avait jamais beaucoup changé – et le seul événement social auquel il prenait part, autant qu'elle sache, consistait à boire une pinte occasionnelle avec ses collègues le samedi après-midi, avant de prendre le bus pour rentrer. Elle voyait un manque en lui, dans la manière dont il vivait, et son absence de tentatives pour aller à l'encontre de ce manque l'inquiétait. La seule direction vers laquelle ses efforts, son énergie s'étaient tournés, c'était sa guitare.

Sonny ne partageait pas cette inquiétude, même s'il ne niait pas les observations de sa femme. Le garçon travaillait à présent – une bonne chose – et il n'était pas malheureux, d'après ce qu'ils pouvaient en juger. Ils devraient s'en réjouir. La vie avait une manière de vous jeter des choses à la figure, croyait Sonny, et si vous ne faisiez pas vos propres choix, tôt ou tard ils seraient faits quand même. « Quelque chose aura lieu, disait-il. Jack s'ennuiera et il trouvera un aut' boulot. Il s'fera des nouveaux amis. Peut-être même bien qu'il tombera amoureux. » À cela Kathleen levait les sourcils, s'esclaffait presque, et puis était plongée dans le silence. L'idée de Jack amoureux lui paraissait tellement improbable, tellement lointaine, qu'elle amenait à son cœur une tristesse qu'elle avait du mal à contenir.

Oh, Jack !

Mais ce qui était vrai aussi, en dépit de ces inquiétudes, c'était que, sous d'autres aspects, Kathleen était plus heureuse alors qu'elle ne l'avait été depuis des années. Plus heureuse qu'elle ne l'avait été depuis la mort de Tom, plus d'une décennie auparavant. L'acharnement qui l'avait autrefois animée, qui avait autrefois contraint presque chaque décision qu'elle et son mari avaient prise, avait quasiment disparu. Ils ne devenaient pas riches, pas comme certains, mais ils n'avaient plus besoin de tant lutter. Ils devenaient à l'aise. Et avec Jack qui rapportait ses propres salaires maintenant, ils étaient mieux lotis qu'ils ne l'auraient jamais imaginé. Kathleen sentait la pression diminuer en elle, comme si une sorte de valve s'était ouverte. Elle respirait plus facilement, elle s'autorisait à se détendre, et elle voyait le même lent changement chez son mari. L'époque était propice à Sonny, autant qu'il avait pesté contre son arrivée. Il n'adorait pas son boulot, mais il appréciait les hommes avec qui il travaillait, et il semblait trouver plus de plaisir à la ferme ces temps-ci. C'était comme s'il venait juste de réaliser que ça lui plaisait bien : travailler avec les moutons, entretenir les murets et les clôtures, planter et récolter. Il rentrait certains soirs, sale et épuisé par le labeur, repoussait une mèche des cheveux de Kathleen derrière son oreille et l'embrassait sur la joue. Il y avait une douceur chez Sonny, alors, qu'elle n'avait jamais vraiment connue avant.

Ah, mais Jack !

Ce qui se passa ensuite, ce fut que Henry – toujours le plus proche ami de Sonny – se cassa la cheville. Un accident stupide. « Typique d'Henry », dit Kathleen, ce qui était quelque peu injuste. Il descendait de son tracteur – un nouveau – et il ne faisait pas assez attention. Son pied glissa sur la marche supérieure, juste au moment où il s'élançait vers le sol, et il se coinça fermement derrière l'échelon. Son élan en avant se poursuivit, et il entendit l'os se briser au même instant où la douleur le frappa. Il pendouilla, brièvement, la tête à l'envers, jusqu'à ce que, par une torsion atroce, la marche ne le libère. Les hurlements de Henry atteignirent la moitié du chemin jusqu'à Treswick.

À la suite de quoi, pendant des semaines, de l'aide fut nécessaire. La femme de Henry, Laureen, et ses filles, Vina et Ann, donnaient toutes un coup de main pour nourrir les animaux, tandis qu'il boitillait derrière elles avec son plâtre, éructant des instructions, agitant parfois une canne dans les airs. Mais il y avait d'autres tâches à accomplir, de l'entretien et des réparations, préparer l'agnelage. Et il y avait le vieux bélier de Henry, dont ni les filles ni Laureen ne voulaient s'approcher – avec raison. Difficile d'imaginer une créature plus grincheuse et exigeante.

Ce fut Sonny qui porta Jack volontaire pour l'épauler – un choix étrange, d'une certaine manière, car le garçon était loin d'être la personne avec le plus de sens pratique du coin. Mais Sonny lui-même était trop occupé pour offrir à son ami plus d'une heure ici ou là, alors il proposa la seule chose qui lui vint à l'esprit : son fils. Jack n'avait pas l'air ravi de cet arrangement, mais il ne refusa pas non plus. Refuser, dans tous les cas, aurait été futile. La décision avait été prise.

C'est ainsi que, chaque dimanche qui suivit, Jack devint l'assistant de Henry, son remplaçant, travaillant autant d'heures qu'on le lui demandait. Henry était bien conscient que Jack n'était pas comme son père en matière de travail acharné, mais il reconnaissait un bon marché quand il en voyait un, et de la main-d'œuvre gratuite une fois par semaine, c'était un bon marché. La seule rémunération que Jack recevait pour sa besogne était le déjeuner, qu'il prenait avec la famille. Le travail s'arrêtait à une heure moins le quart, et quand les hommes avaient retiré leur manteau sous l'auvent et qu'ils s'étaient lavé les mains dans le lavabo de la salle de bains, la nourriture était sur la table.

Ils pouvaient être bruyants, ces repas. Henry était un homme bavard, et sa femme et ses filles n'étaient pas en reste. Ils étaient intelligents et loquaces, tous autant qu'ils étaient, et ils ne manquaient jamais une occasion de participer. En général, ils appréciaient la compagnie des uns et des autres. Des désaccords pouvaient éclater, mais ils étaient globalement de bonne nature, et un rire de l'une ou de l'autre des filles dissipait n'importe quelle dispute. Entre une bouchée et la suivante, la tension pouvait s'élever, culminer, et être désamorcée.

Ces déjeuners du dimanche comptaient beaucoup pour Henry. Il était fier, toujours, pendant les repas. Fier de ses deux filles et de sa femme ; fier de sa maison, encombrée et surchargée de possessions ; et fier du repas lui-même, cuisiné par Laureen et, bien souvent, issu de leur propre ferme. Henry était un homme aussi proche du bonheur que n'importe qui ne l'avait jamais été. Il aimait recevoir des invités qui témoignaient de l'excellence de sa vie. Même un invité aussi bizarre et silencieux que Jack.

Un bon gamin, le garçon Paton, personne ne dirait le contraire, et Henry le considérait comme une sorte de neveu. Il le connaissait depuis qu'il était bébé, après tout. Mais bon sang, qu'il était difficile de lui tirer une conversation. Dehors, Jack parlait plutôt aisément de ce qu'il y avait à faire – avant de se mettre à fredonner tout en travaillant –, mais à table, eh bien, c'était une autre paire de manches. Toujours, il remerciait pour la nourriture, disait à Laureen à quel point il se régalait. Mais tous les mots au-delà de ça étaient un combat. Posez-lui une question directement et il fixerait son assiette, marmonnerait une réponse aussi brièvement et doucement que possible. La plupart du temps, il se contentait d'écouter, et il semblait assez heureux ainsi, de se trouver simplement au milieu de la famille.

Ce fut après six semaines environ, huit peut-être, que Henry remarqua un changement chez le garçon, dans la manière dont il agissait à table, et en particulier avec Vina. Des petites choses : la façon dont il tournait la tête pour la regarder et l'écouter quand elle parlait, dont il opinait – peu importe l'opinion qu'elle exprimait (et Vina en exprimait un paquet). C'était un certain type d'attention qu'il lui portait. Subtile, bien sûr. Mais Henry, qui se considérait comme un homme observateur, avait remarqué.

Il partagea ses soupçons avec Laureen, et elle fut sceptique. Jack et Vina se connaissaient depuis qu'ils étaient tout petits. Ils avaient parfois joué ensemble plus jeunes, puis avaient perdu cet intérêt en grandissant. Ils avaient eu des relations assez amicales au fil des ans, mais pas plus que ça. Rien n'avait laissé entendre à Laureen que les choses étaient différentes désormais.

Et du reste, c'était de Jack qu'ils étaient en train de parler. De Jack, nom de Dieu. La seule chose pour laquelle il ait jamais montré de l'enthousiasme, c'était sa guitare – la vieille guitare de Henry, en plus de ça. Et même là, il en jouait uniquement derrière la porte de sa chambre. Aucune supplique ne pouvait le convaincre de la sortir lorsqu'il y avait des invités à Hamar. Laureen secoua la tête. Son mari se trompait.

Le week-end suivant, cependant, elle changea d'avis. Cela l'ennuyait que Henry ait remarqué le premier, mais il n'avait pas tort. Il y avait bien quelque chose, une touche de prévenance à l'égard de la jeune fille. Il y avait des coups d'œil à travers la table. Et, drôle de chose : cela ne venait pas uniquement de lui. Laureen surprit à deux reprises Vina regarder Jack, et les deux fois la jeune fille tourna la tête dès qu'elle fut remarquée. Cela ne lui ressemblait pas du tout. Vina était l'opposée de Jack. Elle était sûre d'elle – grégaire, même. Pas exactement rebelle, à l'exception de sortir avec ses amis plus tard que ce dont elle et sa mère étaient convenues, mais elle avait une indépendance d'esprit qui ravissait Laureen. Elle pouvait penser par elle-même. C'était le genre d'enfant – et elle n'était plus une enfant, bien sûr, elle avait dix-neuf ans – en qui un parent pouvait avoir confiance. Confiance qu'elle trouverait sa voie dans le monde, qu'elle prendrait de bonnes décisions pour elle-même.

Mais Jack était-il une bonne décision ?

Ils en parlèrent, Laureen et Henry, allongés l'un à côté de l'autre dans le noir. Ils envisagèrent la possibilité. Elle pouvait faire pire, ils en convinrent. C'était un garçon bien sous tous rapports. Intelligent aussi, non pas que ce soit flagrant. Mais il y avait quelque chose qui ne tournait pas tout à fait rond chez Jack. Ce fut ainsi que Henry le formula, envoyant tout bas ses inquiétudes de son côté du lit à l'autre. Le garçon est inatteignable, dit-il. C'est comme s'il se cachait du monde.

Laureen était plutôt d'accord. Elle aimait autant Jack que son mari, mais l'idée de lui et de sa fille ensemble ne lui convenait tout simplement pas. Il manquait tellement d'ambition, pensa-t-elle, tout ce qu'il entreprenait il le faisait à moitié – sauf sa musique, et à quoi bon ? Laureen ne pouvait pas l'imaginer faire quelque chose de sa vie. Elle pouvait le voir effectuer le même travail peu exigeant jusqu'à ce que vienne le temps de la retraite. Elle pouvait le voir dormir dans sa chambre d'enfant pour le reste de sa vie.

Leur fille pouvait faire pire, certes, mais elle pouvait aussi faire mieux.

Bien sûr, ils s'avançaient un peu. Tout ce qu'ils avaient vu jusqu'alors, c'étaient des coups d'œil, et connaissant Jack cela n'irait pas au-delà. Il ne réunirait même pas le courage de parler à Vina hors de la table de la cuisine. Et si elle lui parlait d'abord, il s'enfuirait probablement à toutes jambes.

Henry y pensa beaucoup au fil des jours. Plus que nécessaire. Il tourna et retourna l'idée dans son esprit, la triturant comme un caillou dans sa poche. Il ressentait un sentiment de déloyauté vis-à-vis de ce qu'il avait dit et pensé – déloyauté envers Jack, et envers Sonny, son ami. Il se demandait ce que Sonny et Kathleen penseraient s'ils savaient. Vraisemblablement, ils seraient ravis. Vina serait capable de faire sortir Jack de sa coquille, pourraient-ils penser, de lui montrer qu'il y avait davantage à la vie que la musique. Et Henry avait envisagé cela, aussi. Tous les deux, ils pourraient être positifs l'un pour l'autre. Les opposés, tout ça. Et ça ne serait pas chouette, si… Ah, mais alors – il bondit encore plus loin –, et si ça tournait mal ? Quel bazar ce serait pour tout le monde. Quel étrange et vilain bazar. Une fois de plus, Henry en était convaincu. Le potentiel de désastre était trop important. Mieux valait que rien ne commence du tout. Au moins, alors, il pourrait arrêter de se tracasser avec ça.

C'était en 1981. Les parents n'avaient pas leur mot à dire sur les prétendants que choisissaient leurs enfants. Surtout pas à une enfant comme Vina. Si cette fille a quelque chose dans la tête, dans le cœur, eh bien, pensait Henry, impossible de l'en dissuader. Il ressentit une urgence alors. Si dissuasion il devait y avoir, réalisa-t-il, elle devrait être dirigée vers Jack.

Le dimanche suivant, tout doute subsistant avait disparu. Les coups d'œil, quoique toujours furtifs, étaient désormais réguliers. Ils attrapaient les yeux l'un de l'autre, et souriaient entre les bouchées. Ils souriaient ! Jack avait carrément un regard de chiot énamouré.

Henry savait qu'il devait agir.

Ils se trouvaient dans la grande remise cet après-midi-là, lui et Jack, à mettre de l'ordre avant que le printemps ne se mette véritablement en route. C'était la fin mars, alors, et vous pouviez le sentir, le changement. Même s'il faisait toujours froid, toujours humide, toujours sombre, vous pouviez le sentir arriver. Henry était assis sur un bas tabouret à trois pieds, la jambe sur un seau retourné, et il regardait Jack ramasser les outils à l'endroit quelconque où ils avaient été abandonnés, pour les remettre dans un semblant d'ordre. Par là, disait Henry en pointant du doigt. Accroche ça près de la porte ! Clipse celui-là sur l'établi. Il doit y en avoir un autre quelque part dans le coin.

Il repoussait la conversation, naturellement, mais il ne pouvait pas faire ça éternellement. Il devrait bien se mettre à parler, réalisa-t-il, ou bien ça ne se produirait jamais.

« Jackie ! » dit-il, sans aucune réponse du garçon. Et encore, plus fort : « Jackie ! »

Jack se tenait une demi-douzaine de mètres plus loin, au centre de la remise, une massette à la main. « Celle-là, je la mets où ? demanda-t-il.

– Nulle part pour le moment, répondit Henry. Garde-la juste pendant que j'te dis quelque chose. Ou pose-la, ça n'a pas d'importance. » Il s'éclaircit la gorge.

Jack garda la massette à la main.

« Alors, commença Henry, j'ai pas pu m'empêcher de r'marquer… j'veux dire, Laureen et moi, on a tous les deux r'marqué que t'étais content de manger à la maison, et ça m'fait bien plaisir. »

Jack hocha la tête, et Henry s'éclaircit de nouveau la voix.

« Tu sais, on te considère tous les deux comme un membre de la famille. Laureen et moi… » La voix de Henry s'estompa. « On vous considère un peu comme des cousins, toi et Vina. Tu vois c'que j'veux dire ? »

Jack eut une expression qui montrait que, bien qu'il ne voie pas encore, il s'inquiétait de ce qui pouvait venir ensuite.

Henry soupira. « C'que j'veux dire, c'est qu'on a r'marqué, tous les deux, qu'Vina et toi sembliez bien vous entendre. Vous avez l'air de bien vous aimer. »

Désormais, Jack rougissait. Il tourna la tête, mais il n'y avait nulle part où dissimuler l'écarlate de ses joues. Il baissa les yeux sur la massette dans sa main, et garda le regard concentré dessus, les épaules effondrées en avant.

« Évidemment, poursuivit Henry, j'suis content qu'vous vous entendiez bien, tous les deux. C'est une bonne chose. Mais j'crois seulement, on croit tous les deux, qu'il faudrait pas essayer d'faire plus que ça. Amis, c'est bien, mais plus qu'amis... » Il leva les yeux. « ... Eh bien, c'est tout simplement pas une bonne idée. Pas une bonne idée du tout. Ça n'serait pas bien. Pour toi. Pour Vina. Pour personne. »

Pendant le reste de sa vie, Henry se souviendrait de la manière dont Jack l'avait regardé alors. Un regard de gêne, certainement, d'humiliation. Mais c'était plus que ça. Le garçon resta planté là comme si l'outil entre ses mains pesait davantage que ce qu'il pouvait possiblement porter, comme si ses jambes étaient peut-être sur le point de céder, comme si une minuscule lueur d'espoir qu'il avait suivie venait juste de s'évanouir.

Henry força un souffle entre ses lèvres closes. Il aurait déjà voulu n'avoir pas prononcé un mot.

Jack ne revint pas le dimanche suivant ni le dimanche d'après. Il ne remit plus jamais les pieds dans la maison. La cheville de Henry allait nettement mieux alors, et il se débrouillait plutôt bien. Il ne dit rien à Sonny de ce qui s'était passé, et il espérait – supposait – que Jack ne dirait rien non plus. Vina demanda où Jack avait dû aller, et Henry put voir, put entendre dans sa voix, que la déception était mutuelle. Ses paroles avaient fait du mal à tout le monde. Pour toujours il porterait cette culpabilité.

Ce fut Sonny, peu de temps après, qui lui apprit que Jack déménageait à Glasgow.

10

Remarquable, pensait Jack, à quel point ce pouvait être silencieux parfois. Il y avait presque toujours quelque chose qui faisait du bruit. Il se réveillait au ronchonnement des moutons, ou aux cris des corbeaux et des goélands. Il entendait des chiens aboyer, ou un véhicule en mouvement. Il entendait le vent. Bien souvent juste le vent. Mais ce matin, rien. Aucun son. Même Loretta ne s'était pas encore frayé un chemin dans sa chambre. Jack n'entendait rien. C'était comme si chaque être vivant sur cette île restait immobile, comme lui, à simplement écouter, écouter, écouter. Il n'y avait rien à entendre.

Jack faisait parfois le cauchemar qu'il devenait sourd, que le monde se faisait silence. Puisque la majorité des plaisirs de sa vie arrivait par ses oreilles, cela lui semblait à peu près le pire sort auquel il pouvait penser.

Mais le silence est comme une aspiration. Il attire du son. Du son imaginé. Du son en souvenir. Allongé là dans son lit, à regarder un carré de ciel blanc à travers la fenêtre, Jack se rappelait les sons terribles de deux jours auparavant. Le son de la voiture qui s'arrête. Le son des gémissements de

Sarah. Le son de l'ambulance qui remonte à toute allure la route étroite. Le son de la voiture de police et des gens qui posent des questions. Le son de l'ambulance qui repart, avec Sarah et Vaila à l'intérieur. Lorsqu'il essayait de se représenter la scène, tout était indistinct. Il parvenait à peine à revoir un seul moment. Mais il pouvait l'entendre. Il pouvait l'entendre tout entière à nouveau. Même le son de ses propres pas sur le chemin de gravier vers la maison, suivi par Loretta, était encore clair pour lui.

Jack n'avait pas dormi depuis cet après-midi-là. Ou bien, s'il avait dormi, alors il n'avait pas eu conscience de se réveiller à nouveau. Il se sentait simplement abasourdi, en permanence. Il s'allongeait et se relevait. Il déambulait dans la maison. Il avait mangé, mais pas beaucoup.

Et voilà que Loretta était là à présent, à la porte. Elle poussa celle-ci et entra dans la chambre, puis se posta au pied du lit, levant les yeux vers lui. Jack se demanda si elle se rendait compte que quelque chose n'allait pas, ou si elle était simplement silencieuse parce qu'il était silencieux. Elle continua de regarder, d'attendre. Il soupira, balança les jambes par-dessus le bord du lit et se leva. Il portait un vieux tee-shirt blanc et un bas de pyjama à carreaux rouges. Il suivit le chat jusqu'à la cuisine.

Vaila était à Aberdeen. Elle n'avait pas été emmenée à l'hôpital de Lerwick, mais avait été conduite jusqu'à un avion sanitaire à l'aéroport, et évacuée de Shetland par les airs. Les médecins ne parvenaient pas à dire de quelles lésions internes elle pouvait souffrir, alors ils supposaient le pire. Jack ne savait rien de plus. Il avait appris cela de Vina le soir de l'accident. Elle l'avait appelé tard pour savoir comment il allait, avait proposé de lui apporter à manger, de lui cuisiner quelque chose s'il avait besoin. Il avait décliné l'offre. Il ne pouvait pas supporter de voir quelqu'un d'autre ce jour-là ni le suivant. Ce que Vina savait, elle l'avait appris d'une amie de Sarah, et elle voulait combler les trous de sa propre connaissance. Elle voulait le récit d'un témoin. Jack n'avait pas été capable de lui dire beaucoup.

Il attendait désormais d'en savoir plus, mais il ignorait de qui. Il avait essayé d'appeler l'hôpital le lendemain matin de l'accident, mais quand on lui avait demandé s'il était un membre de la famille, il avait bien dû répondre que non. Et ça s'était arrêté là. Il n'avait pas le numéro de portable de Sarah, et il n'aurait pas osé la déranger même s'il l'avait.

Alors il attendait.

Attendait encore.

Loretta leva de nouveau les yeux vers lui, cette fois depuis son bol de nourriture. Il faisait les cent pas dans la cuisine, et ses mouvements anxieux troublaient son repas. Sa queue oscillait d'un côté à l'autre sur le lino, manifestant son déplaisir.

Jack se tourna vers la porte. Il allait se rendre à l'épicerie. Vina aurait sûrement entendu quelque chose de plus à présent ; elle était son meilleur espoir de nouvelles. Il se dirigea à grandes enjambées vers la terrasse couverte, puis jusqu'aux marches, avant de s'arrêter. Il était encore en pyjama, et il n'avait aucune idée de l'heure. Il rentra et fut surpris de voir qu'il était déjà onze heures. Peut-être avait-il fini par s'endormir après être resté éveillé jusqu'au petit matin. Il enfila un jean, passa un pull par-dessus son tee-shirt, trouva ses clés de voiture, et se remit en route.

Il y avait du monde à l'épicerie quand il arriva. Deux voitures dehors. Il pouvait voir les gens s'affairer à travers la devanture. Il resta où il était. Impossible d'affronter des étrangers maintenant. Vina, il pouvait y arriver.

Plusieurs minutes s'écoulèrent avant que la première personne sorte de la boutique et entre dans sa voiture. Jack ne la reconnut pas, mais il baissa quand même la tête, et fit mine de regarder son téléphone. Cinq minutes de plus et la porte s'ouvrit de nouveau. Cette fois c'était un couple, Annie et Graham, qui vivait deux ou trois kilomètres plus bas sur la route. Il plaça le téléphone à son oreille, et fit semblant de parler. Il agita la main quand ils regardèrent dans sa direction, puis il attendit qu'ils s'en aillent.

Vina devait l'avoir vu arriver. Peut-être avait-elle aperçu sa voiture approcher et savait-elle qu'il attendait. Elle se trouvait à la porte lorsqu'il entra, et elle passa ses bras autour de lui. Il ne s'était pas attendu à cela, et il ne s'était pas attendu non plus au nœud de chagrin qui lui serra la gorge lorsqu'il sentit ses mains contre son dos.

« Ach, Jackie, dit-elle, alors qu'elle s'écartait. Tu tiens l'coup ? »

Il secoua la tête. « Des n'velles ?

– Pas grand-chose, lui dit-elle. Rien, à vrai dire. Si ce n'est qu'elle y est toujours. Elle a eu une sorte d'opération hier. C'est c'que Linda pensait, mais elle n'était pas certaine. Personne n'a l'air de savoir quoi qu'ce soit. » Elle recula juste un peu. « J'pensais qu'Sarah t'aurait déjà appelé. »

Il secoua la tête. « Pourquoi elle ferait ça ? répondit-il. C'est ma faute c'qui s'est passé.

– Comment ça, ta faute ? D'quoi tu parles ? C'est pas toi qui conduisais.

– Non, dit Jack, mais Vaila – il reprit son souffle –, elle cueillait des fleurs pour moi. Pour mon anniversaire. » Il avait réalisé cela seulement après coup. Ces tiges d'angéliques, éparpillées.

Vina s'arrêta pour réfléchir. « Doux Jésus, Jackie. » Elle gonfla les joues et souffla. « C'est terrible. Vraiment terrible. Mais c'est quand même pas d'ta faute. » Elle leva une main et la posa sur son épaule. « Le seul fautif, c'est c'lui qu'était derrière le volant. Cet idiot de Frankie, avant il habitait plus haut par ici », fit-elle en désignant la route du pouce. Qu'est-ce qui lui a pris, bon sang, d'accélérer comme ça ? »

C'était comme si l'estomac de Jack avait été retourné.

« Tu veux t'asseoir ? demanda Vina, le voyant chanceler.

– Non, répondit Jack. Je vais rentrer. Faut juste que j'rentre. Mais appelle-moi si t'as des nouvelles. N'importe quoi. » Il se tourna vers la porte, et entendit la clochette carillonner au-dessus de sa tête.

Ils rentrèrent deux jours plus tard. Vaila et Sarah, avec le père de Vaila, Gary, aussi. Jack les vit depuis la fenêtre ce matin-là. Ils avaient dû revenir par le premier vol. Il aperçut une voiture arriver, deux adultes sortir par l'avant. Puis, un moment plus tard, un petit paquet émergea du siège arrière, pas porté, mais escorté vers la maison, les bras de son père autour d'elle. Elle était enveloppée dans une sorte de couverture. Emmaillotée. Et elle paraissait toujours si petite. Jack se demanda s'ils avaient dû découper l'imperméable pour le lui retirer.

À cette distance, il ne pouvait pas voir le plâtre qu'il savait être là. Un bras cassé, ainsi que trois côtes fracturées, quelques égratignures et des bleus. Il n'y avait pas eu d'opération, après tout. Les médecins avaient craint une commotion cérébrale, des lésions internes. Mais elle allait bien. Elle était fragile et elle avait mal, mais elle allait bien.

C'était Vina, encore, qui lui avait raconté cela. Elle l'avait appelé la veille, l'avait réprimandé de ne pas avoir téléphoné à Sarah – Vina lui avait noté le numéro au dos d'un ticket – et avait relaté l'étendue de ce qu'elle savait. « Elles seront de retour demain ou après-demain, dit-elle. Tu devrais y aller, elles voudront te voir. »

Jack n'y croyait pas. Elles ne voudraient pas le voir. Même si Sarah ne le tenait pas pour responsable de l'accident, elle serait désormais fâchée contre lui pour son silence, son absence. Il s'était tapi dans un coin pendant trop longtemps, et il ne distinguait pas d'issue. C'était ainsi que les choses étaient toujours.

Il se tourna de nouveau vers le salon, nauséeux, confus, tout de travers. Il s'assit à côté de Loretta sur le canapé – elle faisait sa toilette, en prenant son temps – et il sentit un geyser de dégoût de soi s'élever en lui. Jack n'était qu'une pauvre coquille d'homme. Un gâchis d'espace. Un gâchis de tout, à vrai dire. Décennie après décennie, il s'était autorisé à se ratatiner, avait laissé ses jours couler comme des graines sur le béton, dilapidation désespérée d'une vie. Il était à peine un homme.

Il avait envie de balancer quelque chose, hurler ou crier, frapper son poing dans le mobilier. Mais il ne voulait pas effrayer le chaton. Il se leva et alla dans la chambre supplémentaire, saisit un oreiller du lit simple et serra ses poings autour aussi fort qu'il le pouvait, jusqu'à ce que ses phalanges deviennent blanches comme l'os, que ses doigts soient douloureux et demandent à être relâchés.

Il reposa l'oreiller et ajusta la housse de couette. Sur le canapé, le chaton s'apprêtait à dormir.

Au cours des jours qui suivirent, Jack resta surtout caché chez lui. Il partait en promenade tôt le matin et allait travailler tard le soir. Hormis cela, il quittait à peine la maison. Il restait là, à ne faire presque rien. Le jardin resta à l'abandon. Même la musique ne pouvait pas l'atteindre. Jack était écœuré de lui-même, voilà la vérité. Écœuré de celui qu'il était devenu – de celui, peut-être, qu'il avait toujours été.

Une semaine passa. Le père de Vaila était reparti. Jack le vit s'en aller un matin en taxi et ne pas revenir, mais il n'aperçut plus un signe de Sarah ou de Vaila. Enfin, incapable de supporter sa propre inaction plus longtemps, il résolut de faire quelque chose d'utile, quelque chose de bien. Cet après-midi-là, à la suite d'une forte averse, il arrêta sa voiture devant la maison de Sarah. Il tira le frein à main et plaça le levier de vitesse au point mort. Mais il n'éteignit pas le moteur. Il devait déguerpir rapidement une fois que c'était fait. Il ne pouvait pas s'arrêter.

Il regarda vers le siège passager, la boîte carrée à ses côtés. Le carton qui contenait Loretta. Il posa une main au-dessus, comme pour chasser la poussière, puis ouvrit sa portière et pivota sur son siège pour la prendre.

Elle avait été remarquablement silencieuse jusque-là, certaine qu'il ne lui ferait pas de mal. Lorsqu'il l'avait posée dedans pour la première fois, elle avait jailli au-dehors, pensant qu'il s'agissait d'un jeu, avant de bondir de nouveau à l'intérieur. Jack avait glissé les rabats les uns sous les autres, l'empêchant de sortir. Elle miaula, passa son nez dans la fente de lumière au centre. Puis une patte. Elle miaula encore, plus pathétique cette fois.

« Et voilà, murmura Jack. Tu seras heureuse une fois à l'intérieur. » Il posa le paquet de nourriture au-dessus du carton, puis les souleva et les sortit de la voiture, se tourna vers la maison et monta les marches. Le carton semblait encombrant entre ses bras. Il le déposa devant la porte bleue, se redressa et inspira. Il regrettait déjà ce qu'il n'avait pas terminé de faire, la créature qui était toujours devant lui, juste là, lui manquait déjà. Loretta miaula, un son presque silencieux qui faillit lui briser le cœur.

Jack voulait soulever Loretta encore, une dernière fois, la tenir et presser sa paume contre sa tête, la sentir le repousser, frotter ses joues contre ses mains. Mais il savait que s'il faisait cela elle s'enfuirait, elle s'échapperait de son étreinte, effrayée et indignée. Il ne pourrait pas supporter de voir sa confiance brisée ainsi.

Mais ce qu'il faisait là rendrait Vaila heureuse. Il le savait. Et après ce qui s'était passé, Sarah accepterait sûrement que le chat reste. Ça la rendrait heureuse, elle aussi. C'était la bonne chose à faire, il en était certain.

Il se pencha en avant, frappa fort à la porte, puis redescendit les marches, deux à la fois, remonta dans la voiture et s'éloigna. Il éprouva un pincement dans la gorge et une pression derrière les yeux. Il avait la nausée. Il tourna à droite, en direction de Treswick, puis à droite encore après plus d'un kilomètre, sur un chemin accidenté qui se terminait à un portillon en métal, où il y avait juste assez de place pour se garer. Il sortit, passa le portillon et traversa le champ en direction de la mer. Les moutons levèrent les yeux de leur mastication, évaluèrent le danger, puis baissèrent de nouveau la tête. Un agneau, dodu et trapu, courut vers sa mère, plongea la tête pour se nourrir, manquant de renverser la pauvre bête.

La côte était séparée du champ par une clôture, mais Jack visa un coin où le barbelé était affaissé, et il passa par-dessus pour rejoindre le terrain accidenté au-delà. Les pierres proches de la mer étaient grosses et inégales, toutes ébréchées, de formes étranges. Lorsque Jack était adolescent, son père lui avait appris à bâtir et à réparer des murets à l'aide des pierres grossières de la ferme, à combler les trous qui apparaîtraient avec le temps, à reconstruire grâce aux mêmes roches qui avaient été posées là des générations plus tôt. C'était un travail lent, un puzzle sans solution unique. Une pierre tombait, alors vous jetiez un œil sur le tas tout autour de vous. Laquelle ensuite ? Celle-ci, avec la croûte de lichen jaune d'œuf sur deux côtés ? Ou celle-là, avec une face lisse et une autre brisée ? Les deux fonctionneraient. Fais ton choix. N'y pense pas trop, quand même, c'est ce que Sonny disait toujours. Laisse tes mains et tes yeux penser. C'est ainsi que les choses trouvent leur place.

C'était quelque chose comme une chanson, peut-être, croyait Jack. Tous ces choix. Une note, un mot : chacun créant l'espace pour davantage. Chacun en écartant d'autres. Bâtir et bâtir. Laisse tes oreilles penser.

Les murs que Jack avait aidé à entretenir dans sa jeunesse étaient toujours debout. Ils divisaient et entouraient les plus petits champs de la ferme. Mais Andrew fils préférait les remplacer par des barbelés quand il y avait des dégâts. C'était plus rapide. Plus sécurisé. Alors, lorsque désormais les pierres tombaient, lorsqu'un trou apparaissait, une nouvelle clôture était érigée à proximité. Les murs, un par un, devenaient obsolètes.

Peut-être les vieilles chansons étaient-elles comme ça, aussi : rendues obsolètes par les nouvelles. Jack ne le croyait pas, mais c'était possible. Ses propres chansons, que personne n'entendait jamais, eh bien, celles-ci étaient obsolètes dès le départ. Il essaya alors de penser à l'une d'elles, de l'entendre dans sa tête, de se réconforter avec la musique. Mais il ne parvenait pas à attirer une seule mélodie.

Sur la plage – si tant est qu'on pût nommer ainsi ce fouillis de pierres – Jack regardait ses pieds. Chaque pas représentait une chute potentielle. Ses chevilles se tordaient d'un côté et de l'autre tandis qu'il se dirigeait vers l'eau. Il fit une grande enjambée d'un rocher au suivant, puis de petits pas sur les pierres d'après. Une fois, non loin de là, il avait trouvé la femelle d'un pluvier grand-gravelot, recroquevillée, grise et blanche et douce et mouchetée, presque indiscernable des pierres entre lesquelles elle se dissimulait. Il s'était agenouillé, l'avait fixée, attendant de voir si elle bougeait. Elle était restée parfaitement immobile.

Il entendit le cri perçant d'un vanneau, puis, plus haut sur le rivage, ce fin glissement métallique d'une note à l'autre, et cela lui fit penser à une steel guitar. Il entendit le demi-yodel de l'appel d'un courlis. Les cymbales et l'applaudissement insistant des vagues.

Jack avait toujours pensé, sans jamais vraiment comprendre ce que cela signifiait, que l'endroit dans lequel il vivait, le paysage qu'il connaissait, et duquel il faisait en quelque sorte partie, était un paysage de musique country. Il n'arrivait pas bien à mettre des mots sur cette idée, et il imaginait les rictus et le rire de ses voisins s'il avait jamais essayé. Mais il y croyait. Véritablement. Il lui semblait que le granite, la tourbière et les eaux sombres de ces îles faisaient partie de la même géographie musicale que les terres roussies du Texas et du Nouveau-Mexique, que les montagnes et les vallées étroites du Kentucky et du Tennessee. Shetland se trouvait à un océan d'écart, mais qu'est-ce que c'était, un océan, après tout ? Seulement une autre sorte d'autoroute.

Jack sentait – oh, il ne parvenait pas à le nommer, ce sentiment, mais c'était comme une immense faim béante. Un trou à l'intérieur, plus grand que lui-même, plus grand que cette île, plus grand que l'océan, plus grand que tout. Il était contenu en lui, ce trou. Et lui, en retour, y était contenu.

Il avança plus près des vagues, le bout de ses bottes de travail assombri par l'eau. Il fit un pas supplémentaire. Ce fut un choc, le froid, un coup de ciseau cinglant contre sa peau. Ses chaussettes furent imbibées d'un seul coup, ses chevilles tressaillirent. Un pas de plus, et puis un autre. Les muscles de ses jambes se contractèrent. Quarante centimètres au bas de son jean étaient mouillés désormais, une ligne de marée montante.

La plage était raide là où elle rencontrait l'eau, et le froid faisait chanceler Jack. Les pierres sous ses pieds n'étaient pas stables, mais prêtes à bouger toujours. Il allait faire un autre pas – sans aucune pensée ni aucun plan, mais juste parce que, parce que, parce que – quand il glissa. Un pied partit en avant, en arrière, tandis que l'autre jambe céda. Jack tomba, s'effondra, les mains dans la mer, les jambes dans la mer. Il atterrit sur le derrière, regardant vers l'horizon. Ses poumons se comprimèrent et il haleta.

« Pffffoooou ! » dit-il, tout haut. Son corps frémit.

Les vagues frappèrent la poitrine de Jack. Chacune lui coupait le souffle. Il ne ressentait rien que ce rythme terrible, et une douleur étincelante de ses jambes à son cou. Tout le reste était noyé. Il aurait été facile de rester là où il était, de laisser le froid l'emporter. Facile de s'allonger sur le dos, de fermer les yeux et d'abandonner son corps à l'océan. Cela aurait été parfaitement logique. Pour lui. Peut-être pour les autres, aussi.

Mais il ne le fit pas.

Jack se traîna en arrière, toujours assis, ses mains gelées rampaient sur les pierres au-dessous. Il se tourna d'un côté, essaya de reprendre son souffle, puis se hissa sur ses pieds.

« Bon sang ! dit-il, à peine capable de former un mot tant il tremblait. Bon sang ! »

Il remonta la pente en trébuchant, atteignit l'herbe, sans regarder en arrière. Il trouva le barbelé affaissé et traversa la clôture pour rejoindre le champ. Les moutons l'observèrent à nouveau, ce bouffon dégoulinant, trempé jusqu'aux os. Jack espérait que personne d'autre que les bêtes ne pouvait le voir à cet instant. Il se hâta vers le portillon.

Il chercha quelque chose de sec sur quoi s'asseoir dans la voiture, et dénicha un sac plastique vide dans le coffre. Il le posa sur le siège conducteur et entra. Il tremblait toujours, et il lui fallut un moment pour réunir la clarté d'esprit suffisante afin de démarrer le moteur, monter le chauffage et faire demi-tour. Il y alla doucement. Marche avant, rotation, arrêt. Marche arrière, rotation, arrêt. Marche avant. La voiture se traîna le long du chemin, qui semblait plus profondément creusé d'ornières qu'une heure plus tôt. Il sentait chaque trou, chaque pierre éparse, émettre un bruit sourd au creux de son corps.

Il tourna à gauche sur la route principale, et ne croisa personne en chemin vers chez lui. Il bifurqua de nouveau à gauche au niveau de la maison de Sarah, et une pensée terrible le frappa, que Loretta était peut-être toujours là, terrifiée, dans son carton sur la terrasse. Il jeta un coup d'œil vers la porte, mais la boîte avait disparu. Le chat devait être à l'intérieur de la maison à l'heure qu'il était. Endormie, le plus vraisemblablement. Et heureuse, assurément. Elle serait roulée en boule sur le lit de Vaila, peut-être, les mains de la petite fille tenant compagnie au chaton. Loretta ronronnerait.

Il poursuivit jusque chez lui, se gara et sortit. Il se sentait raide désormais. Endolori. Un bain s'imposait. Pour se réchauffer. Détendre ses os. « Bon sang, dit-il de nouveau, quelle journée. » Il y aurait des bleus demain, il le savait, il pouvait les sentir arriver, le long de sa jambe, sur sa fesse gauche. À quoi donc pensait-il, à patauger dans la mer comme ça ? Il aurait pu se tuer. Attraper la mort. Il retira son manteau et l'accrocha. Une goutte tomba sur le lino. *Ploc.* Puis une autre. *Ploc.* Il ôta ses bottes et les souleva. Un bruit de ballottement provenait de l'intérieur.

Jack se tourna, ruisselant, vers la porte d'entrée, et alors seulement il remarqua le petit papier jaune collé au verre dépoli.

JACK, disait le mot, en lettres capitales soignées. *ARRÊTE DE FAIRE LE SOMBRE IDIOT !*

Jack ne trempa pas trop longtemps dans le bain. L'eau passa de trop chaude à trop froide en quelques minutes seulement, et il était sorti avant même que sa peau n'ait commencé à se friper. Il pensait, allongé là, regardant les carreaux en polystyrène du plafond, au mot de Sarah. Ces quelques mots sévères, affichés sur sa porte, l'avaient fait se sentir à la fois mieux et moins bien. Mieux car elle l'avait contacté, car elle lui avait offert la chance qu'il pensait avoir manquée. Moins bien parce que le peu qu'elle demandait – qu'il cesse de se cacher – lui semblait beaucoup. L'autorécrimination pouvait glisser si facilement vers l'autoapitoiement. Jack savait cela mieux que personne.

Il enfila des vêtements propres : un jean, un pull-over gris. Il chercha autour de lui quelque chose à apporter, un cadeau quel qu'il soit, mais il ne trouva rien. Il repéra l'une des souris en chaussette que Vaila avait fabriquées, déchiquetée par les griffes et les crocs de Loretta, sous la table basse. Ce n'était pas vraiment un cadeau, puisque c'était le sien en premier lieu, mais peut-être qu'elle serait contente. Le chaton le serait, quoi qu'il en soit. Il la glissa dans sa poche et sortit.

C'était un agréable début de soirée, frais mais sec, et Jack en fut surpris. Pendant plus d'une semaine, il avait à peine remarqué la météo. Il n'avait presque rien remarqué du tout.

Il lambina le long du chemin, frappant le gravier du pied, exactement comme il l'avait fait le jour de l'accident. Mais sans Loretta, cette fois. Amusant qu'elle lui manque déjà, pensa-t-il, après seulement quelques heures. Il était content de pouvoir la revoir, et il se demanda comment elle réagirait. Elle serait perturbée, fort probablement. Peut-être aurait-elle peur de lui après ce qu'il avait fait. Cette idée fut douloureuse dès qu'elle surgit.

Il s'arrêta devant la maison de Sarah, puis monta les marches et frappa. Il attendit un moment, et il était sur le point de frapper de nouveau lorsqu'elle apparut à la porte. Elle avait l'air épuisée, ses yeux bordés d'ombres. Il sentit tout à la fois un coup de compassion et un coup de regret.

« Jack », dit-elle. Elle ne sourit pas ni ne fronça les sourcils lorsqu'elle le vit, mais il crut remarquer ses épaules se détendre.

« Ton chat est toujours là, dit Sarah. Elle se cachait sous le lit de Vaila la dernière fois que je l'ai vue, mais avant ça elle urinait sur le tapis du salon, ce qui était assez pénible, comme tu peux l'imaginer. Et je comprends que tu as probablement pensé que ce serait gentil pour Vaila, mais pour être franche je n'ai pas besoin de m'occuper de quoi que ce soit d'autre en ce moment, et j'apprécierais vraiment si tu pouvais tout simplement la récupérer. »

Elle semblait sur le point de pleurer.

Jack baissa la tête. Il sut alors, comme il aurait dû déjà le savoir, que ce n'était pas du tout Sarah qui avait écrit le mot. Bien sûr que non. C'était Vina. Vina, qui connaissait mieux que qui que ce soit la capacité de Jack à l'autosabotage, son instinct craintif à se replier sur lui-même. Vina.

Il y eut une pause de quelques secondes, un silence tandis que Jack réfléchissait à ce qu'il allait dire. Il avait vraiment envie de se retourner et de courir, de prendre le chat et s'en aller. Mais alors, presque à sa propre surprise, il dit : « Je suis venu voir Vaila. »

Sarah hocha la tête avant de répondre, et maintenant il en était sûr : ses épaules s'abaissèrent bien, un contour de tension sur son visage se détendit, juste un peu. « C'est pas trop tôt, Jack », dit-elle, puis elle s'écarta pour le laisser entrer.

Quand il passa la porte, se voûtant légèrement, comme s'il pouvait se cogner contre l'encadrement, il sentit sa main sur son bras.

« Ça l'a blessée », dit Sarah doucement, en le regardant.

Il hocha la tête.

« Tu l'as blessée, je veux dire. En ne venant pas la voir. En ne demandant même pas de ses nouvelles. Et moi aussi, honnêtement. Ça m'a blessée et contrariée. » Sarah désigna la cuisine, et il la suivit à travers le cadre de la porte jusqu'à l'endroit où la pièce s'élargissait.

« Elle te pardonnera, continua Sarah, parce que c'est comme ça qu'elle est. Mais je voulais que tu le saches, quand même. Tu l'as laissée tomber. »

Jack parla vers ses pieds : « J'ai pensé, dit-il, j'ai pensé que tu m'en voudrais. J'ai pensé qu'à cause…

– Qu'à cause des fleurs, poursuivit Sarah. Tu as pensé que je t'en voudrais à cause des fleurs. Je comprends. Et tu peux comprendre, aussi, pourquoi j'ai été furieuse contre moi-même, puisque c'étaient mes écouteurs qu'elle portait. Que je lui avais prêtés. Ce qui explique pourquoi elle n'a pas entendu la voiture. »

Jack avait oublié les écouteurs.

« Mais tout ça n'a pas d'importance, n'est-ce pas ? » Sarah murmurait toujours, ce qui, d'une manière ou d'une autre, rendait ses mots plus douloureux encore.

« Nous pouvons nous blâmer autant qu'on veut, ça ne changera rien. Parce que Vaila, elle, ne nous en veut pas. Pas pour ce qui s'est passé. Elle ne comprend tout simplement pas pourquoi son ami, qui habite à côté, n'est pas venu la voir. Pourquoi il a laissé son chat devant la porte d'entrée avant de s'enfuir, bon sang ! Je veux dire, à quoi tu pensais ? »

Jack savait qu'il lui faudrait du temps pour s'expliquer auprès de Sarah. Et peut-être n'y parviendrait-il jamais. Mais il ressentait aussi – et ça, c'était vraiment une surprise –, il ressentait une urgence à essayer. Pas pour se chercher des excuses ou esquiver le blâme de ce qu'il avait fait et n'avait pas fait, mais simplement pour s'expliquer, pour raconter à Sarah comment cela, comment tout cela, était arrivé.

Il y aurait du temps pour le faire, espérait-il. Ce n'était pas trop tard.

Sarah le conduisit le long du couloir jusqu'à une chambre sur la droite, peinte en bleu pâle, comme un œuf de merle noir. Sur le lit dans le coin le plus éloigné, Vaila était assise, les mains repliées devant elle sur la couverture. Le plâtre à son bras gauche paraissait trop grand pour son corps. Elle regarda Jack et sourit malicieusement.

Il y a toujours un jour en été, à Shetland, où toutes les créatures de l'endroit – les oiseaux, le bétail, les gens – semblent réaliser ensemble que la saison penche vers sa fin. Une urgence balaye les îles alors, une clameur de pas-en-perdre-une-miette. Dans un endroit avec si peu d'arbres (et il n'y en avait absolument aucun dans les environs proches de Hamar), l'automne peut être moins une saison complète qu'une pente courte, abrupte. Des jours cléments peuvent encore venir, des semaines peut-être si la chance le permet, mais une fois cette pente atteinte, une fois que l'année s'incline vers l'hiver, difficile d'oublier cette réalité. Alors, lorsque arrive ce moment de bascule – souvent aussi tôt que la deuxième semaine d'août –, les esprits se tournent vers ce qui reste encore à faire. Les oisillons sont nourris et engraissés et chassés de leur nid. Les agneaux sont poussés vers une indépendance dont peu auront jamais besoin. Un tranchant tache l'air, et les couchers de soleil, lorsqu'ils viennent, peuvent être glorieux. Scandaleux, même.

Un tel coucher de soleil arriva ce soir-là, baignant les îles d'une lueur aussi épaisse que du sirop et aussi lumineuse que de la chair de saumon. Tout tendit vers cette lueur. Même les moutons – si souvent insensibles ou indifférents – tournèrent leur tête à l'ouest, fixant dans un silence partagé la fin du jour, ensorcelés.

À l'intérieur de la maison Hamar, dans l'ombre de la crête qui donne au lieu son nom, l'éclat qui tomba sur les îles passa inaperçu. Jack Paton, qui était rentré de la maison d'à côté une heure plus tôt, et qui avait bu un très grand verre de bourbon depuis, était d'une humeur flamboyante. Soulagé, joyeux – exubérant, même. Il avait tant monté le volume de la musique dans le salon qu'elle avait noyé tout le reste. Le monde dehors se trouvait au-delà de son attention.

Jack tenait son verre d'une main, et de l'autre frappait son genou en rythme avec la musique. Charley Pride. Quelle voix avait cet homme ! Quelle voix confortable, réconfortante. Top cinq, pensa Jack. Top cinq, assurément.

Il essaya alors d'établir une liste, mais il ne parvint pas à l'arrêter.

George Jones, naturellement.

Emmylou Harris, certainement.

Charley Pride, sans aucun doute.

Mais ensuite ?

Eh bien, il y avait Patsy Cline, Merle Haggard, Tammy Wynette, Marty Robbins, Patty Loveless, Don Williams, Conway Twitty, Dolly Parton, Ray Price, George Strait. Il y avait Loretta.

Et puis…

Jack pensa à d'autres voix, plus lasses et abîmées. Des voix qui pouvaient rassembler le merveilleux comme de nulle part. Il pensa à des voix déchirées par le temps ou par le tabac. À la manière dont une voix peut se briser, comme elle peut craquer sous son propre poids et tout ce dont elle se souvient. À ce qui peut s'épanouir dans ces fêlures, ce qui peut jaillir à la vie du plus modeste des lieux.

Il pensa à Kris Kristofferson, Johnny Cash, John Prine, Steve Earle, Lucinda Williams, Guy Clark, Ralph Stanley, Townes Van Zandt : une chorale dépenaillée et glorieuse.

À quoi servait vraiment une voix ? se demanda Jack. Que pouvait faire l'une, que l'autre ne pouvait pas ? Existait-il seulement une voix parfaite ?

Les questions, ce soir-là, ne cessaient d'arriver.

Comment fonctionnait une mélodie ? Combien de vies une chanson pouvait-elle avoir ? Combien de tristesse pouvait être portée dans une seule phrase ?

Ach, Jack, à quoi t'es en train de ruminer, bon sang ?

Sa tête tourbillonnait dans le lent courant du bourbon. Il but une autre gorgée, puis tendit la main, une fois de plus, vers sa guitare – cette bonne vieille Martin – et Loretta, lovée sur le canapé, la queue enroulée comme une écharpe autour d'elle, souleva une paupière pour regarder.

LA VALSE ATLANTIQUE

Je valsais sur les vagues
J'étais fou, j'étais brave
Je faisais ~~le mieux que~~ de mon mieux
[Quand] J'ai baissé la garde, la mer m'a frappé fort
Et elle m'a ~~fait tourner~~ [emportée] comme un morceau de bois

REFRAIN

*
Elle te bercera, elle te secouera
Elle essayera de te contrôler ~~tu~~ que bientôt ?
Elle te fera tournoyer et tourbillonner, jusqu'à ce qu'un jour
Tu apprennes à rester en mesure avec ce
rythme de sel ~~la paix~~ la faute de personne ?
2x
Cette magnifique valse atlantique.

Comme une giroflée ~~pâle~~ [flétrie] ~~se~~ ~~vieille~~
Aux dernières heures de la nuit
~~seul~~ ~~J'ai observé cette vieille danse de loin~~
Au bord de cette antique? [infinie?] piste de danse
Trop tard je suis entré & j'ai commencé à tourner
J'ai été avalé [perdu?] et recraché encore

REFRAIN

L'OCÉAN VASTE ET SAUVAGE

1981

« Impossible de s'débarrasser d'ce foutue bonne femme, dit Sonny, derrière son journal. Dès qu'on s'retourne, la voilà ! »

Kathleen rit et posa la bouilloire sur la Rayburn. L'exagération de son mari l'amusait. La reine Élisabeth était en visite pour la troisième fois, c'était tout. Elle était venue ici dans les îles le jour de la naissance de Jack, et puis à nouveau l'année de la mort de Tom. Cette fois-ci, elle venait inaugurer, officiellement, le terminal pétrolier de Sullom Voe.

« Tu sais qu'il était en Géorgie du Sud quand j'y étais, lui aussi ? demanda Sonny. Philip. Le mari. Une des saisons où j'y étais. Cinquante-sept, je crois. »

Kathleen le savait bien. Cela avait été souvent mentionné au fil des années.

« Pourquoi elle a besoin d'l'inaugurer, d'toute façon ? poursuivit Sonny. Ça fait deux ans qu'le pétrole coule. Qu'est-ce que ça change, de couper un ruban ? » Il plia son *Shetland Times* et le posa sur la table, un regard de déception sur le visage.

Kathleen savait que ce n'était pas la reine qui l'ennuyait. Jack était parti depuis juste un peu plus d'une semaine, et il leur manquait à tous les deux. Ils s'inquiétaient. Si elle lui avait posé la question, Sonny aurait secoué la tête. Ach, ça va bien se passer, qu'il lui aurait répondu. Et il le croyait probablement. Mais cela ne voulait pas dire qu'il n'était pas inquiet, aussi. Les parents de Jack avaient du mal à l'imaginer vivre en ville. Et pas seulement parce que aucun d'entre eux n'était jamais allé à Glasgow.

La décision de Jack de s'en aller – inexplicable, à leurs yeux – aurait peut-être semblé moins étrange, moins inquiétante, s'il avait été capable de formuler n'importe quelle raison à ce déplacement. S'il leur avait annoncé un plan, même une idée. Mais rien. Un jour il semblait heureux de son travail et de sa vie, et le suivant il achetait un billet pour partir.

La maison était silencieuse. Le son de la guitare de Jack, étouffé derrière la porte de sa chambre, manquait à Kathleen. Le son de sa voix, qui chantait, les mélodies qu'elle reconnaissait et celles qu'elle ne reconnaissait pas. Certaines, elle le savait, Jack les avait écrites lui-même – elle l'avait entendu essayer des choses, encore et encore –, bien que, lorsqu'elle lui avait demandé de lui en jouer une, il se soit contenté de secouer la tête. Son beau garçon, de l'autre côté de la mer, ne quittait jamais son esprit. Le temps s'écoulait plus lentement, Jack parti. Les heures rampaient.

Lorsque arriva le jour, deux semaines plus tard, de l'ouverture officielle, la visite royale, Sonny se réveilla enjoué. « On va faire un voyage, dit-il, alors qu'ils prenaient le petit déjeuner ensemble. Sortir avec le bateau. »

Kathleen jeta un œil par la fenêtre de la cuisine. Morose et gris : pas vraiment la météo pour une sortie. Mais elle hocha la tête. Ils passaient davantage de temps ensemble désormais, elle et Sonny, et ils appréciaient aussi ce temps-là. Ils s'étaient installés dans leur mariage au cours de l'année passée ou des deux dernières ; c'était ce qui lui semblait. Comme si, en vieillissant, ils étaient devenus plus confortablement eux-mêmes, seuls l'un avec l'autre. Le bruit de Sonny qui rentrait à la maison chaque soir parvenait à Kathleen comme un soupir de soulagement.

Mais quand même, Sonny l'emmenait rarement en mer – c'était son endroit à lui, pas le sien –, alors elle fut heureuse de cette invitation. Elle préparerait à déjeuner, dit-elle, et une gourde de thé à emporter avec eux.

Le *Wayfarer* était amarré à la jetée de Treswick, et comme la marée était basse ils durent descendre l'échelle d'acier pour embarquer. Kathleen portait le sac avec la nourriture et la boisson, et Sonny suivait avec le bidon d'essence. Il remplit le moteur hors-bord, l'amorça, détacha le bateau de la jetée, puis démarra. Le moteur prit du premier coup, et Sonny fit un clin d'œil à Kathleen. « J'commence à prend' le coup d'main », cria-t-il par-dessus le rugissement du moteur.

Avec un bruit saccadé ils s'éloignèrent de la jetée, s'éloignèrent du village, et bifurquèrent vers le nord, dans la direction de Hamar. Des mouettes tournoyèrent au-dessus d'eux, puis passèrent à autre chose. La mer était proche du calme, avec seulement une légère houle du sud-ouest, qui s'élevait, qui retombait, tandis que la petite embarcation poursuivait son chemin.

Kathleen portait deux pulls en laine, un manteau et une toile huilée, pourtant elle n'avait pas chaud. Mais assise à la proue, tournée vers l'avant, avec l'air froid sur ses joues, elle se sentit heureuse pour la première fois depuis le départ de Jack. Elle ferma les yeux, laissa le mouvement du bateau remuer son corps. Elle tira les manches d'un pull sur ses doigts. Sonny, à la poupe, était heureux, aussi. Toujours, être sur l'eau était comme rentrer à la maison.

Ils n'allaient nulle part en particulier ce jour-là. Seul, Sonny généralement pêchait, mais aujourd'hui ils trouveraient un endroit où s'arrêter, tirer le bateau et manger leur déjeuner. Il y avait une plage juste un peu plus loin le long de cette côte. De galets, pas facile pour monter le bateau, mais elle ferait l'affaire. Ou bien, peut-être, il pourrait tout simplement éteindre le moteur et les laisser dériver un moment.

Sonny ralentit quand ils approchèrent de la terre la plus proche de la maison. Ils ne pouvaient pas la voir, bien sûr – la haute crête leur bloquait la vue de tout ce qui se trouvait au-delà –, mais tous deux se tournèrent pour regarder. Impossible de se lasser d'observer l'endroit sous cet angle. Il y avait toujours quelque chose que Sonny n'avait pas remarqué avant.

Il coupa le moteur.

Kathleen se tourna pour vérifier que tout allait bien, et il hocha la tête. « Je r'garde juste, dit-il. Je r'garde juste. »

Trente kilomètres plus loin, à vol de fulmar, la reine Élisabeth s'apprêtait à parler, à célébrer le pétrole venu des profondeurs de l'océan et l'argent qui l'accompagnait. Vous pouviez presque l'entendre, cet argent, cliqueter dans les caisses des îles comme un carillon dans une bourrasque. Une fanfare se mit à jouer.

Sonny, ne pensant alors pas du tout à de telles choses, quitta la poupe pour le barrot central du bateau, et il souleva les rames pour les placer dans les dames de nage. « Le moteur est trop bruyant », expliqua-t-il.

Comme il commençait à ramer, dos à sa femme, la voix de Sonny s'éleva, doucement d'abord, et puis avec davantage de confiance à mesure qu'il trouvait la mélodie. Il chantait entre les coups de rames, en mesure avec le bateau.

Je te ramènerai à la maison, Kathleen
À travers l'océan vaste et sauvage
Là où ton cœur a toujours été
Depuis que tu es ma belle mariée

Derrière lui, contre le ciel pâle, sa femme souriait, les bras enveloppés autour d'elle. Elle adorait toujours quand il chantait cette chanson. Elle pouvait apaiser chacune de ses douleurs.

Oh, je te ramènerai, Kathleen
Là où ton cœur ne connaîtra pas de douleur
Et lorsque les champs seront frais et verts
Je te ramènerai chez toi, Kathleen

Sonny essaya de siffloter, comme Slim Whitman, mais il ne savait pas le faire, et il éclata de rire à la place. Tous les deux, mari et femme depuis plus de vingt ans désormais, riaient ensemble dans le bateau.

Et puis, une ombre. Une obscurité dans l'eau.

Eux deux, Sonny et Kathleen, levèrent les yeux au même instant, comme si leur tête avait été tirée par des fils de marionnettes. Mais la source de l'ombre ne se trouvait pas au-dessus.

Le moment de compréhension fut lent. Il arriva à travers la brume et la confusion, jusqu'à ce qu'il ne puisse être contesté davantage. Au-dessous du bateau, et qui s'élevait, était la peau grise et flétrie d'une baleine.

Il y eut une secousse lorsque son corps rencontra la quille, et il y eut une pause juste assez longue pour qu'ils espèrent qu'une secousse était le pire qui puisse advenir. Mais la baleine continuait d'arriver, de monter, avec le bateau sur le dos. D'une manière ou d'une autre, il ne se renversa pas – pas encore – mais il sembla se balancer au-dessus de l'animal, comme une pièce lancée qui atterrit sur la tranche.

Les yeux terrifiés de Kathleen ne quittaient pas son mari, comme s'il pouvait faire quelque chose, n'importe quoi, pour arrêter ça. Mais Sonny savait qu'il ne pouvait rien. Il savait qu'ils étaient pris au piège, tous les deux, dans un moment d'équilibre qui n'allait pas, ne pourrait pas, durer.

Et tandis qu'ils oscillaient là, au sommet de la bête, Sonny, qui s'était tourné sur son siège, lâcha les rames. Il regarda sa femme alors, et il se mit de nouveau à chanter.

Et lorsque les champs seront frais et verts...

Sonny tint la note, exactement à la manière de Slim, s'y accrochant comme à quelque chose de vivant, quelque chose de sauvage, quelque chose avec une urgence vers la liberté.

Je te ramènerai chez toi…

Le bateau se pencha sur le point d'équilibre du dos de la baleine. Il s'inclina, bascula, puis chavira, glissant et dégringolant vers l'eau. Alors qu'ils chutaient, Sonny et Kathleen tendirent les mains l'un vers l'autre, comme si leur amour était une sorte de sécurité. Comme si cette vieille, vieille faim pouvait les maintenir à flot.

La baleine tourna, elle roula, son dos une large étendue de pierre brunie. Une montagne. Un désert. Et puis la queue : ciselée sur les bords, dressée comme une bannière de victoire ou de commémoration. Les nageoires restèrent droites – un miracle – une seconde après une seconde, jusqu'à ce que

aussi silencieusement que d'abord apparue
la baleine immense
glisse et retourne
au sein du
vaste
océan
bleu.

Remerciements

Du début du dix-huitième siècle jusqu'à 1963, année où l'industrie prit fin – en Grande-Bretagne, du moins –, un nombre disproportionné de baleiniers de l'Atlantique vinrent de Shetland. J'y ai rencontré d'anciens baleiniers alors que j'étais encore enfant, et à mes yeux leurs histoires étaient à la fois passionnantes et horrifiantes. En écrivant ce livre, j'ai été reconnaissant pour les nombreux souvenirs réunis dans *Shetland's Whalers Remember*, compilé et publié par Gibbie Fraser. Je me suis également référé à *Of Whales and Men* de R. B. Robertson, que j'ai emprunté à Steven Laurenson il y a bien des années, puis que j'ai « oublié » de rendre. *The Two-Headed Whale* de Sandy Winterbottom a été publié alors que j'écrivais ce livre, et j'ai grandement apprécié son récit plein d'humanité sur la vie et la mort d'un jeune baleinier écossais, et des héritages complexes de cette industrie.

L'une des joies de travailler sur ce roman en particulier a été d'explorer la musique qui se trouve en son cœur. Duncan McLean m'a fourni de nombreuses suggestions à écouter alors que je démarrais tout juste, et son excellent livre *Lone Star Swing* m'en a offert bien d'autres.

Andrew Gifford, Jenna Reid et Laura-Beth Salter m'ont aidé à amener à la vie les chansons de Jack, et je ne peux pas les en remercier assez.

« My Old Cottage Home », chantée par The Carter Family et bien d'autres, a été écrite en 1880 par Robert A. Glenn.

« I'll Take You Home Again, Kathleen », chantée par Slim Whitman et bien d'autres, a été écrite en 1875 par Thomas P. Westendorf.

Je suis extrêmement reconnaissant à Mary Blance et Lyndsie Bourgon, qui ont lu des brouillons de ce roman et m'ont fait des commentaires et des corrections sur certains détails historiques. S'il reste des erreurs, elles sont miennes uniquement. Silas House a lu un brouillon ultérieur et m'a généreusement rassuré, je ne m'étais pas trompé sur toute la ligne en matière de musique country.

Jenny Brown est la meilleure agente que quiconque puisse espérer, et je la remercie, toujours, pour son enthousiasme et son travail acharné. Merci à Leah Woodburn, qui a fait du processus d'édition de ce livre un véritable plaisir. Merci aussi à Ed Wall, à Rali Chorbadzhiyska, Leila Cruickshank, Anna Frame, Jamie Norman et le reste de l'incroyable équipe de Canongate.

Merci avant tout à Roxani Krystalli. Elle rend tout – y compris ce livre – meilleur.

That Beautiful Atlantic Waltz

Écrivain, journaliste et musicien, Malachy Tallack a conçu *That Beautiful Atlantic Waltz* comme une œuvre à deux voix : celle du roman, et celle d'un album de chansons originales, composées et interprétées par lui.

Nées au fil de l'écriture, ces chansons prolongent le livre autrement, en en faisant résonner les thèmes et les silences.

Les paroles figurent ici dans leur version originale. Le QR code ci-dessous vous permet d'écouter l'album dans son intégralité.

Wide Ocean Blue

My love lies over the wide ocean blue
In a country that I've never known.
She wanted to see this old world for herself
So she sailed off and left me alone.

I curse the distance between us
I curse that wide ocean blue.

I think of her often wherever she is
In love with that sweet foreign air.
I think of the arms that once held me so close
And I think of her long midnight hair.

I curse the distance between us
I curse that wide ocean blue.

Once in a long while a postcard arrives
Her thoughts turn to home still it seems.
I keep them all safe 'neath the bed where I sleep
So that I'm over her in my dreams.

I curse the distance between us
I curse that wide ocean blue.

Dear No One

I was on the shore this morning, throwing stones and wasting time
I found a message in a bottle down on the waterline.
I couldn't get that bottle open, so I broke the glass instead
I picked the letter off the ground and this is what it said :

Dear no one, I'm thinking of you, my old friend.
Dear no one, I'm thinking of you, my old friend.

Nothing else was written, I didn't know what it might mean
So I folded up the paper in the pocket of my jeans.
Then I went about my business, using up my precious time
But I couldn't seem to shake that message off my mind.

Dear no one, I'm thinking of you, my old friend.
Dear no one, I'm thinking of you, my old friend.

It was nearly one week later, I was drinking up some wine
When I emptied out the bottle, I knew that it was time.
So I pulled the letter out again and I sealed it up inside
Then I took it to the shore and gave that letter to the tide.

Dear no one, I'm thinking of you, my old friend.
Dear no one, I'm thinking of you, my old friend.

I Miss You Today

I miss you today
I've been lost and on my own
I've been talking to myself
About the love that I have known.
It's a bargain we both made
Wouldn't have it any other way
We met, we loved, we parted
And I miss you today.

There's a hunger in my blood
There's a thirsting in my heart
There's a hurt that never leaves me
Since the day we've been apart.
I can't tell you how it feels
It's impossible to say
But I just wanted you to know
That I miss you today.

I can't tell you how it feels
It's impossible to say
But I just wanted you to know
That I miss you today.

The Lighthouse

There's an old moon on the ocean, reflected from above
There's an old song on the radio, do you remember 'Faded Love' ?
There's an old storm between us, but it's not felt this strong before
As you look out to the lighthouse on the unforgiving shore.

And if you're passing by I will light your way
So you can go alone
And if you're lost I will lead you home.

Though we're here inside the same room you feel so far from me
You're like a ship alone adrift upon the angry sea.
But you know that I still love you, as I've loved you for so long
I just wish that I could understand what it is that I've done wrong.

And if you're passing by I will light your way
So you can go alone
And if you're lost I will lead you home.

There's danger all around us, there's nowhere we can hide
We're just a pair of lonely souls in peril on the tide.

There's no point in pretending that everything's okay
There's no point in just drifting on if you're not going to stay.

But darling if you need to you can always turn to me
'Cos I'm as steady as the lighthouse that looks out on the sea.

And if you're passing by I will light your way
So you can go alone
And if you're lost I will lead you home.

When I Talk in My Sleep

I never really said goodbye
I just turned and walked away.
I didn't mean to be so cruel
I wasn't strong enough to stay.
There's years behind me now
A long forgotten way.
And I've lost more than I ever knew I had
It's the price I've had to pay.

When I lie in my bed, when I tremble and stir
When I talk in my sleep I'm thinking of her.
When I lie in my bed, when I tremble and stir
When I talk in my sleep I'm talking to her.

Some moments never leave you
Some failures never fade.
Some things were never really there at all

Like wishes left unmade.
She's never not been with me
In every place I've lain.
And I would give everything that I still own
To be in her thoughts again.

When I lie in my bed, when I tremble and stir
When I talk in my sleep I'm thinking of her.
When I lie in my bed, when I tremble and stir
When I talk in my sleep I'm talking to her.

Home

I would steal, I would beg, I would borrow
I would stand in the darkness alone.
I would trade all my days for tomorrow
If I could just be back at home.

Home, where the heart is tethered
Home, where you go to make amends
Home is where the stories last forever
Oh, I wish that I was back home again.

There's only one place that I belong to
No matter where I lay my head.
It's where all my hopes have gone to
And where all my dreams have led.

Home, where the heart is tethered
Home, where you go to make amends
Home is where the stories last forever
Oh, I wish that I was back home again.

Now I've been gone for such a long time
That's how it feels, at least, to me.

But now I'm ready to make this journey mine
And I know where I need to be.

Home, where the heart is tethered
Home, where you go to make amends
Home is where the stories last forever
Oh, I wish that I was back home again.

Loretta

Loretta, you're sleeping so sweetly
You won't hear these words that I sing.
I'll keep my voice down, make hardly a sound
'Cos I don't wish to wake you again.

Loretta, I used to be lonesome
There's times when I still feel that way.
But seeing you there, no worry, no care
I don't feel so lonesome today.

Loretta, it's late in the evening
I ought to be sleeping now too.
But I'm so glad to be with you beside me
I don't want this day to be through.

Lonely Mountain

I will climb that lonely mountain, the one that watches over me.
I will stand upon its shoulders, just to see what I can see.

I have had my share of troubles
Troubles followed me around.
Some I've buried deep within me
Some I've buried in the ground.

I will climb that lonely mountain, the one that watches over me.
I will stand upon its shoulders, just to see what I can see.

Seems to me that every new day
Goes faster than the one before.
So many days lie far behind me
Like on some cold and foreign shore.

I will climb that lonely mountain, the one that watches over me.
I will stand upon its shoulders, just to see what I can see.

I've known pain and I've known sorrow
But my life it has been blessed.
There is light with every shadow
I've known love and tenderness.

I will climb that lonely mountain, the one that watches over me.
I will stand upon its shoulders, just to see what I can see.

The Hurt and the Heather

The birds on the hillside used to sing for me
The dawn used to call out your name.
Our love used to fill me like the incoming tide
Now just the hurt and the heather remain.

There was nothing but sunshine on the day we first met
It seemed like it never could rain.
There was light all around us, oh I cannot forget
Now just the hurt and the heather remain.

I tried like hell to love you so well
And yes, I tried it again.
But it was more than I could do, to keep hold of you
Now just the hurt and the heather remain.

On the day that you left me you wished me all the best
And you know that I wish you the same.
But wishes can't help me when the best has long gone
And just the hurt and the heather remain.

The Atlantic Waltz

I was waltzing on the waves, I was foolish, I was brave
I was doing the best that I could.
I let down my guard, the sea hit me hard
And it took me like a piece of driftwood.

It'll toss you and turn you, till one day you learn
To keep time with this rhythm of salt.
It'll rock you and roll you, it'll try to control you
That beautiful Atlantic waltz.

Like a wilting wallflower, in the night's final hour
From the edge of this endless dance floor.
Too late I stepped in, I started to spin
I was swallowed and spat out once more.

It'll toss you and turn you, till one day you learn
To keep time with this rhythm of salt.
It'll rock you and roll you, it'll try to control you
That beautiful Atlantic waltz.

CET OUVRAGE
A ÉTÉ MIS EN PAGES PAR NORD COMPO
REPRODUIT ET ACHEVÉ D'IMPRIMER
EN MAI 2025
DANS LES ATELIERS DE NORMANDIE ROTO IMPRESSION S.A.S.
61250 LONRAI

N° d'imprimeur : 2501625
Dépôt légal : août 2025
Imprimé en France